RALLE TIK

Zurück auf
NULL

novum pro

www.novumverlag.com

Bibliografische Information
der Deutschen Nationalbibliothek:

Die Deutsche Nationalbibliothek
verzeichnet diese Publikation in
der Deutschen Nationalbibliografie.
Detaillierte bibliografische Daten
sind im Internet über
http://www.d-nb.de abrufbar.

Alle Rechte der Verbreitung,
auch durch Film, Funk und Fernsehen,
fotomechanische Wiedergabe,
Tonträger, elektronische Datenträger
und auszugsweisen Nachdruck,
sind vorbehalten.

© 2020 novum Verlag

ISBN 978-3-99107-317-8
Lektorat: Tobias Keil
Umschlagfoto: Helmuth Koch
Umschlaggestaltung, Layout & Satz:
novum Verlag
Innenabbildungen: Ralle Tik

Gedruckt in der Europäischen Union
auf umweltfreundlichem, chlor- und
säurefrei gebleichtem Papier.

www.novumverlag.com

Im August 2017 begann für mich ein neuer Lebensabschnitt ... Neuer Wohnort, neues Zuhause, neue Arbeitskollegen – ich war bereit diesen zu gehen, mit dir!
Ich war angespannt, aufgeregt und gleichzeitig freute ich mich darauf. Da zu wohnen, wo wir so oft Urlaub machten!
Doch dann kam der Tag, der alles veränderte, der einem den Boden unter den Füßen wegzog, an dem auf einmal nichts mehr war wie früher!
Der Tag, der mir Angst und Sorge brachte, die Diagnose Burkitt Lymphom – KREBS.
Alles fühlte sich so fremd an. Es lief wie ein Film ab und ich stand daneben und schaute zu.
Ich funktionierte, erledigte das Alltägliche, arbeitete mich in meinem neuen Job ein, den ich exakt am letzten Tag startete, als mein Mann die abschließende Voruntersuchung hatte. Ich fand mich im U-Bahn-Netz in München zurecht, kümmerte mich um die Restarbeiten in unserer Wohnung, bangte fast täglich auf Ergebnisse neuer Befunde ... und fühlte mich unendlich allein. Abends, wenn ich von der Klinik nach Hause kam, telefonierte ich mit der Familie und Freunden und weinte mich in den Schlaf.
So verging Tag um Tag ...
Dein Körper veränderte sich, langsam zeichneten dich die vielen Chemos. Vor allem deine Haut fühlte sich irgendwie fremd an, du rochst nach Chemie und konntest oft vor Schmerzen nicht essen. Und ich konnte dir nicht helfen. Das war das Schlimmste – die Hilflosigkeit!
Ich musste zuschauen und war machtlos. Gepaart mit der ständigen Angst um dich!
Zukunftspläne zu machen traute ich mich nicht und wenn sich ein Gedanke eingeschlichen hatte, der nicht an dich glaubte, habe ich mich gezwungen positiv zu denken.
Dir eine Stütze zu sein und gemeinsam mit dir zu kämpfen, das war mein Auftrag.
Und so tat ich das ... für dich, für mich, für uns!
Ich liebe dich, deine Wendy!

Vorwort

„Sie haben Krebs! Diesen Krebs nennt man *Das-Burkitt-Lymphom*!" Diese Nachricht ist eine schlimme Nachricht, niederschmetternd. Es ist, als stündest du vor einem schwarzen Loch, ein Loch, hinter dem ein Vakuum existiert, welches dich unaufhaltsam ansaugt. Dein Rechenzentrum im Kopf ist gelähmt, geschockt, beginnt sich im Kreis zu drehen. Als würde es just in diesem Moment, wo es am dringendsten benötigt wird, eine Party veranstalten. Einfach mal abfeiern, egal, wie diese Party ausgeht. Dein Verstand lässt dir keine Zeit, die eigenen Gedanken zu sortieren. Krebs, das fühlt sich so final an und so hilflos. *Hilflos* ist das richtige Wort. Für jeden Betroffenen, aber auch für jeden Angehörigen gilt das gleichermaßen. Mit einer solchen Nachricht umzugehen ist nicht leicht, manchmal sogar unmöglich. Nicht selten schließen in diesen Situationen Betroffene mit ihrem Leben ab, zumindest gedanklich. Sie bedauern sich zutiefst, weil es eine tödliche Krankheit ist, der Krebs.

Angehörige, Freunde wissen in diesen Situationen nicht, wie sie sich verhalten sollen. „Sollte ich nun anrufen? Störe ich vielleicht?" Und insbesondere engste Angehörige sind oft überfordert, stärker unter Druck als Betroffene selbst. Sie können nur zuschauen und hoffen. Dennoch sind sie wichtiger, als es ihre Wahrnehmung spiegelt. Das habe ich während meiner knapp 10-monatigen Tortur mit 99 Chemotherapien gelernt.

Mit diesem Buch möchte ich Betroffenen zum einen aufzeigen, dass positives Denken, Nach-vorne-Schauen und Aktivität helfen können Dinge abzufedern. Zum anderen soll dieses Buch Mut machen an sich zu glauben, zu kämpfen, jeder einzelne Tag ist dies wert.

Eine solide körperliche Fitness und abseits der Schulmedizin etwas die Natur nutzen, auch das kann helfen. Nicht dass ich an dieser Stelle missverstanden werde. Ich bin kein Verfechter von Aussagen: „Alles geht auf natürlichem Weg, der Krebs lässt sich durch spezielle Diäten, Superfood-Essen bekämpfen." NEIN! Lassen Sie sich nicht Ihr Geld aus der Tasche ziehen. In meinem Falle wäre ich schon lange tot, Unsinn. Wenn das so einfach wäre, würde unser Gesundheitssystem sehr viel Geld sparen können und, da bin ich mir ganz sicher, es auch tun. Die Schulmedizin ist aus meiner Sicht der entscheidende Faktor. Natürlich minimiert eine ausgewogene und gesunde Ernährung, gepaart mit einem starken Immunsystem und körperlicher Fitness präventiv das Krebsrisiko und fördert mit hoher Wahrscheinlichkeit den Heilungsverlauf. Fast-Food, immense Mengen an Kohlehydraten und Zucker sind für einen gesunden Menschen nicht förderlich, für einen kranken Menschen schon gar nicht. Diese Lebensmittel regelmäßig genommen sind ebenso wie Dauer-Stress und andere, negative Einflüsse keine gute Basis für eine solide Gesundheit. Wenn man dieses Wissen nicht ignoriert, tut jeder bereits für sich etwas Gutes. Unsere Omas wussten das auch schon: „Alles was mit *Zu* anfängt, ist nichts", habe ich stets gehört. „Zu viel ist nichts, zu wenig aber auch nicht!" Ist es nicht so?

Insofern habe ich dieses Buch für Betroffene, indirekt Betroffene und auch für interessierte Leser geschrieben. Leser, die an einer wirklichen großen Geschichte teilhaben möchten. Leser, die einmal wissen möchten, wie es ist „Zurück auf Null" zu kommen!

Kapitel 1

Die großen braunen und ledernen Sessel sind bei diesen heißen Außentemperaturen von über 30 Grad keine angenehme Unterlage. Die Wärme staut sich unter den Beinen. Endlich kommen sie, der Exportdirektor und der Europachef der LOK AG, eine Nobelmarke, nein, meine Nobelmarke aus der Schweiz. Ich brenne für diese Marke. Es ist der 22. Juni 2016, ein wunderschöner und sehr warmer Tag. Ich bin am Frankfurter Flughafen im Empfangsbereich des Hilton-Hotels. Es bestehen einige Meinungsverschiedenheiten bezüglich Strategie zwischen dem Exportdirektor und mir, basierend auf unnötigen Differenzen. Zusätzlich angestachelt von Dritten, vielleicht von Neidern?

Unsere Entwicklung in meinem Zuständigkeitsbereich ist sehr gut. Das Gespräch führt ausschließlich Adalbert der Exportdirektor, Urs als Europachef ist lediglich als Zeuge mit angereist. Nach ein paar Floskeln zu Beginn des Gesprächs und deutlich sichtbarer Anspannung kommt Adalbert schnell auf den Punkt. Er möchte das Thema nicht länger hinauszögern. „Also wir wollen es kurz machen. Wir wollen die Zusammenarbeit mit dir beenden. Du wirst freigestellt bis zum Ablauf der Kündigungsfrist und bekommst dein Gehalt und Fahrzeug weiter bezahlt. Hast du irgendwelche Fragen?" Zack! Nun war es raus. So zumindest wirkt sein Gesichtsausdruck, als er mir seine Botschaft vor die Füße schmeißt. Er ist froh, dass er es hinter sich hat. Seine Augen kreisen fragend hin und her, wartend auf eine Reaktion. Seine Schweißperlen auf der Stirn sind nicht nur dem warmen Wetter geschuldet.

Doch mit welcher Reaktion rechnet Adalbert? Für mich ist der Sachverhalt völlig klar und längst überfällig. Schließlich hatte ich aufgrund der vorhandenen Querelen bereits zweimal um meine Freistellung gebeten. Ganz sachlich und aufgeräumt antworte ich deshalb: „Fragen bezüglich der Kündigung? Nein, die habe ich nicht. Dass irgendwann eine Kündigung kommen würde, stand doch längst im Raum oder nicht? Ich bin froh, dass wir uns unterhalten, wenn ich auch gern meine Arbeit mit dieser tollen Marke weitergeführt hätte. Von mir liegt viel Herzblut und Jahre der Arbeit in dieser Marke. Aber nun ist das so, gut. Wie habt ihr euch die Trennung vorgestellt? Diese Details sollten wir noch besprechen."

„Wie vorgestellt? Du bist freigestellt, wir haben fristgerecht gekündigt, was meinst du denn genau?" Natürlich weiß er exakt, wohin meine Frage zielt, aber aussprechen möchte er es nicht. Urs mimt weiterhin den Beobachter. Entweder traut er sich nicht oder er darf nichts sagen. „Was ich damit meine, kann ich kurz erklären", fahre ich fort. „Wir haben einen neuen Mitarbeiter für das Gebiet Bayern eingestellt. Ich benötige keine lange Freistellung und würde dem Mitarbeiter gerne den Einstieg so hilfreich als möglich bereiten. Und meine Unterlagen und mein Wissen bezüglich Key Accounts, unseren Schlüsselkunden, wären mir ebenfalls wichtig. Das hat unsere Marke verdient." Ich erwarte eine Reaktion des konstruktiven Miteinanders, des professionellen Abschließens, doch meine Rechnung geht nicht auf. Adalbert schaut völlig unsicher durch seine braunen Augen, konzentriert seiner Strategie zu folgen, den Nichtsahnenden zu spielen. Anstatt eine einvernehmliche Lösung zu erzielen und mein Angebot anzunehmen, schwenkt Adalbert auf Konfrontation. „Nein, das brauchen wir alles nicht. Die Unterlagen kannst du vernichten, eine Einarbeitung ist nicht vonnöten. Der neue Kollege kann allein zu den Kunden fahren! Und über Geld kann ich eh nicht sprechen, das ist Sache der Anwälte. Geh doch zum Anwalt, dann sehen wir weiter." Für einen kurzen Augenblick schießt mir der Schrecken über solche Unvernunft in die Glieder. *Wie kann Adalbert ein solches Angebot eines Konsenses mit Füßen treten?* Schnell sammele ich mich. „Ihr schickt mich zum Anwalt, wo ich euch nicht nur eine Hand, sondern beide Hände reiche? Ich verstehe das ganze Spiel hier gerade nicht. Wenn wir kein Gespräch führen wollen, dann können wir das Ganze hier auch beenden." Ich nehme die Kündigung entgegen, wir verabschieden uns. Noch immer kopfschüttelnd über solche Unvernunft komme ich nach wenigen Minuten in meinem Fahrzeug an. Ich überprüfe das Smartphone und stelle fest, dass mein E-Mailkonto bereits blockiert ist.

Auf der Heimfahrt informiere ich aus erster Hand meine Mitarbeiter, das bin ich ihnen schuldig. Viele Gedanken schwirren mir durch den Kopf. Die Mitarbeiter und die Kunden, die Einkaufsgesellschaften mit ihren organisierten Strukturen, sie alle wären es wert gewesen weiterzumachen. Gegen siebzehn Uhr treffe ich endlich zu Hause ein und bespreche die Situation ausgiebig mit meiner Frau. Wendy ist über die Vorgehensweise von Adalbert und Urs ziemlich sauer.

Und völlig aus der Situation heraus ruft sie meinen Namen. Laut, eindringlich, ängstlich dringt ihre Stimme durch: „Max? Maaax!" Aber ...

... ich gleite just in diesem Moment durch einen Nebel zurück ins Bewusstsein. Meine Wendy ruft erneut meinen Namen und beugt sich über mich. „Max? Max, hörst du mich?" Ich öffne meine Augen: „Was ist denn los? Was machst du hier?" Ich schaue mich zaghaft, etwas verwirrt um. Schweißgebadet, nur mit einer Unterhose bekleidet, liege ich auf kalten Fliesen in unserer Mietwohnung in Hohenbrunn. Und das mitten in der Nacht vom 15. auf den 16. September 2017. Wendy hat das Telefon in der Hand. „Ja, habe ich gemacht", höre ich. „Ja, er ist wieder ansprechbar!"

„Wendy, was ist denn los? Warum habe ich lauter Blumenerde auf meiner Brust?"

„Schatz, geht's dir gut?", fragt sie besorgt. Dann erklärt sie dem Teilnehmer am anderen Ende der Leitung, dass ich, wenn überhaupt, ins Klinikum rechts der Isar in München müsse. Innerhalb weniger Momente steht mir mein Gedächtnis wieder zur Verfügung. Am 18. habe ich in diesem Klinikum einen OP Termin. „Schatz, Schatz! Mir geht es gut!", rufe ich ihr und dem Teilnehmer am anderen Ende des Telefonhörers beruhigend zu. „Alles ist gut." Ein typischer und nicht immer angebrachter Männersatz. Mir geht es nicht gut, das wird mir gerade wieder bewusst. Sie drückt die rote Taste am Telefon und legt auf. Ich halte die Hand meiner Frau ganz fest und schaue ihr in die Augen. „Danke mein Schatz. Es tut mir leid, das wollte ich nicht."

„Du spinnst doch", kommt postwendend zurück. Sie schüttelt ihren Kopf, weil sie meine Aussage kaum glauben kann. „Geht es dir wirklich gut? Wie ist das denn passiert?"

„Ich könnte mich so über mich selbst ärgern, irgendwie habe ich es kommen sehen", antworte ich immer noch am Boden liegend. „Ich konnte vor Kopfschmerzen nicht mehr schlafen oder liegen bleiben. Da es kaum noch auszuhalten war, entschloss ich mich in die Küche zu gehen und eine weitere Schmerztablette einzunehmen. Während der Einnahme des Wassers wurde mir schlecht. Die Schmerzen waren so stark, ich wollte schnell auf Toilette und anschließend sofort wieder ins Bett. Als ich auf der Toilette saß, bereute ich die Einnahme des Wassers. Mir wurde übler und übler. Und schließlich machte sich mein Kreislauf bemerkbar. Ich spürte sofort, dass ich mich hinlegen müsste, wenn ich keinen Unfall riskieren wollte. Folglich legte ich mich auf den Boden. Und als ich auf dem Fußboden lag und meine Beine etwas hochstreckte, schossen mir andere Gedanken durch den Kopf. Was würdest du dir für Sorgen machen, falls du mich hier liegend entdeckst? Also bin ich wieder aufgestanden. Das Letzte, was ich dann noch weiß, ist, wie ich an den Türgriff fasse."

„Warum rufst du mich denn nicht? Ich hätte dir doch geholfen? Ich habe einen lauten Knall gehört und finde dich hier liegend auf dem Boden, völlig bewusstlos." Und Wendy sagt das nicht nur so. In ihren Augen sehe ich mehr Angst als Vorwurf. Aber sollte ich in tiefer Nacht meine Frau wecken und ihr erzählen, dass ich Schmerzen habe und mir eine Tablette holen möchte? Ich bin froh, dass wir das Krankenhaus abwenden konnten. Ich denke, dass es nicht notwendig war, dass mein Zusammenbruch ein Kreislaufproblem, dem Schmerz geschuldet, war. Mein Gefühl hat mich die letzten Wochen nie getäuscht.

Und morgen werde ich meinen Sohn Maximilian sehen. Wir sind zum Fußball in der Allianz Arena verabredet. Er kommt mit Bekannten aus der Heimat, das Treffen ist mir sehr wichtig. Unser Verhältnis ist sehr innig und voller Liebe und wer weiß, was ab nächster Woche Montag sein wird? Die bevorstehende Operation birgt vielleicht noch viele Unsicherheiten und Hiobsbotschaften. Meine Frau hilft mir die Erde einer herabgefallenen Orchidee von Brust und Bauch zu entfernen, schiebt das entrückte Handtuch-Regal auf seinen Platz zurück und bringt mich ins Bett. Anschließend wischt sie den Fußboden trocken. Die Fliesen sind so nass, als hätte ich geduscht und die alte, verkalkte Schiebetür der Duschwanne hätte offen gestanden. Die Tablette wirkt langsam. Wenn ich liege, bekomme ich super Luft, beinahe so, als wäre nichts. Das hilft, ich schlafe kurz danach ein.

Kapitel 2

Es ist der 16. September 08.15 Uhr. So langsam erwache ich wieder, meine Augen öffnen sich behutsam. Ich fühle mich total ruhig und ausgeschlafen. Von der Nacht, vom Kreislaufzusammenbruch oder von meiner Krankheit ist nichts zu spüren. Meine Frau beobachtet mich prüfend, wer weiß, wie lange schon. „Na, wie hast du geschlafen?"
„Gut!", sage ich spontan.
„Wenn ich liege, ist es, als wäre alles in Ordnung. Ist doch komisch oder?" „Ich habe bestimmt 3–4 mal nachgeschaut, ob du noch atmest", ist Wendy besorgt. Ich sehe ihr an, dass sie versucht ihre Sorgen unter Kontrolle zu halten. „Man hört dich beinahe nicht, wenn du liegst und schläfst. Ich musste jedes Mal nachsehen, ob du auch wirklich Luft holst. Ich habe solche Angst um dich mein Schatz." Ich nehme sie beruhigend in meine Arme und drücke sie ganz fest. Ich spüre ihre Sorgen und möchte ihr gerne etwas von ihrer Last nehmen. Dann schau ich mich noch kurz im Schlafzimmer um. Der tolle Rotbuche-Schrank sieht mit seinen Nussbaumapplikationen selbst nach 10 Jahren noch wie neu aus. Die alte Biedermeier-Kommode bildet einen Kontrast im Zimmer und die warmen Orangetöne der Bettwäsche schmiegen sich harmonisch hinzu. Während ich mich umsehe, kommen Ruhe und Zufriedenheit in mir auf. Als ich aufstehe und ins Bad gehe, bewegt sich mein großes Geschwür im Hals wieder Richtung Luft- und Speiseröhre. Das Atmen wird schwerfälliger und mein Rasseln beim Luftholen erinnert mich an Darth Vader. Die Hauptrolle der Star Wars Trilogie wäre mir in meinem jetzigen Zustand sicher gewesen. Nach der Rasur und dem Waschen des Gesichts trage ich Rasierwasser auf und schaue dabei unbewusst meinen Hals im Spiegel an. Ja, es ist deutlich zu erkennen. Die etwa 11 cm Länge und 8 cm Breite meines „Fleischpflanzerl's",

wie ich es nenne, sind nicht zu kaschieren. Ich gehe die Treppe hinunter zum Frühstücken. Es ist alles etwas langsamer als sonst, aber ich fühle mich wohl. Lediglich, wenn ich an meine Frau und meine Kinder denke, dann ist mir nicht wohl. Komisch, an mich selbst denke ich am wenigsten, bin sogar positiv gestimmt. Die, die einem am Herzen liegen, um die sorgt man sich tausend Mal mehr als um sich selbst. Wenn nur die Schmerzen vom Nacken zum Kopf hoch nicht so stark wären. Diese waren auch der Grund meiner Nachtwanderung. In der Küche angekommen erzähle ich Wendy, dass ich in den paar Sekunden heute Nacht im Bad liegend den ganzen Ablauf meines Kündigungsgesprächs am Frankfurter Flughafen geträumt hatte.

„Es lief ab wie im Film. Jedes Wort hatte ich im Kopf. Bis du dann meinen Namen riefst!"

„Es ist verrückt, dass dich das nach einem Jahr noch so stresst und mitnimmt. Jetzt arbeitest du seit deiner Kündigung bereits ein Jahr bei Bosch, wir sind nach Hohenbrunn gezogen, ich habe einen neuen Job und du träumst mit Kreislaufkollaps in Ohnmacht deine Entlassung nochmal durch. Das ist doch irre", bemerkt Wendy. Es ist offensichtlich, dass sie sich heute noch sehr über diese unfaire Behandlung vom letzten Jahr ärgert. Erst so kam ich ja zum neuen Job und schließlich zum Umzug von Hessen nach Bayern. Dieser seelische Stress, der über einen längeren Zeitraum bestand, trug dazu bei, dass ich diesen Januar das erste Mal seit zig Jahren krank wurde und für eine Woche ausfiel. Zumindest sieht das Wendy so. „Ja, das hat dein Immunsystem heruntergezogen. Du warst sonst nie krank ...", etwa so klang sie. Und dann träume ich auch noch davon, verrückt.

Während des Frühstücks fragt sie mich, ob ich mir denn ganz sicher bin, heute mit unserem Sohn in die Allianz Arena zu gehen. Ob das nicht ein bisschen viel für mich sei? „Nein, wirklich mein Schatz. Ich freue mich riesig auf Maximilian und wir haben doch auch bereits die Karten. Und was soll ich zu Hause auf die Operation am Montag warten? Was ändert sich an unserer Situation, wenn ich anstatt im Stadion zu Hause sitze? Ich bin doch nicht bettlägerig?"

„Nein, da hast du schon recht. Aber wenn ich an heute Nacht denke. Ich habe Angst, du übernimmst dich noch. Was soll ich denn machen, wenn du umkippst? Nicht dass du das nur wegen Maximilian machst?"

„Er würde es doch verstehen, wenn wir wegen meiner Gesundheit absagen und wir uns zu Hause treffen würden. Nein, es geht mir bis auf mein Luftholen gut. Und ich mache langsam, versprochen." Sie scheint beruhigter zu sein oder sie weiß, dass es wenig Sinn ergeben würde, wenn wir weiterdiskutieren. Wir frühstücken in Ruhe zu Ende.

Bisher hatte ich gefühlt ein sehr angenehmes Leben. Ich bin ein äußerst positiver Mensch und ich lächele sehr, sehr gerne mit meinem Leben um die Wette. Jedoch haben sich die unangenehmen Tage gerade eine Überzahl erkämpft. Erst gestern Abend, nach einem äußerst anstrengenden Tag, lagen Wendy und ich uns in den Armen und weinten. Zur Vorbereitung auf meine OP war ich von 07.30 Uhr bis 17.00 Uhr im Krankenhaus gewesen. Blutwerte bestimmen, bildgebende Unterlagen erstellen, Aufklärungsgespräche verbunden mit vielen Unterschriften, bei denen man eigentlich alles unterschreibt und freigibt. Ansonsten würde keine OP stattfinden. Ich war allein im Krankenhaus, meine Frau hatte exakt gestern am 15. September ihren allerersten Arbeitstag in unserer neuen Heimat. Die Arme, mit all dieser Last nach dieser Woche, der erste Arbeitstag in der Kindertagesstätte als Erzieherin war wirklich nicht leicht für sie. Als ich gestern meinen operierenden Arzt kennenlernte, einen Dr. Sarino, wollte er natürlich wissen, wie der Werdegang meiner Beschwerden bis heute war. „Ja, wenn ich mir Ihren Halsbereich so ansehe? Eine Biopsie benötigen wir hier definitiv nicht mehr. Schauen Sie mal nach oben, ganz hoch! Ja genau. Aha." In etwa so waren seine Worte. „Herr Peter, ich denke, Sie wissen es bereits. Die Bilder sagen nichts Gutes vorher, es macht auch keinen Sinn, etwas Anderes, Hoffnungsvolleres zu sagen. Der Tumor, und ich bin mir sicher, es ist ein Tumor, er hat Ihre Luftröhre massiv zur Seite gedrückt, sodass ich im Bild eher ein Hufeisen vermuten könnte statt einer Luftröhre. Daher kommt auch Ihre Luftnot.

Ihr Stimmband ist ebenfalls befallen. Daher kommt Ihre Heiserkeit. Ich hoffe, dass uns beim Öffnen nicht noch mehr Überraschungen entgegenkommen. Aber es besteht definitiv die Gefahr, dass ich nicht an alles herankomme oder alles von fremdem Gewebe entfernen kann. Im schlimmsten Fall besteht sogar die Möglichkeit eines Luftröhrenschnittes. Bei diesem Bild kann ich nicht exakt sagen, ob wir den Beatmungsschlauch überhaupt setzen können."

„Herr Doktor", entgegnete ich zuversichtlich, trotz all seiner Bedenken. „Wenn Sie so ...", ich zeigte ihm, wie ich meine Luftröhre super einfach und ohne Schmerz zur Mitte drückte. „... leicht drücken, dann geht es, glauben Sie mir. Ich muss dies des Öfteren tun." Er lächelte mich an. Er war ein sehr netter Arzt. Ihn umgab eine Aura von großem Wissen und Routine. „Ja, das denke ich, dass Sie das des Öfteren tun. Ich schaue mir das dann noch genauer an. Aber Sie sind in guten Händen. Die kompliziertesten Fälle bekomme ich ja immer. Aber nun erzählen Sie mal, wie es dazu kam und wann das Ganze anfing?"
Und ich erzählte!

„Es ist immer schwer zu sagen, was, wann und wie genau es begann Herr Doktor. Ich war mit meinem Vorgesetzten im Juni beim Joggen. Da ich bis zu unserem Umzug vor ein paar Tagen ein kleines Zimmer bewohnte und ich abends immer mal Zeit hatte, verabredeten wir uns. Noch beim Joggen erzählte ich ihm, dass ich mich wundern würde. Denn es kam mir vor, als kämen von 100% Luft nur 97% in der Lunge an. Dabei lachte mein Vorgesetzter, soweit er das konnte, denn ich war trotz meiner Bemerkung ständig am Erzählen während des Laufens. ‚Doch, doch', beteuerte ich ihm. ‚Es kommt mir anders vor, wirklich.' So weit war alles gut. Mitte August rückte unser Umzug nach Bayern näher und ich strich unsere neue Wohnung komplett durch. Das Streichen der Decken war ziemlich anstrengend, für einen Ungeübten sowieso. Allerdings kam es mir auch hier etwas anders, etwas belastender vor.

Als ich dann am Wochenende des 19. August meiner Frau erzählte, dass sich mein Hals an der heute sichtbaren Stelle völlig überspannt anfühlte, kam sie auf die Vermutung, dass es eine Art Muskelkater sein könnte. Schließlich musste ich beim Streichen der Decke ständig hochschauen. Doch ich entgegnete, dass ich schon viele Decken gestrichen hatte und am Hals noch nie irgendetwas in Richtung Muskelkater verspürte. ‚Da stimmt etwas nicht, das fühle ich', sagte ich ihr noch."

„Ja, aber das war ja erst vor ein paar Tagen? Und wie ging es dann weiter?", kam von Herrn Sarino ungeduldig. „Wir haben das Inventar sortiert, hauptsächlich aussortiert. Gaben noch eine Abschiedsparty für unsere Nachbarn und Freunde und am 21. kam dann das Umzugsunternehmen und hat sämtliche Inhalte und Möbel des Hauses verpackt und verstaut. Da wir am gleichen Abend noch fertig waren, entschied ich mich noch für Dienstagmorgen einen Termin beim Hausarzt zu ergattern. Das stellte die Sprechstundenhilfe zwar in Frage. *So kurzfristig ohne einen akuten Grund?* Doch ich war aufgrund des direkt bevorstehenden Umzugs und mit dem Wissen, dass ich noch keinerlei Ärztekontakt im Raum München hatte, freundlich penetrant. Um 10.30 Uhr hatte ich meinen Termin." Ich erzählte dem Hausarzt meine Geschichte und er war der Meinung, dass das auch vom Stress, vom Job kommen könnte. Ich lächelte meinen Hausarzt in aller Ruhe an und sagte: „Du, mit dem Stress habe ich kein Problem, da kann ich dich beruhigen. Wir schauen mal, wirf dein Ultraschallgerät an." Das tat er dann auch. Ein paar kleinere Knoten gibt es ja immer in der Schilddrüse. Unbedenklich und normal, das wusste ich. Aber er sah einen Knoten von etwa 1–1,5 cm Größe und meinte abschließend nur, es wäre doch ratsam, wenn ich einen Termin bei einem Nuklearmediziner machen würde. Dann schaute er mich an und fügte hinzu, vielleicht aber doch in absehbarer Zeit, nicht erst nächstes Jahr. „Und glauben Sie mir Herr Sarino, noch im Auto sitzend auf der Fahrt nach München sagte ich zu meiner Frau: ‚Schatz, denke von mir, was du willst. Aber glaube mir, das ist Krebs und um eine Chemotherapie werde ich nicht herumkommen. Aber das schaffe ich, versprochen!' Sie schaute mich an und sagte, ich sollte ihr keine Angst einjagen. Doch ich war mir sicher. Am 24. August machte ich zur weitergehenden Untersuchung einen Termin im Diagnostikzentrum, München für den 25. September. Ich war damit sehr zufrieden, bei uns in Hessen hätte ich eher 2–3 Monate gewartet und wäre auch zufrieden gewesen. Ja und bereits am darauffolgenden Wochenende dem 26. August musste ich meinen letzten Lauf nach knapp 5 Kilometern abbrechen, die Luft reichte für einen längeren Lauf nicht mehr aus."

„Okay, das verstehe ich. Aber 5 Kilometer schaffen ja auch viele gesunde Menschen nicht, war das nicht zu viel?"

„Nein", entgegnete ich. „Ich laufe ja normalerweise eher 10 Kilometer. Ich konnte aufgrund von Sauerstoffmangel nicht mehr. Als ich schon nach 25 Minuten zurück war, sagte meine Frau noch, jetzt glaube sie wirklich, dass da etwas nicht stimmt. Am darauffolgenden Mittwoch, den 30. August, habe ich meine Frau mit nach Berlin auf die IFA, die internationale Funkausstellung, genommen. Unsere Firma hatte dort einen großen Messestand. Da es aber unser Hochzeitstag war, wollten wir diesen Tag gemeinsam verbringen. Sie müssen wissen, die Liebe zu meiner Frau ist mir sehr wichtig. Und am folgenden Wochenende in Berlin, von Samstag auf Sonntag, bekam ich einen akuten Schmerz, der sich vom hinteren Hals zum Kopf hochzog bis auf Höhe des Ohres. Es fühlte sich so an, als hätte sich der Tumor nun um einen Venenzugang gezogen und griff diesen an."

Der Doktor schaute mich erstaunt und verwundert an: „Und das haben Sie gespürt? Exakt so?"

„Ja, wirklich. Und ich war mir sicher, dass es sich nicht um einen Kopfschmerz handelte, sondern mit der Krankheit zu tun hatte. Denn der exakt gleiche Schmerz bis zur exakt gleichen Stelle stellte sich am Sonntag erneut ein. Von Sonntag an benötigte ich bis etwa 10.00 Uhr, erst dann konnte ich mich kratzfrei stimmlich äußern. Anschließend lief ich wie ein Uhrwerk und konnte meine Kunden bedienen. Und ich bediente viele Kunden. Ja und am Montag, den 04. September, habe ich mich ans Telefon begeben und habe mit leichter Dominanz meinen Termin vom 25. auf den 12. in dieser Woche herausgehandelt. Den Rest kennen Sie, jetzt bin ich hier." Der Doktor kratzte sich an seiner Wange, er überlegte. „Also Herr Peter. Ich bin wirklich gespannt, was und wie ich alles in Ihrem Hals vorfinden werde. Vor allem bin ich neugierig aufgrund ihrer detaillierten Beschreibungen. Auf jeden Fall werde ich auf Sie besonders aufpassen, versprochen. Nicht dass Sie der Arbeitswelt verloren gehen?" Dabei lachte er so richtig schön von innen heraus übers ganze Gesicht. Dann setzte er nochmal ernsthafter an: „Und wenn es irgendwie geht, werde ich versuchen natürlich den Schlauch zu setzen. Aber das ging ja alles doch sehr, sehr schnell bei Ihnen. Alles, was Sie mir erzählen mit diesen engen Zeiträumen, sind keine guten Signale, da bin ich ehrlich." Wieder lächelte ich mit meiner überzeugenden Lebensfreude und sagte wie schon einige Male vorher: „Aber ich habe ein gutes Gefühl, das wird. Jetzt schauen wir erstmal, was wir finden und dann entscheiden wir, was wir machen oder?" „Sie sind ein sehr positiver Mensch. Aber vielleicht ist das gut so."

Das Prozedere war bis einschließlich Freitagabend so langatmig und aufreibend, dass ich so richtig ausgelaugt war, als ich gestern Abend zu Hause eintraf. Ich saß letztendlich an unserem schönen Esszimmertisch und starrte für kurze Zeit einfach nur auf die Tischplatte. Mich übermannte eine unbeschreibliche Hilflosigkeit, ich konnte das Weinen nicht mehr halten. Für einen kurzen Moment wichen das positive Gefühl, das positive Denken und ich sah kein Ende mehr, war überfordert. Mit dem Bewusstsein, dass am Montag alles passieren konnte, die Gefahr vom Luftröhrenschnitt bis dahin, dass alle angrenzenden Organe des Halsbereichs angegriffen und kaputt sein konnten, das alles hat mich sehr mitgenommen. Es war eine kurze Kraftlosigkeit, Niedergeschlagenheit. Am fundamentalsten war jedoch meine Angst um die Situation meiner Kinder. Sebastian ist 18 und hat gerade seine Lehre als Elektroniker begonnen. Maximilian ist 19 und studiert in Karlsruhe Wirtschaftsingenieurwesen und Martha hat ihr Bachelorstudium gerade abgeschlossen und startet ins Berufsleben. Sie ist mittlerweile 24. Wie würden sie das alles verarbeiten? Obwohl ich bis dahin stets zuversichtlich war, in diesem kurzen Moment, auf die Tischplatte blickend, kommen mir diese Gedanken. Gedanken, dass den Kindern ihr Berater und Vertrauter weggenommen werden könnte. Das Auseinanderreißen einer Familie stand auf dem Spiel. Ja, natürlich nur im schlimmsten Falle. Meine Frau und meine Kinder waren es, um die ich mich sorgte. Was würde ich ihnen alles aufbürden mit meiner Krankheit? Diese Gedanken ließen sich nach solch einem Tag nicht verhindern, das machte mich fertig, ich war am Ende. Das Gesicht in meinen Händen liegend weinte und weinte ich. Ich war so hilflos. Und Wendy saß neben mir und hielt mich einfach nur fest, sie war so stark, so stützend. Sie brauchte nichts zu sagen. Zwar war ich mir sicher, dass wir das alles in den Griff bekommen würden und ich noch viel im Leben erledigen dürfte, trotzdem war es eine Scheiß-Situation. Nach dem Abendbrot war mein Gemütszustand wieder stabil.

Das Leben musste weitergehen und ich fand es an der Zeit mit Wendy sämtliche Unterlagen einmal durchzugehen. Das musste sein, es war mir wichtig, dass sie auf dem gleichen Wissensstand wie ich war. Ich holte aus dem Büroschrank alle Versicherungen heraus und zeigte ihr, an welcher Stelle was lag. Sie wollte es nicht wissen, doch ich bestand darauf. Auch diese Dinge gehörten dazu. Sie konnte, nein, sie durfte sich nicht ständig auf mich verlassen. Nun fing sie an zu weinen. Erst jetzt zeigte sie ihre Angst, die sie so sehr beschäftigte und ständig versuchte zu verbergen. Eine Angst um mich und um unsere Liebe. Ihre wunderschönen Augen waren voller Sorge und Hilflosigkeit, so deutlich und ablesbar, als könnte man jedes noch so kleine Detail einzeln erkennen. Irgendwie bildet man sich ja meist ein, dass wir das gemeinsam schaffen. Aber es nahm sie mehr mit, als mir lieb war. Jetzt war ich der, der trösten durfte. Ein emotionsreicher Freitag ging zu Ende, mit einer bis dahin noch nicht absehbaren, bevorstehenden Katastrophennacht, die mit einem Kreislaufkollaps im Bad enden sollte. So war es gestern.

Kapitel 3

Nach dem leckeren Frühstück erledigen wir noch in Ruhe anschließende Restarbeiten. Spülmaschine und Kühlschrank mache ich, Gästezimmer und Bad Wendy. Wir ziehen uns an und gehen Richtung S-Bahnhof Wächterhof. Ich freue mich sehr auf Maximilian und auch auf das Fußballspiel. Wir steigen gemütlich ein und setzen uns in eine Bank im hinteren Bereich des Abteils. Die S-Bahn ist hier noch ziemlich leer, schon schweifen meine Gedanken wieder ab.

Dienstag, gerade erst vor 4 Tagen am 12. 09., nahmen wir den gleichen Weg. Wir fuhren ins Diagnostikzentrum am St. Josefs-Platz in München, diese Untersuchung war ursprünglich für den 25. geplant. Genau daran denke ich, während ich aus dem Fenster blicke. Die Einrichtung war eine Spezialeinrichtung für Nuklearmedizin, hauptsächlich für Schilddrüsenerkrankungen zuständig.

Als ich tief und schwer atmend dort ankam, sahen wir einen großen Empfangsraum mit mehreren Ansprechpartnern auf ihren Annahmeplätzen. Der Empfang war sehr sachlich und professionell aufgestellt, es funktionierte auch alles vorzüglich. Nachdem sämtliche Formalitäten erledigt waren, durften meine Frau und ich in die Räume einer erfahrenen und sehr sympathisch dreinschauenden Ärztin. In ihren Räumen wandelte sich das Bild, das der sachliche Empfang vermittelte, in ein warmes, willkommenes Bild ab. Wir fühlten uns nun eher in einer normalen Praxis eines einzeln niedergelassenen Arztes. Kurz schilderte ich ihr meine Beweggründe, warum ich hier war und vor allem den Krankheitsverlauf in den letzten 10 Tagen. „Na, da wollen wir mal nachschauen", sagte sie noch. Sie begutachtete meinen Hals, kontrollierte meine Atmung und bat mich anschließend mich etwas frei zu machen und hinzulegen. Ihr Ultraschallgerät wurde aktiviert und sie ließ den Linarschallkopf über den besagten Bereich gleiten. Es dauerte eine kurze Weile, bis sie etwas sagte. Leise entwichen ihr einige Worte: „Oh, oh. Das sieht aber nicht gut aus." Und gleich darauf: „Also wenn ich ganz ehrlich sein darf, das sieht überhaupt nicht gut aus Herr Peter!" Sie schaute mich ungläubig an, schüttelte ihren Kopf hin und her und kontrollierte parallel weiter. Ich bemerkte, dass sie suchend nach einem anderen Ergebnis war, nach einem Ergebnis, das ihren ersten Eindruck verdrängen könnte. Meine Frau wirkte leicht irritiert. „Wie meinen Sie das? Was ist denn los?"

„Sie können ganz offen sein. Ich weiß, dass ich keinen leichten Weg vor mir haben werde. Ich bin sehr realistisch, sagen Sie, was Sie meinen", fügte ich an. Sie holte kurz Luft und dachte wohl auch, es macht keinen Sinn noch irgendetwas zu beschönigen. „Herr Peter, ich will ganz ehrlich sein. So etwas habe ich auch noch nicht gesehen." Sie überlegte kurz. Es war nachmittags mittlerweile gegen 17.15 Uhr. Dann schaute sie mich und meine Frau kurz an und schlug, für einen fremden Facharzt bestimmt nicht alltäglich, vor: „Hätten Sie denn noch einen kurzen Weg? Ich würde Ihnen gern Ihren Bericht im Anschluss fertigstellen, dann können Sie sich diesen heute noch mitnehmen. In einer Stunde wäre er fertig. Aber Sie müssen kurzfristig einen Termin in einem Krankenhaus machen, das steht außer Frage."

„Ja, natürlich haben wir Zeit und wir warten gern", antwortete meine Frau. Obwohl sie sehr besorgt war, hatte sie das Angebot der Ärztin gleich angenommen. „Aber haben Sie denn nach 18.00 Uhr noch auf?"

„Ich sage sofort am Empfang Bescheid, das klappt schon. Danke, dass Sie warten." Dabei waren wir es, die Dankbarkeit zeigen mussten. Wir beide gingen zur Tür hinaus, über die Straße. Am St. Josefs-Platz waren noch mehrere Marktstände mit frischen Früchten, Gemüsesorten und natürlich auch Imbissbuden um den Kirchplatz herum offen. Es war ein sehr gemütlich eingerichteter Markt, der selbst um diese Uhrzeit noch gut besucht war. Diese Märkte fanden in Bayern gefühlt ständig statt. In Hessen wurden diese Märkte immer mehr zur Seltenheit. Ich war irgendwie froh, dass Markt war, hinter den Ständen auf der

Treppe der Kirche war es relativ ruhig und genau das benötigte ich nun. Außerdem mag ich Kirchen und Glauben, irgendwie passte das. Darüber hinaus war es die Gelegenheit, in Ruhe unsere Kinder zu informieren. Mir war dies äußerst wichtig, denn Geheimnisse gab es in unserer Familie nicht. Das war ein Kern unserer intakten und liebevollen Beziehung. Ich sagte zu meiner Frau: „Schatz, wir müssen die Kinder informieren. Wir dürfen sie nicht in Unwissenheit lassen."

„Aber Schatz, wollen wir nicht noch abwarten? Was willst du ihnen denn erzählen? Außerdem habe ich ehrlich gesagt etwas Angst. Wir wissen ja selbst noch nicht, was wirklich los ist?"

„Doch, ich weiß es. Aber zumindest müssen wir ihnen mitteilen, dass ich krank bin und operiert werden muss. Das muss ich jetzt tun, ansonsten fallen sie ja aus allen Wolken, wenn wir sie nach der OP informieren würden. Das geht nicht." Ich holte wieder tief Luft. Dabei drückte ich meine Speiseröhre erneut zur Mitte des Halses, um relativ freien Luftzugang zu ermöglichen. Wir waren auf der Treppe der Kirche angekommen, schauten uns von hinten das Markttreiben an. Meine Frau wählte zuerst unsere Tochter Martha an. Vermutlich begleitet von Angst, den Kindern eine solch negative Mitteilung zu überbringen, machte sich mein Kreislauf bemerkbar. Ja, ich hatte Angst. Ich wusste genau, dass ich meinen Kindern und vor allem meiner Martha Schmerzen mit dieser Nachricht überbringen würde. Insbesondere Martha tat sich schon als Kind schwer, wenn ihr Papa einen Schnupfen hatte oder sich wegen leichter Kopfschmerzen auf dem Sofa ausruhte. Sie kannte das Phänomen eines kranken Papas so gut wie überhaupt nicht. Und nun diese Nachricht? Beim Überbringen der Botschaft verlor ich mich schon und konnte kein Wort mehr herausbringen.

Meine Stimme war wie abgeschnürt, es war nicht möglich auch nur einen Satz hervorzubringen. Ich hörte noch: „Papa? Papa? Was ist denn los?" Meine Frau musste, ob sie wollte oder nicht, übernehmen. Ich war so stark und so gefasst, doch jetzt mit meiner Kraft innerhalb weniger Sekunden völlig am Ende. Sofort bemerkte ich, dass ich mich hinlegen musste, um Schlimmeres zu vermeiden. Die Steine, Sauberkeit, das war nun alles egal, einfach hinlegen. Meine arme Frau. Sie kam nicht umhin unseren Kindern, nach der Reihe Martha, Maximilian und Sebastian vom aktuellen Stand zu berichten. Sie hatte den schwersten Part übernommen, übernehmen müssen. Und ich lag auf der Kirchentreppe. „Schatz, ich brauche unbedingt etwas zu trinken, ich kann nicht mehr", sagte ich noch. Sie lief zu einem Marktstand und holte mir einen Saft. Die genau richtige Entscheidung. Jetzt kam eine liebe Frau von einem Stand zu uns die Treppe hoch. Sie hatte meine Lage mitbekommen und machte sich Sorgen. Ihren Marktstand verließ sie ohne zu überlegen. „Ist etwas, geht es Ihnen nicht gut? Soll ich einen Krankenwagen besorgen?"

„Nein", antwortete ich kontrolliert aus meiner waagrechten Lage heraus. „Vielen Dank, ich muss mich nur etwas erholen. Ist alles ein bisschen viel heute. Entschuldigung." Sie erkannte, dass ich gut beieinander war und meine Frau trug das Übrige zum Entspannen der Lage bei. Aber dass ich auf dem Fußboden lag, das war die beste Entscheidung. Es vergingen noch ungefähr 15 Minuten, bis ich wieder zu Kräften kam. Langsam setzte ich mich auf eine der steinernen Stufen und das Erste, was ich dann zu meiner Frau sagte, war, dass ich Hunger hatte. Ich hatte richtigen Hunger. Sie lief für mich zweimal einen Würstchenstand an und holte mir, wonach ich verlangte. Nach zwei Würstchen in der Semmel wurde es wieder. Ich denke, der Stress unterzuckerte mich ein wenig. Ich weiß nicht, was so alles im Kopf meiner Frau ablief. Zumindest nach außen hin ließ sie mich kontrollierend gewähren, als hätte ich mir nur den Fuß verknackst.

Es war inzwischen 18.20 Uhr und wir machten uns über den Platz zurück auf den Weg in das Diagnostikzentrum. Der Bericht lag bereits im Umschlag mit meinem Namen versehen an der Rezeption. Das hatte bereits einmal geklappt. Die meisten Menschen, die wir bisher in Bayern kennenlernen durften, die waren sehr nett. Am Mittwochmorgen bestätigte sich diese Wahrnehmung erneut. Als wir nach einer ruhigen Nacht aufstanden und runter ins Wohnzimmer gingen, hatten wir bereits zwei Anrufe auf dem Anrufbeantworter. Beide aus dem Diagnostikzentrum. Eine der netten Empfangsdamen erzählte dem Aufnahmechip im Telefon, dass sie bereits noch heute für mich einen Termin im Krankenhaus rechts der Isar gemacht hätten, ich aber bis Mittag um 12.00 Uhr vor Ort sein müsse. Ich würde erwartet und sollte mich aber nochmal melden, ob ich den Termin wahrnehmen könnte. Natürlich konnte ich. Nach erneuter Durchsicht der Bilder war es der erfahrenen Ärztin ein dringliches Anliegen, dass ich noch am heutigen Tag in der Klinik vorstellig würde. Sie empfahl das Klinikum rechts der Isar. Diese Klinik sei für onkologische Fälle sehr spezialisiert und für meinen Fall wohl die beste Wahl, so lautete ihre Empfehlung. Nun war es an der Zeit Alex, meinen Vorgesetzten, über meine Krankschreibung und den Besuch im Klinikum zu informieren. Er wünschte mir für die Untersuchung heute erst einmal alles Gute.

Meine Frau und ich nahmen diesmal aufgrund des engeren Zeitplans das Auto bis zur S-Bahnstation. Die Unterlagen legte ich auf den Rücksitz. Wir gingen ruhig und meinem Zustand entsprechend die Treppenstufen zum Bahnsteig hoch. Die S-Bahn war kurz vor der Einfahrt, da bemerkte ich, dass ich die Unterlagen auf dem Rücksitz vergaß. Weil es immer ich war, der schnell nochmal etwas holte, oder schnell irgendwohin lief, ich der Läufer, der Sportler. Ohne lange zu überlegen eilte ich zum PKW, holte die Unterlagen und kam wieder die Stufen hinauf. In meinem Zustand stellte sich das nur als Unsinn heraus. Am Bahnsteig angekommen war die Luft nahezu komplett weg. Die Luftmenge, die ich für diese kurze sportliche Aktivität benötigte, konnte nicht mehr ausreichend eingeatmet werden. Wieder war ich kurz vorm Umkippen. Diesmal allerdings aufgrund von Dummheit. Nur unter Konzentration und durch erneutes Bei-Seite-Drücken der Speiseröhre konnte ich regenerieren. Noch im Zug schüttelte meine Frau ihren Kopf und schimpfte mit sich selbst. Auch sie hatte nicht im Geringsten überlegt, aktuell meine Rolle zu übernehmen. Es war die Gewohnheit, die dieses Handeln auslöste. Noch 10 Minuten bis zum Umstieg in die U-Bahn am Bahnhof Neuperlach benötigte ich zur Regeneration.

Um 11.15 Uhr waren wir in der Klinik nahe Max-Weber-Platz angekommen. Im Bahnhof am Max-Weber-Platz suchten wir erst einmal nach dem richtigen Ausgang. Dann entdeckten wir den Hinweis zur Klinik, die vielleicht 150 m entfernt lag. In der Klinik mussten wir uns zuerst eine Orientierungskarte besorgen. So groß und kompliziert waren Aufbau und die Laufwege der Klinik. Die Karte glich nahezu einer Wanderkarte, nur die durchschnittlichen Wanderwege, sorry, Laufwege waren nicht in Zeitangaben enthalten. Die Abteilung, die für uns relevant war, befand sich im letzten hinteren Winkel der Klinik. Alles kam mir riesig vor, wie in einem Ameisenhaufen fühlte ich mich.

Wir waren wirklich noch über 10 Minuten im Krankenhaus unterwegs, bis wir am Ziel ankamen. Die ambulante Aufnahme der onkologischen Abteilung erwartete mich bereits. Ich war überrascht, wie gut die unabhängige Zusammenarbeit und Terminierung zwischen Klinik hier und Diagnostikzentrum dort funktionierte. Im Klinikum war alles etwas steriler, karger und zweckmäßiger. Wir warteten nur kurz, dann wurden wir aufgerufen. Und im Nu saßen meine Frau und ich in einem Behandlungszimmer und waren neugierig, was nun auf uns zukommen sollte. Ob ich gleich hierbleiben müsste? Es hätte mich nicht sehr überrascht. Eine junge Ärztin betrat das Zimmer. Sie war eher Mitte dreißig und vielleicht der großen Einrichtung geschuldet etwas abarbeitender, etwas neutraler als noch die Ärztin von gestern. Doch der Schein trug. Während ich nochmal den kurzen Werdegang des Krankheitsverlaufes beschrieb, begann sie bereits meinen Halsbereich mit dem Ultraschallgerät zu untersuchen. Etwa eine Minute schaute sie und sagte kein Wort. Plötzlich sah ich, wie ihr eine kleine Träne aus dem Auge entwich. Ganz langsam und voller Sorge lief diese Träne über ihre hübsche Wange herab. Fast unbemerkt wischte sie sich schnell die Träne ab und schaute mich gefühlt zum ersten Mal richtig, also bewusst, an. Dann drehte sie sich meiner Frau zu. Sie stand hinter der Ärztin und schaute abwechselnd auf den Monitor und wieder zu ihr. Die Ärztin fragte: „War denn schon jemand ganz ehrlich zu Ihnen? Sind Sie im Bilde, was sich da bei Ihnen anbahnt?" Jetzt wurde meine Frau blass und kämpfte gegen ihren Kreislauf, sie wusste mittlerweile ebenfalls, dass eine ungewisse Zukunft vor uns lag und alles erst noch am Anfang war. „Ganz ruhig", sprach die Ärztin auf sie ein. „Setzen Sie sich doch erstmal hin. Aber ich muss offen mit Ihnen sprechen." Es war der Ärztin äußerst unangenehm, das war zu spüren. Ich fasste die Ärztin beruhigend am Arm: „Machen Sie sich keine Sorgen, ich weiß, was mit mir ist. Sie können ganz offen reden. Ich schaff' das. Ich weiß, dass ich das schaffe."

„Ja, wie soll ich das sagen. Das alles hier sieht sehr, sehr böse aus. Ich möchte Ihnen da nichts vormachen. Wir müssen natürlich alles noch abklären und diagnostizieren. Aber ich sehe hier einen äußerst unangenehmen, eher bösartigen Krebs. Wenn ich ehrlich bin und mir ihre Aussagen über den Krankheitsverlauf durch den Kopf gehen lasse, dann ist eine Biopsie nicht mehr ratsam. Eher erscheint eine sofortige Operation nötig. Ich kläre gleich mal ab, ob wir das bis Morgen noch hinbekommen. Ansonsten müssen Sie gleich am Montag, 18. 09. herkommen. Länger können wir bei Ihnen nicht mehr verantworten." Meine Frau konnte überhaupt keinen klaren Gedanken mehr fassen. Ich behielt komischerweise einen völlig klaren Kopf, anders als noch am Dienstag bei den versuchten Anrufen zur Aufklärung unserer Kinder.

Auf dem Heimweg informierte meine Frau Alex über die bevorstehende Operation. Er war verständlicherweise sehr geschockt. Mit einer OP hatte er wohl nicht gerechnet. Es folgten noch zwei weitere kraftaufreibende Tage bis zum gestrigen Freitag. Und nun in der S-Bahn auf dem Weg zur Allianz Arena sitzend, gehen mir diese Ereignisse nochmal durch meinen Kopf.

Endlich, nach immer dichter werdendem Gedränge in immer voller werdenden öffentlichen Beförderungsmitteln und auf dem Fußweg zur Arena, nehme ich meinen Sohn in meine Arme. Es fällt mir ein Stein vom Herzen, so erleichtert bin ich, ihn zu sehen. Mir laufen wieder die Tränen, diesmal vor Freude und vielleicht vor Erschöpfung. Maximilian fragt sogleich: „Papa, geht es dir gut? Ich habe mir seit Dienstag solche Sorgen gemacht. Aber ich bin so froh, dass wir uns sehen." Und kurz überlegend, fügt er noch an: „Ist es denn überhaupt gut für dich, wenn wir jetzt ins Stadion gehen?" Er war immer so. Er macht sich Sorgen um andere, jetzt natürlich um mich. Wendy übernimmt kurzerhand: „Ich habe auch schon mehrmals gefragt, aber er hört ja nicht. Anstatt dass wir zu Hause bleiben und er sich ausruht ..." Und anschließend darf sich Maximilian noch die Geschehnisse der letzten Nacht im Bad anhören. Natürlich nur kurz angeschnitten, eine ausführliche Wiederholung kommt vermutlich zu Hause. Außenstehende können das womöglich nicht verstehen. Ja, ich bin ziemlich krank. Das merkt man ja auch. Aber was sollte ich zu Hause tun? Sitzen und Warten? Die Karten für das Spiel gegen Mainz habe ich über einen Arbeitskollegen besorgen können. Mit Maximilian ist ein Bekannter mit dessen Sohn aus unserem Heimatort angereist. Maximilian und er sind von klein auf befreundet. Der Vater und ich schauten den beiden häufig beim Fußball zu und feuerten sie an, kritisierten und begleiteten sie. Obwohl der Bekannte nicht genau weiß, was bei mir ist, erzählt er mir von seiner Tochter, die ebenfalls eine sehr schwere Zeit von Kind auf hinter sich hatte. Er möchte mir Mut und Hoffnung zusprechen. Das rechne ich ihm sehr an. Er war schon immer sehr nett. Das Spiel endet schließlich noch 4:0. Müller, Robben und 2x Lewandowski sind die Torschützen. Das war nochmal ein sehr schönes Erlebnis, dieser Samstag in der Allianz Arena. Der Bekannte fährt mit seinem Sohn nach Hause, wir nehmen Maximilian mit nach Hohenbrunn. Er spürt, dass ich ihn brauche. Er rückt mir kaum von der Seite. Jetzt erzählt Wendy Maximilian detailliert, wie die letzte Nacht war. Sie ist beim Erzählen immer noch sehr mitgenommen, wieder wird mir beim Zuhören bewusst, was sie als indirekt Betroffene durchlebt. Sie tut mir wirklich leid. „Papa, wie war das denn nun mit deiner Krankheit. Kannst du mal erzählen, wie es dazu kam und wie du das bemerkt hast? Also nur, wenn du möchtest."

„Klar kann ich dir das erzählen. Aber wo fange ich an? Am besten ist es, wenn ich dir den Hergang erzähle von da, wo ich Veränderungen bemerkt habe. Ist das auch nicht zu langweilig?"

„Nein. Wir haben doch Zeit heute Abend und mich interessiert das doch", kommt prompt sein Einwand. Ich erzähle ihm die gleiche Geschichte wie Doktor Sarino am gestrigen Freitag. Maximilian schüttelt dabei immer wieder mal den Kopf. „Wie du das alles gespürt hast? Und was ist, wenn du dich täuschst?" Ich räuspere meine heisere Stimme. Etwas Luft und Zeit brauche ich, bevor ich nach dieser langen Erzählung weitermache: „Nein, ich glaube nicht, dass ich mich täusche, es ist so. Aber genau das macht mir ja Hoffnung. Ich falle unkontrolliert in tiefe Stimmungslöcher, wenn mich die Angst um euch übermannt. Aber um mich selbst habe ich überhaupt keine Angst. Ich habe das Gefühl, dass ich noch viel vor habe im Leben. Und Opa will ich auch mal werden", sage ich mit einem Scherz und grinse meinen Sohn an. „Ja, ja", lacht er zurück. „Aber da ist Martha zuerst mal dran oder? Und Sebastian hat doch seine Freundin, vielleicht läuft da schon was?" Jetzt kommt sein intelligent witziger Schalk durch und er feiert sich förmlich weg. „Was?" Wendy mischt sich schnell in unser Gespräch ein. „Da habe ich aber auch noch ein Wörtchen mitzureden. Der soll mir nur kommen mit knapp 19 Jahren." Mit dem Wissen des doch begrenzten Einflusses lachen wir nun zu dritt. Es ist schön, dass wir so viel lachen. Lachen ist gesund. Maximilian möchte noch wissen, wie es denn in unserem Urlaub war.

Ja richtig. Wir hatten doch noch ein paar Tage Urlaub geplant, nach IFA und kurz bevor meine Frau ins neue Berufsleben starten durfte. Direkt am Donnerstag nach meiner Arbeit auf der IFA sind wir nach Cuxhaven an die Nordsee gefahren. Da ich meine Untersuchung auf den 12. vorverlegen konnte, wollte Wendy ursprünglich zu Hause bleiben. In meinem Zustand über 8 Stunden durch Deutschland fahren? Der Aufwand und die lange Fahrt schreckten sie doch ab. Zum Glück konnte ich sie überreden. „Ob ich zu Hause warte oder da oben? Und außerdem will ich nochmal an die Nordsee und wir wollen doch Lotte und seine Frau treffen." Lotte ist der alte Arbeitskollege aus Eisenwerke Zeiten und ein ganz toller Freund dazu. Also fuhren wir. Das heißt, ich fuhr, meine Frau ist nicht so gern auf der Autobahn unterwegs. Fahren konnte ich. Am Mittwoch von Berlin nach München, also warum auch nicht am Donnerstag von München nach Cuxhaven und am Montag gemütlich zurück? Es war die richtige Entscheidung. Als wir in unserem Urlaubsort ankamen, klärte ich die verfrühte Abreise ab und einen Tag später bekamen wir das Okay, die nächsten Urlauber standen schon parat und so konnten wir wenigstens ein paar Kosten sparen. Während unseres ersten Spazierganges an die Kugelbake bemerkte ich schnell, dass ich nicht mehr ganz mitkam. Wendys Schrittfolge war mittlerweile definitiv zu schnell für mich. An eine Wanderung nach Neuwerk wie ein paar Jahre zuvor mit unserer Veteranentruppe war nicht zu denken. Die Veteranentruppe ist ein Pseudonym einer Gemeinschaft aus früheren Jahren, als wir alle noch bei Eisenwerke arbeiteten.

Als wir zwei Tage später Lotte und seine Frau trafen, hatten wir Glück. Die Sonne schien. Ich genoss das Wetter, den Strand und Ebbe und Flut in ganzen Zügen. Irgendwie nimmt man Dinge viel intensiver wahr, wenn man krank ist. Lotte ließ sich nicht viel anmerken, obwohl er mir deutlich ansah, dass ich nicht gesund war. Wendy klärte dann doch auf. Sie musste sich ihre Sorgen von der Seele reden. Das machte sie immer so. „Und als wir am letzten Montag wieder nach Hause kamen", sagte ich abschließend zu Maximilian. „Da wurde es noch richtig spannend. Denn Wendy fiel plötzlich ein, dass ich doch noch einen Hausarzt in München benötigte. Aber wo sollte ich hingehen? Wir recherchierten und fanden gleich im Nachbarort einen Arzt. Wir mussten ein Stockwerk hoch zur ersten Etage. Völlig schnaufend und sichtlich erschöpft kam ich an. Aber aufnehmen wollten sie mich nicht."

„Was?" Maximilian ist just in diesem Moment geschockt. Er erkennt dennoch in meinen Augen, dass das kein Scherz war. „Wirklich? Das gibt es doch gar nicht Papa. Müssen die denn nicht helfen?" „Doch schon. Und es ging mir lediglich um eine Überweisung. Anschließend könnte man ja überlegen, ob ich weitersuchen müsste. Aber auch auf diese Überlegung wollte das Praxispersonal nicht eingehen. ‚Entschuldigung, aber wir sind bereits voll!' So in etwa hörten wir uns ihre Antwort an. Anschließend fuhren wir zu einer allgemeinen Ärztin nach Hohenbrunn. Die Praxis lag im Erdgeschoss eine schöne und freundlich eingerichtete Praxis. Schon die Dame am Empfang erkannte meine Notlage. Sie hielt kurze Rücksprache mit ihrer Chefin und einen Moment später lag meine Überweisung im Drucker. Ich sollte erstmal gesund werden, dann sähen wir weiter, waren die Worte." Mit dieser Geschichte hatte unser Sohn nicht gerechnet. „Da hattet ihr ja noch richtig Arbeit? Wahnsinn." „Und ich habe jetzt auch noch etwas zu erzählen", fiel Wendy in diesem Moment ein. Es ist mittlerweile spät geworden, fast zwölf Uhr in der Nacht. „Das habe ich ja ganz vergessen zu erzählen. Als ich am Freitag an meinem ersten Arbeitstag bei meiner Chefin war, hatte sie schnell erkannt, dass mir sehr unwohl zu Mute war. Sie fragte mich, ob ich meinen Entschluss bereut hätte oder was denn ansonsten mit mir los sei. ‚Nein, nein', sagte ich ihr gleich zur Beruhigung. ‚Bei mir ist alles okay und ich fühle mich wohl. Aber, auch wenn es sich seltsam anhören mag, es ist mir auch unangenehm, ich benötige gleich Urlaub. Mein Mann ist ganz schwer erkrankt und wird am Montag operiert. Dürfte ich vielleicht gleich einen Tag frei haben?' Und was denkt ihr, was sie antwortete? ‚Aber natürlich', hat sie gesagt. ‚Und falls du den Dienstag auch noch benötigen solltest, dann ist das hiermit ebenfalls bestätigt!' Mann, war ich froh, dass sie so toll reagiert hatte. Das kann ich euch sagen. Ihre größte Angst war, dass ich gleich kündigen würde. Stellt euch das mal vor?"

So geht unser sehr schöner Tag zu Ende. Es ist wieder, wie es immer war, vertraut und familiär. Familie und Liebe ist immer noch das Schönste, was man sich wünschen darf, mit keinem Geld der Welt zu kaufen. Den Sonntag verbringen wir in Ruhe zu Hause. Nachdem Maximilian am Abend den Heimweg nach Karlsruhe zu seiner Studentenwohnung angetreten hat, packe ich meine Sachen für die Klinik. Aufgrund der sehr frühen Anreise fragen wir Joseph unseren Vermieter, ob er mich mitnimmt, wenn er um 06.00 Uhr an seine Arbeit fährt. Er sagt selbstverständlich zu. Unser Verhältnis ist sehr angenehm. Ich habe ihm sogar Geld für einen Innenausbau geliehen, das wir Monat für Monat wieder mit der Miete verrechnen. Das vorerst letzte Mal schlafe ich mit meiner Frau in unserem Bett. Wir fassen uns an die Hand, wir vermissen uns. Kennen Sie das, dass man sich bereits vermisst, weil man weiß, dass man ab dem nächsten Tag für ein paar Tage getrennt sein wird? Und das, obwohl man doch noch zusammen ist? Es ist seltsam, aber wir halten unsere Hand. Ich spüre, wie viel Angst meine Frau hat. Sie macht sich unendlich große Sorgen. Ich beuge mich zu ihr rüber und nehme sie nochmal ganz fest in meine Arme, sie weint.

Kapitel 4

Am Morgen des 18. September bin ich früh wach, Essen ist nicht mehr erlaubt. Meine Frau verabschiedet mich nochmal. Es ist kurz nach 6, ich sehe Joseph zu seinem Auto gehen. Einen alten Manta fährt er. Der Manta ist sein Hobby und sein ganzer Stolz. „Servus", begrüßen wir uns. Ihm ist auch nicht einerlei, das erkenne ich an seinem verlegenen Verhalten. Es ist auch für ihn eine komische Situation. „Pack' mers oder?", sagt er noch. Wir setzen uns ins Auto. Ich komme kaum rein, da der Sitz sehr tief liegt. Es ist mittlerweile vieles nicht mehr so einfach für mich. Ich schnaufe ein- bis zweimal tief durch, anschließend geht es besser. Joseph dreht seinen Schlüssel um, nichts passiert. „Wie? Was ist denn jetzt schon wieder los? Sackradee", schimpft er noch. „Ja super", sagt er jetzt. „Hob i denn wieder des saublöde Radio vergessn auszuscholtn?" Sein Radio muss er mit einem separaten Kippschalter an-, aber auch wieder ausschalten. Das hatte er wohl vergessen. Er vergisst immer etwas. In der Farbensprache würde man sagen „Quietsche Gelb", falls sich jemand damit auskennen sollte. Die Gelben sind Menschen, die pauschal gesagt mitteilsam, emotional, kreativ sind. Man kann alles von ihnen haben. Aber die auch etwas zerstreut sein können und wo Nebensachen schnell Hauptaufgaben verdrängen können. So ist unser Joseph in voller Person. „Joseph", sage ich in ruhigem Ton. „Ist jetzt egal, ich muss ins Krankenhaus. Wollen wir mein Auto nehmen? Du musst es aber dann mit an deine Arbeit nehmen und erneut hier abstellen. Wäre das eine Option?" Es ist eine Option. Meine Frau sehe ich noch an der Scheibe der Terrassentür ihren Kopf schütteln.

Wir nehmen meinen Audi, alles klappt wie am Schnürchen. Er ist schon nett. Er möchte mich noch ins Krankenhaus begleiten, da ich ja noch einen kleinen Koffer mithabe. Aber ich sage ihm, dass das schon geht. Der Koffer hat doch auch Rollen. Im Krankenhaus angekommen werden meine Daten aufgenommen, alles muss unterschrieben werden. Ich bekomme ein Zimmer zugeteilt. Es ist ein 3-Bett-Zimmer im 2. Stockwerk in der Chirurgie. Die Betten stehen rechts nebeneinander. Die Schränke sind so klein, dass nicht viel reinpasst. Obwohl mein Köfferchen sehr klein ist, kann ich es nur danebenstellen. Ich bin laut Plan sehr früh mit der OP dran. Es ist wie im Taubenschlag. Im 5 Minuten Takt kommt irgendwer und will oder macht irgendetwas. Bändchen um die Hand, Blutabnahme, Fragebögen. Hatte ich nicht schon alle erdenklich existierenden Bögen in der letzten Woche ausgefüllt? Nein, das müsse so sein, höre ich nur. Es ist okay für mich, was würde sich ändern, würde ich mich aufregen? Nichts. Bis ich dann an der Reihe bin und abgeholt werde, ist es dann doch nicht 08.00 Uhr, sondern 09.30 Uhr. Dr. Sarino kommt kurz vorher zu mir und erklärt, wie er die Narbe setzen wird. „Darf ich noch Wünsche abgeben?", frage ich noch mit heiserer Stimme. Er lacht und meint aber, dass es so am besten ist. „Na dann", sage ich. „Ich nehme es so, wie es kommt." Jetzt geht es los. Mein Bett rollt an und ich durchfahre viele Meter im Gang und dann in einen Fahrstuhl hinein. Irgendwie schauen mich alle etwas bemitleidend an, zumindest nehme ich es so wahr. Der Fahrstuhl fährt zu meiner Überraschung hoch, ich rechnete eher mit einer Fahrt abwärts. Aber wir kommen im 4. Stock raus. Man schiebt mich durch eine Schleuse. Es sieht aus wie in einer professionellen Schlachthalle. Automatisch werde ich mit dem Bett hochgefahren und auf eine Art metallisches Transportband gelegt. Das heißt, ich werde mit einer Neigung eher rübergerutscht. „Na, alles klar?" Der Narkosearzt steht an meiner linken Seite. „Wir machen das schon. Herr Dr. Sarino ist einer der Besten. Ich denke, dass wir Ihren Schlauch auch ohne Schnitt einführen können, machen Sie sich keine Sorgen." Ich nicke ihm zu und denke noch, dass die internen Absprachen aber gut sein müssen. Im selben Moment gleite ich auch schon weg ...

„Herr Peter? Herr Peter?", kommt es etwas lauter bei mir an. Ich öffne meine Augen. An einer runden, silberfarbenen Uhr an der Wand meine ich irgendetwas mit 15.00 Uhr zu erkennen? Ich drehe meinen Kopf in Richtung der Stimme. Herr Sarino steht mit voller OP-Kleidung und einer weiteren Person am Fußende. „Herr Peter. Erst einmal vorab: Alles ist gut, machen Sie sich keine Sorgen. Wir konnten nicht alles entfernen. Ich hätte ansonsten einen zu großen Schaden anrichten müssen. Deshalb müssen wir jetzt abwarten, was aus dem Labor herauskommt. Aber alles ist so weit gut, ruhen Sie sich aus und wir sprechen später noch einmal miteinander, ja?" Ich nickte kurz und auch sofort wieder ein. Ob ich nun bewusst erneut einschlief oder ob es die noch vorhandene Wirkung des Narkosemittels war, kann ich nicht genau sagen. Aber als ich wieder aufwache, bin ich bei Susi. Es ist bereits nahezu 16.30 Uhr. Jetzt sehe ich es besser, da eine große Uhr auf der gegenüberliegenden Wand hängt. Susi ist eine sehr hilfsbereite und aufmerksame Schwester. Ihre blonden, langen Haare sind nicht ganz unter ihrer Haube versteckt. In ihren Augen erkenne ich eine sehr liebe Person. Sie streichelt mir den Kopf, eigentlich träumt man(n) doch von solchen Situationen oder? Ich bewege meinen Kopf kurz nach links und nach rechts. Über den ganzen Körper sind Kabel, Schläuche und Sensoren verteilt. „Hallo, na wie geht's?", fragt mich Susi. „Ich bin die Susi. Es war eine ziemlich lange Operation, aber alles ist gut. Haben Sie Beschwerden?" „Nein", flüstere ich. Kaum einen Ton bekomme ich raus. Es ist schlimmer als vor der Operation. Ich fasse mich unbewusst an meinen Hals. Ein riesengroßes Pflaster ist quer über den vorderen Hals geklebt. Es ist weit über 12 cm lang. „Vorsichtig", sagt Susi. „Lassen Sie das lieber erstmal in Ruhe."

„Wo ist meine Frau? Ist sie noch da?" Sie ist es, die ich nun brauche. „Ja, ich rufe gleich auf Station an, die haben auch schon 2 Mal nachgefragt. Aber ich glaube, sie darf nur ganz kurz zu Ihnen. Sie sind auf der Intensivstation, Sie müssen auch noch über Nacht zur Beobachtung hierbleiben." Susi geht kurz ans Telefon und ist gleich wieder da. „Ihre Frau wartet bereits seit heute Morgen. Sie kommt sofort zu Ihnen." „Das ist gut. Susi, ich habe Durst." „Meinen Sie, Sie können schon etwas trinken? Sie müssen eigentlich noch warten." „Eigentlich?" Ich reagierte sofort mit meiner aufmerksamen Verkäufer-Rhetorik. „*Eigentlich* gibt es nicht. Also ja. Bitte." Susi lächelt und bringt mir einen Becher mit Wasser. Im gleichen Moment überkommt mich ein Gefühl von Kraft, ein Energieschub schießt durch meinen Körper. Es ist so, als müsste ich jeden Muskel aufwecken und anhauen. So nach dem Motto: *Aufwachen! Noch alle da?*

Nun stößt endlich meine Wendy hinzu. Als Erstes fällt ihr ein Stein vom Herzen, mich wach zu sehen. Sie umarmt mich langanhaltend und glücklich. Ein paar Tränen kann sie dennoch nicht verhindern. Aber es macht nichts, wenn diese über ihre hübschen Wangen rollen. Mir geht es in diesem Moment auch nicht besser. Ihre Fürsorge lässt sich allerdings auch nicht lange zurückhalten. „Aber Schatz, bewege dich doch nicht so viel. Warum spannst du denn deine Oberschenkel so an? Das ist bestimmt nicht gut?" Sie hatte also beim Hereinkommen meine spontane Gymnastikübung nicht übersehen. „Aber das ist gut", klärt Susi auf. „Er ist ein Kämpfer, das sehe ich sofort. Lassen Sie ihn ruhig."

Och, das hat sich aber schön angehört, denke ich so bei mir und nicke zustimmend. „Siehste mein Schatz", flüstere ich zurück. „Lass mich mal!" Und ich grinse bereits zufrieden. Susi hat sich entfernt, nicht ohne noch zu erwähnen, dass ich mich natürlich sofort rühren sollte, sollte ich mich nicht wohl fühlen. „Das ist aber eine Liebe?", stellt Wendy fest. „Da bist du aber in echt guten Händen. Schatz, ich habe mir solche Sorgen gemacht. Ich warte schon den ganzen Tag und irgendwann wird man nervös. Ich bin so froh, dich zu sehen. Aber was ist denn jetzt? Hat denn schon einer mit dir gesprochen?" „Nein. Herr Sarino hat mich, soweit ich das mitbekommen habe, kurz aufgeweckt. Er sagte kurz etwas zu mir, dann war ich wieder weg. Wie lange war ich denn überhaupt weg?"

„Ich bin um 11.00 Uhr hier gewesen. Da warst du bereits im OP. Und bis um 15.30 Uhr warst du immer noch im OP, ich habe extra nachfragen lassen, das konnte ich nicht mehr aushalten. Gegen 15.45 Uhr bekam ich endlich eine Info, dass du raus warst. Aber da durfte ich wegen deines Zustands noch nicht zu dir. Es war die Hölle. Vor allem habe ich mir dann ausgemalt, in welchem Zustand ich dich sehen würde."

„Na, jetzt ist alles gut. Ich bin doch da", beruhige ich meine Frau. „Ja, aber was hat Herr Sarino denn genau gesagt? Kannst du dich nicht an irgendetwas erinnern?" „Doch schon. Er sagte etwas von: ‚Wir haben nicht alles bekommen. Ich konnte nicht alles entfernen. Wir sprechen später nochmal in Ruhe alles durch.' Aber vielleicht habe ich das auch nicht ganz verstanden?" Oh weh. In diesem Moment wechselt Wendy von Hautfarben über in Bleich, in ein Kalkweiß sozusagen. Vom Bett aus sehe ich, in welch missliche Lage sie gerät, aber meine Hilfe wäre sehr eingeschränkt. Wie von Zauberhand, im gleichen Moment, steht Susi parat und fängt sie auf. „Setzen Sie sich bitte erstmal. Ich verstehe Sie", sagt sie kurz. „Es ist nicht leicht, Ihr Mann hat einiges hinter sich, aber das wird schon irgendwie." Wendy trinkt ein Glas Wasser und sie weint unkontrolliert. Nun hat Susi kurzerhand eine neue Patientin hinzubekommen. Susi legt ihren Arm um Wendy. Meine Frau sammelt sich, soweit es geht. „Aber was ist denn mit meinem Mann? Irgendjemand muss doch mal eine Auskunft geben können?" Ich würde ihr so gern helfen. Aber mehr als das, was ich erzählen konnte, weiß ich auch nicht. „Warten Sie mal." Susi geht ans Ende des Bettes und holt meine Akte aus der Vorrichtung. „Aber nicht offiziell und ohne Gewähr!" Sie liest und schnell bewegen sich ihre Augen hin und her. Dann holt sie Luft und sagt leise uns zugewandt: „Also. Es besteht Restgewebe. Es deutet auf einen aggressiven Tumor hin. Es müssen Labortests durchgeführt werden. Keine Prognose!" Jetzt schaut Susi auch besorgt drein. Ich weiß nicht, woher ich meine Zuversicht, mein positives Denken herhole. Ob es von meiner Kindheit herrührt, wo ich mit 7 Geschwistern arm, aber geborgen groß wurde? Ob ich dadurch so positiv geerdet bin? Auf jeden Fall sage ich genau in diesem Moment: „Das wird. Glaube mir, mein Schatz. Ich habe ein gutes Gefühl." Und ich nehme meine Frau an der Hand und halte sie ganz fest. Sie spürt meine Zuversicht, unsere Hände kommunizieren miteinander.

Ich sehe, dass es ihr guttut, wie sie ruhiger wird. Normalerweise sollte sie bereits nach 15 Minuten wieder gehen. Aber es sind doch schon 30 Minuten um. Dann hatte Wendy noch eine Frage an Susi: „Und seine Stimme? Warum spricht er denn noch schlechter als vorher? Ist mit dem Stimmband etwas?" „Das steht hier nicht. Aber da ist es wirklich besser, Sie warten morgen den Professor ab. Er wird Ihnen alles erklären." Es ist der zweite Arbeitstag und gleichzeitig auch der erste Urlaubstag meiner Frau. So hatte sie sich ihren Arbeitsbeginn bestimmt nicht vorgestellt. Ich bleibe die ganze Nacht auf dieser Station. Plötzlich werde ich wieder wach. Ein gebrochenes allerdings lautes „Hallo? Haaalllooo?" dringt an mein Bett. Eine ältere Dame ist hinzugekommen. Dunkel ist es in diesem Zimmer nicht. Zwei Schwestern haben mittlerweile Susi abgelöst. Sie schauen nach der älteren Dame. Sie sieht nicht viel, das bekomme ich mit. Aber sie will hier, in diesem Raum, auf keinen Fall bleiben. Das bekomme ich ebenfalls mit. So langsam muss ich dringend auf die Toilette. Ich frage eine der Schwestern. Aber ich darf nicht. Es wäre in meinem Zustand zu gefährlich und auch laut Papieren nicht erlaubt. „Nehmen Sie doch die Urinflasche. Dafür ist sie da."

Ja, tolle Antwort. Ich probiere das aus. Es geht nicht. Ich habe einfach eine Blockade im Kopf. Vielleicht auch, weil ich mir ganz sicher bin, dass ich aufstehen kann. Ich fühle mich in einem sehr stabilen Zustand. „Ich kann das nicht", bitte ich. „Wirklich. Ich bin total sicher. Wo ist denn die Toilette?"

„Nee, nee, das geht nicht. Hier unten gibt es keine Toilette. Soll ich Ihnen helfen?", kommt von einer der Schwestern zurück. Und just im gleichen Moment nimmt sie meinen Penis und hält ihn in die Öffnung der Flasche. Ich schau sie nur an und kann mir die Bemerkung nicht verkneifen: „Daran lag es nicht, vielen Dank. Ich kann nicht, weil ich nicht kann, verstehen Sie? Es muss doch möglich sein, dass ich auf irgendeine Toilette gehen kann? Ich bin sehr vernünftig und pass auf mich auf, wirklich." Doch das hilft auch nichts. „Okay", sage ich schließlich. „Ich stehe auf und versuche es zumindest im Stehen. Vielleicht bekomme ich das hin." Und so probiere ich das nun auch. Ich konzentriere mich, ich quäle mich. Mein Stand ist stabil und gut. Doch die Blase will und will sich nicht öffnen. Möglicherweise liegt es auch daran, dass die beiden netten Damen ständig zu mir schauen. Ich lege mich wieder hin. So langsam wächst der Druck und verdrängt vieles andere.

Kapitel 5

Um kurz nach 07.00 Uhr am Morgen werde ich auf mein Zimmer zurückgefahren. Es ist ziemlich genau einen Tag her, als ich das letzte Mal hier war. Und ohne zu fragen oder auf irgendjemand oder irgendetwas zu warten, gehe ich recht zügig mit zwei Fläschchen Wundflüssigkeiten in der Hand auf die Toilette und erledige das dringend nötige Geschäft. Ein Stein fällt mir vom Herzen. Als ich wieder zurückkomme, schauen mich ein Kosovo Albaner und ein Westfale, meine Zimmergenossen, verwundert an. Es sah, glaube ich, lustig aus, als ich mit meiner kompletten Schlaucharmee zur Toilette marschierte und nun wesentlich stressfreier zurückkomme. Der Albaner ist ein sehr netter, freundlicher Mann. Er schaut optisch etwas komisch, eigenartig aus. Seine Kopfform, seine Gesichtszüge sind kantiger, verbrauchter. Doch im Kern will er einfach seine Ruhe. Dem Westfalen gefällt dieser Umgang mit diesen unterschiedlichen Kulturen überhaupt nicht, dazu benötige ich keine besonderen Antennen. Angespannte Luft herrscht in dem gemütlichen Dreierzimmer. Wobei ich bei jeder Frage oder jeder Regung des Albaners feststellen muss, dass es nicht an ihm liegt. Dem Westfalen passt sein eigener und unfreiwilliger Aufenthalt nicht, mit dem Albaner schon gar nicht. Ich bin hier vorerst neutral. Mein Magen knurrt energisch. Er weiß noch nicht, was weiter oben passierte, und beschwert sich lautstark.

Als der geschäftige Pfleger ins Zimmer kommt, begrüßt er mich zunächst als Erstes, sein Name ist Horst. Gewicht, Stuhlgang, Blutdruck und solche Dinge will er wissen. „Ich komme gerade nach beinahe 24 Stunden aus dem OP-Bereich, nüchtern und mit wenig Flüssigkeit. Stuhlgang war da noch nicht möglich. Aber vielleicht klappt das, wenn ich kurzfristig etwas zu essen bekommen könnte?", frage ich ihn mit freundlicher Unterstützung

meines Magens. Er sieht mich mit seinen großen schwarzen Augen an. Er ist ein sehr großer und sehr kräftiger Pfleger im Alter von ungefähr 28 Jahren. Seine großen Locken und seine Ausstrahlung sagen mir, dass er wohl noch bei seiner Mutter wohnt. „Äh, sorry. Aber in Bezug auf das Essen, da muss ich erstmal fragen."
„Klar, ist doch kein Problem. Aber ich habe echt Hunger."
„Ich schau mal, was die Ärzte sagen. Äh, ist das mit ihrer Stimme immer so?"
„Nein. Erst jetzt", sage ich noch. Nach einer weiteren Stunde kommt das ersehnte Frühstück. Endlich. Horst bringt mir als Letztes ein Tablett ans Bett hinten ans Fenster. „Sorry", das ist sein Lieblingswort, denke ich. „Aber Sie dürfen nur einen Joghurt. Wir müssen erst etwas für Sie bestellen. Sie dürfen keine feste Kost." Und er stellt mir einen Naturjoghurt auf meinen beweglichen Tisch. *Gut*, denke ich so bei mir. *Den esse ich doch gern. Besser als gar kein Frühstück.* Beim Löffeln denke ich zufrieden mit mir und der Welt an eine Wanderung in Oberaudorf mit meinen Kindern zurück. Da hatten wir einen Rucksack voller Naturjoghurt dabei. Es war ausschließlich Naturjoghurt im Rucksack. Wie ich diesen dann schmackhaft, zelebrierend an meine Kinder anpries, ist im Familienkreis heute noch legendär. Durch ein seltsamen und lauten Knacker werde ich aus meinen Gedanken gerissen. Das Geräusch ist irgendwie seltsam, kaum zuzuordnen. Zuerst schaue ich mich im Raum um, dann zum Fenster. Mein Gehirn kann mir keinerlei Erklärung oder gar Lösung anbieten. Dann verschwindet das Geräusch wieder. Der Westfale meckert provozierend in sich hinein. So, dass man schon bemerkt, er ist auf Krawall gebürstet. Zwei Ärzte später, jeder hatte für sich etwas abzuarbeiten, kam nun endlich meine Frau durch die Zimmertür. Heute ist das schon etwas Anderes als gestern. Sie ist auch gefasster und ihre Freude über unser Wiedersehen kann sich so richtig seinen Weg bahnen. „Schatz, ich muss hier raus, ich muss mich bewegen." Dieser Satz schoss nach der herzlichen Begrüßung aus mir raus. „Okay, aber geht das denn und darfst du überhaupt mit deinen vielen Schläuchen? Dass du immer rausmusst."

„Ich kann und ich will. Ich habe den Drang, auf die Beine zu kommen. Bitte. Wir gehen doch nur auf dem Gang. Ich bin am Hals, nicht am Laufwerk operiert worden." Sie geht natürlich mit mir. Meine Stimme macht ihr große Sorgen, mir übrigens ebenfalls. Meine Sprache ist so was von heiser und leise. Ich bin schon froh, wenn ich überhaupt verstanden werde. Endlich ein paar Meter laufen, eine Wohltat. Gut, die Schritte sind nicht unbedingt flott oder kräftig. Aber ich spüre förmlich, wie sich meine Akkus aufladen. „Sag mal", fällt mir gerade ein. „Was ist denn mit deiner Arbeit? Es ist doch noch früh am Morgen?"

„Ach, ich habe gestern Abend noch mit meiner neuen Chefin telefoniert und die Option mit dem Urlaub für heute gezogen. Ich muss doch erstmal mit dir und dem Arzt richtig reden, sonst hätte ich keine Ruhe gehabt. Und das verstehen alle in der Einrichtung, hat sie mich noch bestärkt." Wir sind auf dem Zimmer zurück, ignorieren einfach das ständige Gezänke der anderen beiden, bis die Tür erneut aufgeht. Herr Sarino steht in der Tür. „Herr Peter, Frau Peter. Das freut mich Sie beide zu sehen. Na Herr Peter, wie haben Sie die Nacht überstanden?" Mit einem „Guten Morgen, Herr Dr. Sarino" lächele ich flüsternd den Professor an. „Mit Ihnen habe ich heute Morgen noch nicht gerechnet, ich dachte, Sie operieren." „Nein, nein. Nicht jeden Tag, Herr Peter. Aber Ihre Stimme ist schon sehr stark in Mitleidenschaft geraten oder?" „Ja", antwortet meine Frau. „Ich war gestern total runter. Erst diese extrem lange Wartezeit, dann erzählte mir mein Mann, dass irgendetwas nicht raus wäre? Kann das sein? Vielleicht klären Sie uns heute nochmal mit etwas mehr Abstand auf?" Herr Sarino nickt und schiebt sich seine Brille gerade. „Natürlich mache ich das. Deshalb bin ich ja hier. Ich möchte mir nicht nur die Narbe ansehen. Ja, wo fange ich am besten an. Die Operation war nicht ganz leicht. Als ich die entsprechende Stelle öffnete, war schnell klar, dass das kein einfaches Unterfangen werden würde. Ich erkannte, dass ich den Schnitt am Hals nach oben verlängern musste. Und dass es ein bösartiger Tumor sein wird, war ebenfalls eindeutig. Da möchte ich auch keine unangebrachten Hoffnungen schüren. Nun war der Tumor im

Hals so groß geworden, dass wir bei kompletter Entfernung nahezu alles hätten zerstören können, teils müssen. Das hätte ich nicht verantworten können, da es mir auch nicht nach einer finalen Heilung ausgesehen hätte. Und Herr Peter, Sie werden sich vielleicht nicht wundern. Der Tumor ist auch an einem Zugang zum Gehirn gewesen. Genauso, wie Sie es beschrieben haben. Das ist eigentlich unglaublich. Diesen Teil musste ich ebenfalls, wie auch am Stimmband, so belassen. Aber jetzt gilt es, bis Mittwoch, den 20. 09. dem Labor Zeit zu geben und herauszufinden, wie wir diesen Tumor bekämpfen können. Drücken Sie uns die Daumen, dass wir es sobald als möglich herausbekommen." "Oh. Das ist aber heftig, obwohl ich mich nicht wundere. Kann ich denn mal sehen, wogegen ich kämpfe?" Herr Sarino konnte sein inneres Grinsen wieder nicht unterdrücken. "Herr Peter, glauben Sie mir, das wollen Sie nicht sehen. So etwas sehen wir auch nicht oft." Der Arzt denkt kurz nach und holt nochmal tief Luft: "Aber wenn wir eine Chance auf Gesundung haben wollen, dann müssen wir auf das Labor hoffen. Und wenn es einer schafft, dann Sie!" Wendy macht sich nun nicht weniger Sorgen: "Aber was heißt das genau? *Auf das Labor hoffen?* Was bedeutet das für meinen Mann?" "Wir gehen von zwei Richtungen aus. Die eine Möglichkeit wäre die, die dann zu einer Chemotherapie führt, die wäre mir allerdings am liebsten. Mehr kann ich heute wirklich nicht sagen. Warten wir das Labor ab." "Und die andere?", möchte Wendy noch wissen. Ihre Augen verraten, dass Sie es eigentlich nicht wissen möchte. "Hoffen wir auf die erste Möglichkeit Frau Peter", antwortet Herr Sarino kurz. "Hoffen wir auf die erste!" Jeder kann sich seine eigenen Gedanken machen, die Antwort ist vage. Und dennoch verschwende ich keinerlei Gedanken an eine unangenehme Entwicklung dieser, meiner Geschichte. Irgendwie bleibt mein gutes Gefühl im Bauch.

Ich bekomme pürierte Kost in Form von Kartoffeln, Gemüse und sogar Fleisch. Alles in gleicher Konsistenz, nur die Farben sind unterschiedlich. Und das morgens, mittags und abends. Das Abendessen liegt schon hinter mir, da höre ich wieder das extreme, laute und nicht zuzuordnende Geräusch. Klack-Klack,

Klack-Klack! Es hört sich an wie ein Porzellanwürfel in einem Glasbecher. Klack-Klack und Klack-Klack, nur halt viel schneller. Oder so, als wenn ein großer runder Stein über eine Pflasterstraße hinunterjagt. Langsam komme ich dem Geräusch auf die Spur und diese Spur endet beim Albaner. Der nette Albaner lässt ab und zu ein Bonbon so laut und so zügig in seinem Mund hin und her sausen, dass ich mich wirklich wundere, wie er bisher Schäden an seinen Zähnen verhindern konnte. Oh, nun kommt der Westfale von ganz rechts. Mittlerweile ist auch ihm nicht verborgen geblieben, wer dieses seltsame Geräusch auslöst. Es wird laut und ruppig. Ein Wort gibt das andere und der Albaner hat mittlerweile in einen provozierenden Modus umgeschaltet. Diese Situation empfinde ich so unangenehm, dass ich kurzerhand den roten Knopf über meinem Bett drücke und innerhalb von 1 Minute steht Horst in der Tür. Dieser Streit ist vorerst, etwas abrupt beigelegt.

Am 20. wechselt der Westfale das Revier und macht einem bayerischen Choleriker Platz. Schlecht gelaunt, missmutig und mürrisch kommt dieser ins Zimmer. Wir werden in der Klinik gut und professionell bedient und unterstützt, gerade für neue Patienten nimmt man sich viel Zeit. Dennoch geht es dem Neuankömmling nicht gut genug, nicht schnell genug, nicht individuell genug. Er will sich einfach aufregen, aus Prinzip schon. Ich vermute, das ist sein Ventil. Während des Mittagessens komme ich nicht umhin ihn ganz beiläufig zu fragen, was er denn heute noch vorhabe und wo er noch hinmüsse. In seinem beschämten Blick erkenne ich, dass er den Sinn meiner Frage versteht. Nach kurzer Überlegung antwortet verlegen: „Ja, eigentlich habe ich nichts mehr vor, wie denn auch?" Dabei schaue ich ihn seelenruhig an, ohne ein weiteres Wort zu sagen. Dann sagt er noch: „Ja ist echt blöd, ich weiß."

Noch am gleichen Tag wechselt nun auch der Kosovo Albaner und tauscht seinen Platz mit einem Thai. Der Thai betreibt mit seiner Familie einen Imbiss nahe Nürnberg. Er hat Krebs und merkt, dass er eine schwierige Zeit vor sich haben wird. Seine Ausstrahlung ist sehr in sich gekehrt, sehr ruhig und besonnen.

Er meditiert, macht Yoga, sucht seinen Fokus. Wir unterhalten uns kurz, tauschen Ansichten, Hobbys und Erfahrungen aus. Er findet meine Einstellung in Bezug auf Krankheiten gut. Positiv und abwartend, was kommen mag. Sein Name ist Phan, wird aber wie „FAN" gesprochen, erklärt er mir. Und immer positiv denken, sagt er etwa 6-mal am Tag.

Meine Frau kommt wieder zu Besuch. Heute kommt sie nach der Arbeit, es ist 16.00 Uhr. Endlich wieder laufen. Wir machen auf meinen Wunsch eine größere Runde. Ich fühle, ich brauche das, es tut mir gut. Es ist der vierte Gang für mich am heutigen Tag. „Schatz, heute war ich bereits 3-mal im Gebäude unterwegs, immer einen anderen Gang entlang. Und unser neuer Zimmerkollege ist echt nett. Er macht sogar Yoga und er singt. Er ist ein toller Typ."

„Das ist schön. Und dir geht es gut? Hast du etwas von den Ärzten gehört? Heute sollte doch das Ergebnis aus dem Labor kommen?"

„Nein, da habe ich immer noch keine neue Info. Ich hätte dich doch gleich angerufen. Nein. Aber Herr Sarino war heute sogar zweimal da und hat sich nach mir erkundigt. Und die Narbe hat er sich heute ebenfalls angesehen. Sieht wohl noch sehr komisch aus. Aber Wundsekret läuft kaum noch, eventuell kommt dieser Schlauch die nächsten Tage schon raus? Da bin ich mal gespannt, wie sich das Herausziehen anfühlen wird?" Etwas unangenehm ist mir bei diesem Gedanken. Meine Frau bedauert mich. „Und wegen deiner Stimme? Hat Herr Sarino da schon etwas sagen können?" „Nein, darüber haben wir gar nicht gesprochen."

Bald ist Abendbrotzeit und mein Püriertes wartet dann auf mich. Wir treffen am Flur eine junge Ärztin der Station und fassen die Gelegenheit beim Schopfe. „Entschuldigen Sie bitte", rief ihr meine Frau zu. „Ja, bitte?" Die Ärztin dreht sich um. Ich bin mir nicht sicher, ob sie überhaupt weiß, wer ich bin, aber sie bleibt stehen. „Danke. Darf ich Sie mal etwas fragen? Mein Mann sollte doch spätestens bis Mittwoch die Analyse aus dem Labor bekommen? Er wurde Montag operiert und wir wissen bis heute eigentlich nicht, woran wir denn nun genau sind?" „Ach ja", lächelt sie zurück. „Aber machen Sie sich keine Sorgen. Das, was wir angenommen haben, ist es zum Glück nicht. Jetzt müssen wir noch weitersuchen, aber es dauert noch." Mit dieser Aussage ist sie eigentlich fertig und befindet sich bereits im Wegdrehen. Doch meine Frau hakt gleich nach, jetzt möchte sie es doch genau wissen: „Wie, das, was wir angenommen hatten? Was hatten Sie denn angenommen?"

„Wir dachten, er hätte ein Schilddrüsenkarzinom. Aber dann hätten wir bis Weihnachten nicht mehr geschafft. Aber das ist es ja vermutlich doch nicht. Einen schönen Abend noch." Meiner Frau bleiben die Worte im Mund stecken, so verblüfft schaut sie in diesem Moment drein. Ich halte die Ärztin leicht am Arm und schaue sie dabei völlig selbstbewusst an: „Machen Sie sich keine Sorgen. Das mit Weihnachten schaffe ich, glauben Sie mir." Sie bestätigt kurz mit einem Nicken und geht mit sich völlig im Reinen und zufrieden um die Ecke und ist bereits verschwunden. Sie hat eine Frage abgearbeitet, mehr nicht. Ausgelöst hat sie allerdings weitaus mehr. Meine Frau ist von den Socken, total geschockt. „Was? Die haben wirklich bis heute vermutet, dass du Weihnachten nicht mehr erlebst? Und wir wissen davon nichts?"

„Schatz, glaube mir. Ich weiß, dass ich das schaffe. Ich habe nicht im Geringsten nur eine Sekunde Bedenken, dass ich das nicht schaffen sollte. Nun warten wir mal ab, was letztendlich herauskommt und dann schauen wir nach vorn. Alles andere ist doch eh irrelevant. Sie werden schon noch herausbekommen, was mit mir ist." Meinen Blick kann ich ausschließlich nach vorn richten. „Aber, wie kannst du nur so ruhig und zufrieden sein? Ich verstehe das nicht. Warum bekommst du, ausgerechnet du, Krebs? Das ist doch ungerecht. Du trinkst keinen Alkohol, du rauchst nicht, du treibst Sport und bist fit. Warum du? Das macht mich fertig!" „Aber Schatz. Was soll das? Du zermarterst dir den Kopf, machst dich fertig. Stell dir mal vor, du würdest wirklich eine Antwort auf all deine Fragen bekommen. Was würde das an meiner Situation ändern? Nichts! Wir können nur auf das Ergebnis warten und dann nach vorne schauen und das Beste daraus machen!" In dem Moment, als ich das sage, erinnere ich mich an einen Bericht aus dem Fernsehen und an ein tolles Zitat: „Ich bin glücklich, obwohl ich Krebs habe. Denn wenn ich unglücklich wäre, so hätte ich doch immer noch Krebs oder?" Allerdings kann ich meine Frau gut verstehen. Sie ist sehr ungeduldig, versteht nicht, warum es so lange dauern kann, bis endlich ein Ergebnis vorliegt, jeden Tag fragt sie mich, ob ich etwas gehört habe.

Es ist nun Donnerstag, der 21. 09. Ein Arzt schaut sich meinen Wundschlauch an und den kleinen Auffangbehälter. Es kam seit gestern keine Flüssigkeit mehr hinzu und kurzerhand war der Schlauch unterhalb des Halses auch schon raus. Und ich muss gestehen, das habe ich mir etwas unangenehmer vorgestellt. Der bayerische Choleriker wird noch am Vormittag entlassen. Aus seiner Sicht definitiv viel zu spät, aber wenigstens ist er nun wieder raus, nach einem Tag wohlgemerkt. Sein Platz wird von einem 65-jährigen Mann sogleich wieder belegt. Er war wohl schon öfter hier, er ist auf Station bekannt. Er möchte sich weder unterhalten noch angesprochen werden. So etwas gibt es auch. *Wer weiß, welche Probleme er hat oder wie er ansonsten sein Leben regelt*, denke ich so bei mir. Nach einer Stunde klären sich meine ersten Fragen. Es kommt die Person, die alles für ihn regelt und damit Schwung ins Zimmer. Ungefragt kommen Erklärungen und dass er auf jeden Fall auf dem falschen Zimmer liegt. „Mein Bruder kann doch unmöglich auf einem 3-Bett-Zimmer liegen. Was soll das denn? Wenn sich nicht sofort etwas ändert", folgt eine deutliche Drohung, als eine Pflegekraft im Raum ist. Also ist diese Person seine Schwester, die sich um den kleinen Bruder kümmert. Ja, den Kleinen, denn sie ist die Ältere und sie führt das Regiment in der Lebensgemeinschaft. Abschließend tröstet sie ihren Bruder mit den Worten: „Ja, du bist doch der Beste" „Ich bin für dich da mein Schatz" und noch so einige Sätze mit ähnlichem Inhalt. Verheiratet kann er mit seinen 65 Jahren nicht sein, das gäbe ja Krieg, unmöglich.

Pünktlich zum Mittagessen werde ich für einen CT abgeholt. „Hätte das nicht noch wenigstens 10 Minuten Zeit? Mein Essen wird sonst kalt?" „Nein, das geht doch schnell und wir halten es warm", sagt Horst zu mir. Ja der CT ging recht schnell, wenn ich nicht über zwei Stunden hätte warten müssen, bis ich drankam. Gegen 15.30 Uhr bin ich wieder auf dem Zimmer, das Essen ist natürlich kalt. Dafür stelle ich bereits nach 3 Stunden fest, ich täuschte mich, was das Thema verheiratet und Lebensgemeinschaft des 65-Jährigen angeht. Nun sind seine Schwester **und** seine Frau am Bett und helfen ihm beim Umzug in sein richtiges, angedachtes und angemessenes Zimmer. Das Leben überrascht mich gerade einmal wieder. Irgendwie schmunzele ich in mich hinein, als er den Raum mit Sack und Pack und mit Schwester und Ehefrau verlässt. Eine Frage geht mir dann doch einige Male durch den Kopf: *Wie läuft das denn bei denen zu Hause ab?*

Ob sich die gleiche Frage mein neuer Thai-Freund ebenfalls stellt? Er meditiert gerade. Das Zimmer bleibt bis Freitagmorgen mit nur zwei Patienten belegt. Die lauten Telefonate meines ansonsten sehr angenehmen Zimmernachbarn blende ich aus. Ich weiß, dass er bis nach Nürnberg gehört werden muss, deshalb spricht er sehr laut in das Mikrofon. Auf sich konzentrieren und abschalten können, eine angenehme Gabe ist das, die ich besitze.

Am Freitag kommt ein junger Pfleger auf dem Krankenbett ins Zimmer gefahren. Er ist während seiner Dienstzeit von seinem akuten Blinddarm überrascht worden. Der Blinddarm muss dringend operiert werden.

Phan bekommt einen Portzugang im Brustbereich gelegt. Und mit Portzugang und seiner Diagnose Krebs wird er noch vor dem Mittag in die Onkologie verlegt. Beim Rausfahren auf seinem Bett ruft er mir noch schnell zu: „Immer positiv, immer positiv Max!" Ich denke mir, dass ich ebenfalls einen Portzugang benötigen werde, aber bei mir bewegt sich in dieser Richtung nichts. Vielleicht, weil sie immer noch keine Ahnung der Beschaffenheit meines Tumors haben? Vielleicht aber auch, weil man noch nicht genau weiß, wie sie meiner Krankheit begegnen können? Das Mittagessen dauert wohl noch ein paar Minuten und so entscheide ich mich mal wieder ein paar Meter zu laufen. Mein Antrieb, mich zu bewegen und mich im Klinikum zu Recht zu finden, ist größer denn je. Auf unserem Flur kommen mir ein Mann und eine Frau, zwei in Eile geratene Doktoren entgegen. Keine Ahnung, was mir gerade durch den Kopf geht, aber ich spreche die beiden direkt an: „Sie wollen zu mir stimmt's?" Die beiden schauen sich verwundert an und laufen zügig mit einem kurzen „Nein" unbeirrt an mir vorbei. Ich gehe zurück aufs Zimmer, denn das Essen wird ausgeteilt. Heute bekomme ich das erste Mal wieder feste Nahrung. Neugierde und Freude empfinde ich beim Gedanken an mein Essen. Gerade als ich mich aufs Bett setze und mein Tablett abnehme, erblicke ich zuerst lecker gebratenen Fisch mit Reis und etwas Soße. Und im gleichen Augenblick die beiden unbekannten Ärzte in unserer Tür. „Entschuldigung. Sind Sie der Herr Peter?"

„Ja", antworte ich. „Jetzt wollen Sie doch zu mir oder wie?" „Ja schon. Aber woher wussten Sie, dass wir zu Ihnen wollten?" „Irgendwie habe ich das erwartet. Nun geht es los oder?" Beide schauen sich leicht irritiert an. Ja, ich habe sie kurz aus der Fassung gebracht. „Es ist alles zwar etwas hektisch, bitte entschuldigen Sie", sagt der Arzt zu mir. Er macht einen agilen, wissenden Eindruck auf mich. Lange herumeiern möchte er aber nicht, das spüre ich. Er trägt eine Brille, gelockte Haare und ist ein Pragmatiker. „Ja, nun geht es los. Wir müssen Sie gleich überfallen und noch jetzt ein paar Proben fürs Labor nehmen!" Sie ist die Stationsärztin. Eine sehr bedachte und liebe Person. Auf keinen Fall möchte sie, dass ich nervös werde oder mich überrumpelt fühle. Doch zu lange warten will sie ebenfalls nicht. Mit „Herr Peter", beginnt sie einfühlsam ihr Gespräch. Sie mustert mich kontrollierend mit ihren treuen, ehrlichen und blauen Augen. „Ich bin Frau Dr. Stiegel. Das alles kommt nun sehr plötzlich, ich weiß. Aber wir müssen Sie bitten, eine Lumbalpunktion abzugeben sowie eine Probe Ihres Knochenmarks. Wir wissen endlich, welche Art Krebs Sie befallen hat. Sie haben ein Burkitt Lymphom. Das ist eine der schlimmsten und aggressivsten Formen des Krebses. Er hat in Ihrem Fall eine Zellteilungsrate von nahezu 100%, also jeden Tag eine Verdoppelung. Durch diesen Umstand bestünde allerdings bei rechtzeitigem Handeln eine große Heilungschance. Wir haben soeben von drei verschiedenen Laboren die gleichlautende Bestätigung bekommen, deshalb muss jetzt alles ganz schnell gehen. Diese Untersuchungen dienen auch der Vorbeugung um Metastasen auszuschließen. Denn leider macht das Ihr Krebs ebenfalls gerne." Und obwohl sie auf einfühlsamen Wegen unterwegs ist, verbirgt auch sie ihre Eile nicht. Der Arzt zeigt mir einen Therapieplan. „Ich bin Dr. Witzel. Sehen Sie? Hier sind wir jetzt", er zeigt mit seinem Finger auf den Plan ganz oben. Der Plan hat drei Seiten, das erkenne ich sofort. „Damit werden wir heute noch beginnen. Wir gehen einen Schritt nach dem anderen. Es sieht alles sehr viel aus, ich weiß, schauen Sie sich das in aller Ruhe später noch an. Jetzt sollten wir mal zügig beginnen."

„Schnell? Also jetzt gleich nach dem Essen? Wo soll ich dann hinkommen?" Diese Frage scheint mir bei allen Informationen, die nun auf mich einprasseln, am sinnvollsten zu sein. „Das machen wir gleich jetzt. Hier auf Ihrem Bett!"

„Hier? Auf dem Bett? Und das Essen?" Irgendwie übergehe ich die Situation, dass mein Essen zum dritten Mal kalt werden sollte. Doch Frau Dr. Stiegel nickte nur. „Es dauert auch nicht lang, Sie können gleich weiteressen. Würden Sie sich denn mal frei machen und sich, mit dem Rücken zu uns, weit nach vorn beugen?" Ich schiebe mein Essen zur Seite, decke es ab. Er bereitet parallel alles vor. Eine sterile Unterlage, irgendein Zugang, Spritzen, Desinfektionsmittel, eine Abdeckung, eine Art Werkzeugtasche, alles wird innerhalb Sekunden auf dem Bett ausgebreitet. Frau Dr. Stiegel holt mir einen Stuhl, fährt das Bett nach oben und sagt noch: „Jetzt müssen Sie tapfer sein. Das schaffen Sie. Jetzt beugen Sie sich mal ganz weit nach vorn und stellen Ihre Beine auf dem Stuhl ab. Und dann schieben Sie die Hüfte nach hinten. Ja gut so", höre ich noch. Doch was passiert nun mit mir? Alles geschieht im Rücken. Die Ärzte tasten meinen Rücken ab. Mehrmals macht der junge Arzt einen Punkt am unteren Lendenwirbel aus. Frau Dr. Stiegel kontrolliert den Punkt. Alles wird lediglich vorbereitet, obwohl es sich schon sehr unangenehm anfühlt. Ich mache inzwischen den besten Katzenbuckel, den ich kann. Das soll die Sache erleichtern, soll helfen. Dann deckt der Arzt meinen Rücken mit einer sterilen, klebenden Auflage ab. Alles wird wiederholt eingesprüht, desinfiziert. Frau Dr. Stiegel hält mir die Hand und schaut mir in die Augen. Sie spricht mir gut zu. Noch weiß ich nicht warum, bis der Arzt sagt: „So, jetzt kommt ein Stich, nicht erschrecken Herr Peter." Und was für ein Stich jetzt kommt. Es fühlt sich an, als würde mir ein Stück Rohr ins Rückenmark gestoßen. Ich bin schweißgebadet. *Geht das denn nicht auch anders?*, denke ich bei mir. „So, nicht bewegen Herr Peter", kommt nochmal vom Arzt. „Ahhh, mir zuckt das Bein!", rufe ich. „Ist das normal?" Es fühlt sich jedenfalls nicht normal an. Aber Dr. Witzel beruhigt: „Ja, das kann sein. Wir müssen an vielen Nerven vorbei ins Rückenmark. Da kann es schon mal vorkommen, dass ein Nerv leicht berührt wird. Aber wenn es nicht schlimmer wird, ist das okay. Aber ich sehe, es läuft bereits. Es dauert nicht lange." Ich glaube, wenn ich das vorher gewusst hätte, welche Tortur das ist, ich hätte sie abgelehnt. Anschließend bekomme ich erklärt, dass ich eine Kleinigkeit zum Schlafen bekomme. Denn das ist nötig, wenn er nun aus dem Knochen der Hüfte etwas entnimmt. Wenn ich jetzt sage, dass er etwas herausbohren muss, trifft es eher zu. Dafür wurde der Kasten mitgebracht. Hier sind Werkzeuge enthalten, wie sie ein Metzger verwenden würde. Vielleicht nur ein wenig kleiner. Und alles auf dem Bett. Ich höre, wie er noch kurz fragt, ob alles wieder in Ordnung sei. Ich habe es gerade hinter mich gebracht, mit einem großen Pflaster auf der Hüfte. Die Ärzte verschwinden und ich liege noch etwas benommen auf meinem Bett. Ungefähr eine Stunde vergeht, bis ich erneut aufrecht sitze. Den Schmerz in der Hüfte werde ich noch ein paar Wochen spüren sollen. Es ist 13.30 Uhr, das Essen nicht mehr ganz warm. *Warum auch, ansonsten wäre es ja nicht wie immer,* denke ich noch. Gegen Nachmittag werde ich sogleich umgelegt und auf die Onkologie gefahren. Jetzt geht es los. Der Weg ist unendlich weit, ich werde über meterlange Gänge gefahren, Aufzug runter, Aufzug hoch. Und schon bin ich in einem völlig anderen Stadtteil des Riesengebäudes. Frau Dr. Stiegel kommt zu mir und erklärt, dass mein Krebs zum großen Glück bisher noch nicht Gestreut hat. Es sind weder im Rückenmark und später wird sich auch herausstellen, auch nicht im Knochenmark Metastasen. Das sei eine glückliche Situation bei meiner Art von Krebs, bekomme ich ebenfalls erklärt. Die Chemotherapie, die beginnt jedoch sofort, heute Abend noch.

Kapitel 6

An diesem Nachmittag bin ich ziemlich geplättet. Der junge Arzt besucht mich auf meinem neuen Zimmer auf Station. Er überreicht mir eine erste Informationsbroschüre, erklärt mir nochmal mit etwas mehr Ruhe den Therapieplan und gibt noch einiges an weiteren Informationen. Meine spezielle Therapie wird an meinen körperlichen Zustand in Kombination von Größe, Gewicht und seelischer Stabilität angepasst. Die Station wirkt auf mich höchst beruhigend, zuvorkommend und sehr freundlich. Egal wen man hier antrifft, jeder ist sehr bedacht auf seine Äußerungen oder sein Handeln. Es ist zu spüren, dass das Personal exakt weiß, welche Art von Patienten, welche Art von Krankheiten mit eventuell negativem Ausgang hier gepflegt werden.

Noch während ich mir Sorgen mache, wie denn meine Frau meine neue Station an einem ganz anderen Platz im Klinikum finden wird, da kommt sie auch schon strahlend herein und sieht sich kurz um. „Na mein Schatz, du hast ja ein neues Zimmer. Schön."

„Ja Wahnsinn. Und ich habe mir gerade noch Sorgen gemacht, wie du hierher finden solltest. Wer hat dir denn gesagt, dass ich hier bin?"

„Ja, da staunst du? Mich hat die Frau Dr. Stiegel angerufen. Die ist ja lieb. Ich war total überrascht, als mich jemand vom Krankenhaus anrief. ‚Ja Hallo. Hier spricht Frau Dr. Stiegel. Machen Sie sich keine Sorgen. Ihr Mann wurde soeben verlegt.' So in etwa war das Telefonat." „Echt? Du bist angerufen worden?", hake ich fragend nach. „Ja. Und sie hat mir erklärt, dass wir jetzt endlich genau wissen, was für einen Krebs du hast und dass es ein Glück ist, dass du das alles so früh bemerken konntest. Jetzt steht dir zwar eine längere Krebstherapie bevor, aber das ist gegenüber den anderen Diagnosen die beste Variante. Sie sagte auch, dass du sehr gute Heilungschancen hättest. So ähnlich drückte sich Dr. Sarino auch aus oder? Aber nun erzähle mal, wie dein Tag heute war. Ich bin auf jeden Fall schon einmal beruhigter." Also erzähle ich meiner Frau vom Freitag, von den Torturen und dem wirklich nicht angenehmen Tag für mich. Sie staunt nicht schlecht. „Och mein armer Schatz. Das ist aber nicht toll." „Nein, wirklich nicht. Mir tut noch alles weh. Und jetzt liege ich auf diesem Zimmer." Dann gehen wir auf den Flur und setzen uns in die kleine Etagen-Küche. Es ist ein kleiner Raum mit einer Sitzgelegenheit für maximal 4 Personen. An einer Wand ist eine Küchenzeile von 2 m Länge aufgebaut. Hier steht ein Heißwassergerät bereit, falls man zwischendurch einen Tee trinken möchte. Auch stehen verschiedene Tüten von Anbietern für Fertigsuppen bereit, frisches Obst, ein Kühlschrank für Patienten. An der Seite ist ein Regal aufgebaut, das für 3 Kisten Platz bietet. Wasser, Saft und ja, sogar alkoholfreies Bier sind in diesem Regal enthalten. Wir staunen nicht schlecht. Das ist ja verrückt hier, wir wundern uns etwas über diesen Service. Doch es dauert nicht lange, da wird uns beiden klar: Wer hier ist, soll sich wohlfühlen. Nicht alle werden diese Abteilung lebend verlassen, auch das wird uns auf dieser Station bewusst. Dann erzähle ich Wendy, dass der eine Patient auf meinem neuen Zimmer ständig Schmerzen im Magen hat. Er klingelt ungefähr jede 5 Minuten nach der Schwester, es ist ein Wahnsinn für die Mitarbeiter. Deshalb wollte ich auch lieber in die Küche.

Dr. Witzel, ein gebürtiger Thüringer, kommt zu mir in die Küche. „So Herr Peter, da sind Sie ja. Ah und Sie sind dann wohl Frau Peter?" „Ja", antwortet meine Frau wahrheitsgetreu. Er fragt kurz nach dem Geburtsdatum bevor ich meine erste Infusion bekommen soll. Doch er sucht noch etwas. „Haben Sie denn noch keinen Port?", möchte er noch wissen. „Nein, so weit waren wir noch nicht. Ist das denn schlimm?"

„Nein, jetzt geht das noch. Diese ersten Infusionen sind noch eine nicht so aggressive Vor-Chemotherapie. Aber sie benötigen auf jeden Fall einen Zugang. Allerdings, wie ich sehe, ist bei Ihnen die Narbe ja noch so frisch und groß. Hoffentlich geht das überhaupt im Brustbereich. Aber wenn ich mir Ihre Venen am Arm anschaue, das sollte auch funktionieren." Prüfend schaute er beim Anbringen der ersten Infusion durch meinen Zugang am Arm sich die Venen an. „Wozu brauche ich denn überhaupt einen Port? Ist das nicht zu aufwendig?" „Oh nein. Sie müssen wissen, dass die Chemotherapien, die Sie bekommen werden, sehr aggressiv sind. Die Venen würden das nicht auf Dauer aushalten und kaputtgehen. Beim Port haben Sie einen sicheren Zugang. Deshalb ist ein Portzugang medizinisch unabdingbar. Ich kümmere mich darum." Er erklärt das sehr anschaulich und ich bin doch froh, auch einen Portzugang zu bekommen. Die Infusion beginnt zu laufen. Unbewusst höre ich in meinen Körper hinein. Ich möchte wissen, wie sich das anfühlt. Viel habe ich über Chemotherapien gehört. Meine Schwester war an Krebs erkrankt und hatte eine lange Leidenszeit hinter sich bringen müssen. In 1991 erhielt sie ihre letzten Gaben. Leider hatte sie es nicht geschafft und ist viel zu früh verstorben. Ich denke viel und gern an sie zurück, aktuell noch mehr. Sie fehlt mir sehr.

Dann ist auch schon Essenszeit. Das Abendbrot wird ausgeteilt und ein Pfleger kommt in die Küche und bringt mir das Tablett mit einer guten Auswahl an Brot, Salat und Beilagen. Der nette Dr. Witzel hat ihm die Information gegeben, dass ich mit meiner Frau in der Küche sitze, und ließ mir das Essen hierherbringen. Mit auf dem Tablett liegen Karten für das Essen des nächsten Tages. Der Pfleger heißt Mario, kommt aus der Gegend von Erfurt. „Noch einer aus Thüringen wie du. Schatz, hier sind wir richtig", frotzele ich meiner Frau zu. Sie ist ja auch eine echte Thüringerin. Und gleich darauf kommt eine Schwester in die Küche. Eine große, kräftige Schwester, die kurz angebunden direkt auf den Punkt kommt. Aber das ist nur der äußere Schein, das erfahre ich später. Sie arbeitet schon sehr viele Jahre in dieser Abteilung. „Aha, hier sind Sie also Herr Peter." Das hörte sich beinahe an, als wäre es etwas unanständig. Wir können uns kaum einen Blick zuwerfen, als sie bereits weiterspricht. Sie fragt meine Frau, ob sie nicht auch ein wenig Hunger hätte. „Sie müssen doch auch etwas essen. Uns ist wichtig, dass auch der Besuch der

Patienten sich wohl fühlt. Wollen Sie etwas? Wir haben noch Brot und Beilagen übrig." „Ja, wenn es nichts ausmacht? Dann würde ich eine Scheibe mit meinem Mann essen. Danke, das ist aber lieb." Mehr kann meine Wendy in diesem Moment auch nicht sagen. Zu verwundert sind wir nach wie vor. Die Schwester bringt 5 Minuten später unter einem leichten, ihrem Auftritt geschuldeten Vibrieren des Bodens einen Teller voll mit Brot, Beilagen, einem Salat. Sie lächelt dabei in sich hinein: „Bitte", sagt sie nur noch, sowie: „Und Handtücher oder solche Dinge lassen Sie gleich zu Hause. Sie kümmern sich um Ihren Mann und nicht um die Wäsche!" Die resolute, aber im Kern liebevolle Schwester geht ohne einen Dank oder eine andere Antwort abzuwarten wieder ihrer Arbeit nach.

Nachdem wir beide gegessen und geredet haben, ich krächze immer noch auf dem gleichen Level wie nach der OP, gehen wir ein paar Schritte auf dem Flur. Das mache ich immer, allein um zu gehen. Bewegung ist wichtig und mein Drang nach Bewegung ist sehr hoch. Ich habe meinen Therapieplan in der Tasche der Jogginghose. Der beschäftigt mich schon seit der ersten Durchsprache mit Dr. Witzel. „Schatz", fing ich an, nachdem wir uns auf zwei der vier Metallstühle hinten in der letzten Ecke der Station gesetzt haben. „Wir müssen nochmal meinen Therapieplan durchsprechen. Da kann etwas nicht stimmen?" „Was meinst du denn, was soll an deinem Plan nicht stimmen?" „Na schau mal", ich öffne die drei zusammengefalteten Blätter. Auf der Oberseite steht noch in Handschrift *Das Burkitt Lymphom*. „Schau. G-Mall-Protokoll, aus dem Jahr 2002! Ob das noch aktuell ist? Wenn ich richtig rechne, dann sind es weit über 130 Tage stationäre Behandlung plus Nachsorge. Dann wäre ich ja bis April nächstes Jahr in Behandlung? Und auch nur, wenn alles klargeht!" Es will einfach nicht in meinen Kopf, dass ich über ein halbes Jahr nicht mehr arbeiten durfte? Nicht mehr arbeiten konnte? Unmöglich. In diesem Moment bin ich so geschockt, so fertig, so unter großer Last, dass mir bei dieser Vorstellung zum ersten Mal wieder Tränen kommen. Ich kann es nur schwer beantworten. Warum bin ich so extrem gern an meiner Arbeit? Ob es im Großhandel war, der Außendienst, den ich über alles liebe. Oder meine letzte Station der LOK AG, die ich aufopferungsvoll und mit enormen Belastungen gelebt habe. Auch jetzt, wo ich bei Bosch ein Zuhause gefunden habe mit meinen tollen Arbeitskollegen, meinen Vorgesetzten, alles das *lebe* ich mit Herzen. Oder liebe ich mein Arbeitsleben, weil ich wie viele Männer auch eine Art Erfüllung spüre? Ich kann es nicht hundertprozentig genau erklären. Aber ich weiß, dass mich die Vorstellung fertigmacht, über ein halbes Jahr oder länger nicht arbeiten zu können. „Wie soll das denn gehen? Und dann diese extrem vielen Chemotherapien? Das sind ja Unmengen? Ich habe sie mal gezählt, ich komme auf 99 Stück. 99!", füge ich mit feuchten Augen hinzu. „Was soll das denn heißen?", fragt Wendy. Und ich erkenne, wie sie überlegt, einen Augenblick nicht weiß, was sie darauf antworten soll. „Dann musst du halt sterben! Willst du das?" Puh, das hat gesessen. Hart, brutal und völlig ohne Verständnis für meine inneren Kämpfe. Auch die Begleiterscheinungen der Therapien meiner Schwester habe ich noch im Kopf. Wendy reagierte allerdings nur. Sie ist mit dieser Situation mindestens so überfordert, so belastet, wie ich es bin, das ist offensichtlich. Und nun kam diese, ja ich würde sagen, Panikreaktion. Aber mich rüttelt ihre Reaktion nur wach. Sofort spüre ich, dass ich eingreifen müsste, es geht ja nicht ums Sterben. Keiner will das wirklich und vor allem ich nicht, nachdem, was ich hinter mir habe. Nein, keine Chance. „Schatz", nehme ich das Gespräch wieder auf. „Es geht doch nicht ums Sterben. Das steht überhaupt nicht zur Debatte. Ich habe dir bereits im August versprochen, dass ich das schaffen werde. Ich weiß nur nicht, wie ich das mit der Arbeit machen soll? Ich bekomme das nicht in meinen Kopf. Verstehst du das? Wie soll ich denn über ein halbes Jahr von der Arbeit fortbleiben?" „Klar, Entschuldigung, so habe ich es ja auch nicht gemeint. Du hast so viel um die Ohren und musst so viel Leid ertragen. Aber ich wusste auch nicht, was ich sagen soll. Aber glaube mir, Alex ruft mich fast täglich an und erkundigt sich nach dir. Alle stehen hinter dir und du sollst erstmal wieder gesundwerden." Sie hat Recht und Alex ist ein echt toller und fürsorglicher

Chef. Etwa eine Stunde später am Abend verabschiede ich meine Frau an der Eingangspforte. Wir drücken uns ganz fest. Ich weiß, dass sie mich am liebsten mit nach Hause genommen hätte. Vermutlich werden ihr in der U-Bahn noch einige Gedanken durch den Kopf gehen. Sie hat ihre eigene Belastung mit meiner Krankheit, sie hat alle Telefonate zu führen. Jeder will wissen, wie es mir geht. Auch das ist eine große Belastung. Dann hält sie den Kontakt zu unseren Kindern. Alle sind weit weg von uns und doch immer da. Meine Tochter war mit ihrem neuen Arbeitgeber auf einer Messe und nun ist die Arme krank und darf mich nicht besuchen. Da sie in München wohnt, ist das noch unglücklicher. Aber sie möchte mich auf keine Fall anstecken. Das wäre unverantwortlich, macht es für sie aber auch nicht einfacher. Mit all diesen Sorgen lass ich meine Frau in unsere Wohnung zurückfahren. Zum Glück kommt am Wochenende unser Sohn Sebastian mit Freundin zu Besuch. Und zu guter Letzt wird uns parallel zu meinem Aufenthalt im Krankenhaus noch eine neue Küche in der neuen Wohnung eingebaut. Auch das hängt an meiner Frau. Sebastian darf in meiner Vertretung die Küche gleich mal einweihen. Das passt, er kocht eh sehr gerne.

Beim Zurücklaufen auf Station mache ich einen Weg durch die Gänge. Mit an meiner Seite ist mein neuer Begleiter. Ich nenne ihn meinen Bruder, auch wenn er auf vier Rädern daherkommt. Er trägt meine Infusionen. Etwas Zeit habe ich ja nun. In einem unteren Gang sehe ich, wie ein in Weiß gekleideter Mann in den Armen seiner Frau liegt und weint. Wir sind mit unserem Schicksal nicht die Einzigen auf der Welt, denke ich bei mir. Dann erkenne ich meinen Freund Phan. Wer weiß, welche Nachrichten sein Schicksal gerade beschäftigen? Hoffentlich nichts Schlimmeres? *Immer positiv, immer positiv,* denke ich bei mir, doch ihm zurufen möchte ich das in diesem Moment nicht. Die beiden brauchen jetzt ihre Zweisamkeit. Nach einer guten Viertelstunde bin ich wieder auf meinem Zimmer. So langsam bin ich müde. Mein Zimmernachbar war ja schon den Nachmittag über sehr mit seiner Klingel beschäftigt. Aber diese Nacht entpuppt er sich als „Klingelmännchen". In dieser ersten Nacht klingelt er gefühlt hundert Mal nach der Schwester. Schmerzen, Bauchweh, Übelkeit. Dann klingelt er, da er eine Wärmflasche benötigt, jetzt ist ihm zu warm, er klingelt. Dann muss er auf die Toilette, er klingelt. Er kommandiert, fordert und klingelt und klingelt. Es entwickelt sich eine sehr, sehr kurze Nacht im Hinblick auf Schlaf und ich bin echt froh, dass es endlich Samstagmorgen ist. Die Nachtschwester hat heute Nacht mindestens die doppelte Vergütung verdient. Da bin ich mir aber zu 100% sicher. Respekt, was diese Mitarbeiterin allein in unserem Zimmer ableisten durfte. Und es waren mit Sicherheit noch einige Zimmer mehr. Von nun an nenne ich meinen Kollegen nur noch das „Klingelmännchen". Als Kind war das ein schönes Spiel, wenn man nicht erwischt wurde. Einfach mal an jeder Haustür zu klingeln. Dabei erinnere ich mich an einen Dorfbewohner, der ist letztendlich mit einer Mistgabel hinter uns her. Gut dass er keinen erwischt hatte. Bei meinem Klingelmännchen hier auf dem Zimmer spitzt sich die Lage noch vor dem Frühstück zu. Ob nun die Nerven beim Personal blank lagen oder ob das medizinisch notwendig war, möchte ich nicht final beurteilen. Der Patient bekommt noch einen Katheter gesetzt. Der Pfleger Axel hat Dienst und übernimmt das Regiment. Das Glied des Patienten wird mit einer Spritze leicht betäubt und der Katheter, nicht ganz nett anzusehen, wird unter Schmerzen gesetzt. Irgendwie tut mir das Klingelmännchen leid. Ich entscheide mich jetzt mein Zimmer zu verlassen und versuche meine Aufgaben abzuarbeiten.

In Folge meiner Krebserkrankung und der begonnenen Behandlung wurde mir erklärt, dass grundsätzlich das Gewicht überprüft und der Mund ständig desinfiziert werden soll. Die Desinfektion ist aufgrund des schwächelnden Immunsystems wichtig. Es dürfen keinerlei unnötigen Keime oder Bakterien im Mundbereich auftreten. Zu groß ist eine Infektionsgefahr. Das Gewicht ist wenigstens zweimal am Tag wegen der extrem vielen intravenösen Spülungen zu kontrollieren. Hätte ich zu viel Wasser, wäre das auf Dauer kritisch. Bei zu hohem Gewicht durch die Kochsalzspülungen, die ich erhalte, sind schnell 3 bis 5 Kilo mehr auf der Waage. Dann kann meist nur noch ein wasserabführendes

Mittel, beispielsweise Lasix, helfen. Also gehe ich zuerst ins Bad und mache mich so weit frisch. Mittlerweile darf ich mit einem Wasserpflaster am Hals wieder duschen. Das ist schon eine wahre Wohltat, ich fühle mich wieder mehr als Mensch. Selbst Rasieren klappt nun reibungsloser, außer im Halsbereich, da wo die Wunde ist. Sie sieht echt krass aus. So ein riesiger Schnitt und dann die angeblich selbstauflösenden Fäden. Sie arbeiten sich teils nach außen, sodass es aussieht wie im Horrorfilm. Nur dass ich mich deutlich im Spiegel erkenne.

Ich wiege 74 Kilogramm, Normalgewicht, das passt noch ganz gut. Ich gehe wieder zurück auf mein Zimmer und warte, bis jemand meine Daten aufnimmt. Noch vor dem Frühstück beginnt die Visite. Ein weiterer Zimmerkollege bekommt nun die Nachricht, dass sein Tumor bereits in Leber und Lunge gestreut hat. Metastasen, das, was sie bei mir ebenfalls erwartet hatten. Es ist wie ein Todesurteil für ihn. Ich bin mir nicht sicher, ob er es so registriert hat. Er macht auf mich ein Bild, als wäre er in einer anderen Welt. Vielleicht muss er das auch, als Selbstschutz?

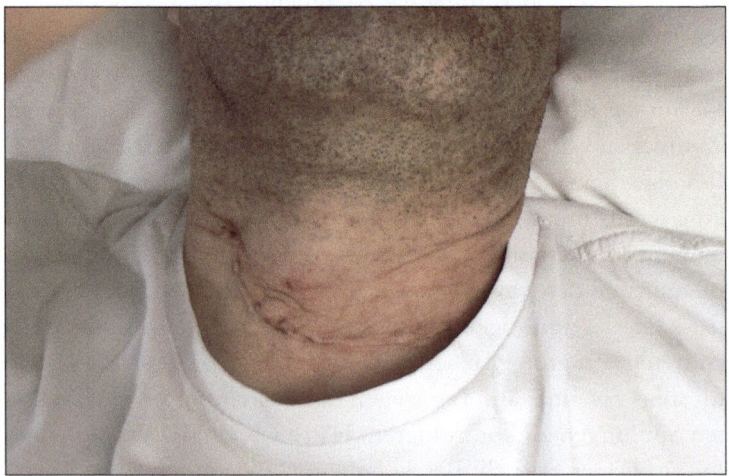

10 Tage nach der OP: September 2017
Die Narbe verwächst

Bei mir läuft nach dem Frühstück die 2. Chemotherapie an. Noch am Vormittag besucht mich meine Frau mit Sebastian und Roni. Ich empfange sie an der Eingangspforte. Sebastian fällt mir in die Arme und weint bitterlich. Natürlich kann ich es ihm nachempfinden und so kann ich meine Tränen ebenfalls nicht verhindern. Wir halten uns lange fest in den Armen. Wendy zeigt mir dann erstmal Bilder der neuen Küche. Sie ist schön geworden. Wir sind froh, dass wir das so entschieden und keine günstige Lösung für unsere neue Mietwohnung gesucht haben. Es ist wichtig, dass man sich wohlfühlt, wenn man nach Hause kommt. Und für einen kranken Menschen ist es vielleicht noch wichtiger? Sebastian hat sogleich unser neues Kochfeld mit integriertem Dunstabzug ausprobieren müssen, er war gestern Abend doch sehr angetan von der Leistung, schildert er mir. Anschließend gehen wir durch die langen Gänge zurück zur Station. Marie, eine der Schwestern, kommt uns entgegen und strahlt mich an. Sie konnte sich meine Lage auf dem Zimmer mit nahezu null Schlaf nicht mehr ansehen. Sie hatte gerade einen Patienten entlassen dürfen und war sich sicher, dass ich und ein älterer, intelligenter Geologe sehr gut harmonieren könnten. Also wurde kurzerhand mein Bett innerhalb von 10 Minuten mit Sack und Pack und mit Zustimmung meiner Frau verlegt. Ich hätte mich nicht getraut, überhaupt über solch eine Verlegung nachzudenken. Doch die Damen waren sich schnell einig und der Meinung, das kann mir nur guttun. In guten Händen wissend verabschieden sich meine Besucher. Der Geologe ist 76 Jahre alt und bereiste bis auf Südamerika beinahe die ganze Welt. Er kümmerte sich unter anderem um Wassergewinnung in armen Ländern und kannte sich am besten im Jemen und in Pakistan aus. Die Gespräche mit ihm sind sehr interessant und kurzweilig, es harmoniert wirklich gut. Wir sind zu zweit in diesem 3-Bett-Zimmer, das ist beinahe Luxus. Schade, dass man solche Menschen erst im Krankenhaus kennenlernt.

Es ist Sonntag, mittlerweile erhalte ich meine 3. Chemotherapie. Jetzt fängt mein Magen an zu signalisieren, dass er satt ist. Das Hungergefühl wird von der Chemie verdrängt. Ich schwanke etwas zwischen Appetitlosigkeit und Übelkeit, aber es ist auszuhalten. Ein Arbeitskollege besucht mich heute, obwohl es ein Sonntag ist. Er macht sich Sorgen, sämtliche Kollegen in seinem Team fragen nach mir. Meine Frau ist ebenfalls schon da und freut sich über meinen Besuch. Sie hat von mir schon viel über ihn gehört, aber nun lernt sie ihn persönlich kennen. Sein Name ist Pepe. Er ist ein Familienliebender Außendienstmitarbeiter der Firma Bosch, dazu noch sehr erfolgreich. Wir mochten uns vom ersten Augenblick an, als ich mit ihm auf gemeinsamer Tour war. Er betreut viele Händler im Kücheneinbauhandel, die wiederum zu großen Gruppen gehören, die ich betreue. „Hier, den nimmst du jetzt und behältst ihn, bis du wieder gesund bist." Pepe streckt mir einen schwarzen Beutel entgegen. „Was ist denn da drin Pepe?", möchte ich wissen. „Es ist ein Stein. Der hilft mir immer und jetzt will ich auf ihn verzichten, damit du wieder gesund wirst. Das Risiko gehe ich ein. Du brauchst ihn dringender als ich." Er meint es echt ernst, das erkennt man sofort. Meine Frau und ich schauen uns nur an. So viel Überzeugung und Besorgnis sind viel wert. Ich schau in den Beutel. „Och, der sieht aber toll aus. Natürlich nehme ich ihn, Danke Pepe. Aber kann ich das annehmen?" „Und wie du das annehmen kannst. Immer mal in die Hand nehmen und die Augen zumachen. Also ich bin mir sicher, dass er hilft." Wir reden noch über die Krankheit, den Krebs. Wir haben ja erst bis vor drei Wochen auf der IFA in Berlin gemeinsam gekämpft. Er möchte alles wissen. Ich glaube, wir haben beide ein paar Tränen in den Augen, während ich ihm den Verlauf bis zum Freitag, als es dann sehr schnell ging, erzähle. Seine Tränen kann ich sehen, seine Züge im Mundbereich weniger, diese sind mit einem Mundschutz abgedeckt. Den müssen nun alle tragen, die mich besuchen. Bei Krankheiten, die eine Schwächung des Immunsystems nach sich ziehen, ist es notwendig Risiken einer Ansteckung zu minimieren. Zu meiner Sicherheit trage ich seit Freitag ebenfalls einen Mundschutz, zumindest, wenn Besuch kommt. Nachdem Pepe fort ist, reden Wendy und ich noch über Pepe. Ein toller Typ stellt sie noch fest. Sie ist überrascht, welche Zuneigung und Anerkennung ich schon nach so kurzer Zeit in der

Firma erhalte. Da Sebastian wieder Richtung Heimat unterwegs ist, bleibt sie noch bis zum Abendessen, um zu sehen, was ich so esse bzw. was nicht. Wendy ist beeindruckend. Ihre Liebe und Zuneigung sind enorm und bewundernswert. Wegen mir sind wir in München und jetzt ist sie auf einer neuen Arbeit, allein zu Hause, jeden Tag mit der U-Bahn pendelnd, hält alle möglichen Leute auf dem Laufenden. Die Nachricht von Krebs schlug ja ein wie eine Bombe. Jeder macht sich Sorgen, jeder will etwas wissen. Für jeden ist es nur **eine** Nachfrage, Besorgnis. Aber für Wendy sind es unzählige Nachrichten, Telefonate, Erklärungen. Sie ist sehr stark und hilft mir sehr. Viele verdrückte Tränen der Rührung und Dankbarkeit überkommen mich immer wieder, wenn ich sie bewundere. Sie macht einen tollen Job!

An meine neuen Begebenheiten muss ich mich erst noch gewöhnen. Der Morgen fängt schon anders, ungewohnt an. Von Kind an bin ich ein leidenschaftlicher Frühstücksmensch. Der Bauch knurrt und tut fast weh, doch nun ist der Hunger fort. Die Tablettenarmada, die ich zu mir nehmen muss, ist vor dem Frühstück riesig. Ich quäle mir eine halbe Semmel rein. Ob Butter, Käse oder Wurst, alles schmeckt ausschließlich nach purem Fett. Alles an Geschmack ist weg. Ekelhaft.

Wir haben den 26. September, meine 5. Chemotherapie läuft. Ich führe ein Gespräch mit meinem Arzt des Vertrauens Dr. Witzel. Auf meinem Plan stehen für den Mittwoch keinerlei Anwendungen an. Folglich ist für mich klar, dass ich endlich nach Hause darf. Doch Dr. Witzel erklärt mir: „Herr Peter. Es ist ein Ruhetag im Therapieplan vorgesehen, bevor es richtig weitergeht. Aber das heißt nicht, dass Sie nach Hause dürfen. Wir müssen Sie auch überwachen. Was denken Sie, was alles passieren kann?" „Na dann erzählen Sie es mir und ich halte mich an Ihre Anweisungen, ja? Sie müssen wissen, es gibt für mich einiges zu regeln. Das Ganze hier war ja so nicht absehbar. Ich muss mal nach Hause. Was spricht dagegen Herr Doktor?" „Das verstehe ich auch, ich sage Ihnen heute Abend noch Bescheid", ist seine letzte Antwort auf unser Gespräch.

Der Vormittag ist noch nicht um, da bekomme ich überraschend einen ganz lieben Besuch. Mein Vorgesetzter Alex steht in meiner Zimmertür. Welche Freude und Emotion das für mich ist. Ich sehe, dass er ebenfalls erleichtert und glücklich ist, mich so zu sehen. Es ist das erste persönliche Treffen seit der Messe. Vielen Beteiligten geht es ähnlich wie ihm. Man hat verständlicher Weise Angst vor solchen Besuchen. Der Besucher weiß nicht, was ihn erwartet. Krebs ist nach wie vor eine tödliche Krankheit und die Patienten sehen meist nicht immer so aus, wie man sie in Erinnerung hat. Er bleibt gefasst, obwohl ich seine Betroffenheit spüre. Alex hatte täglich mit meiner Frau Kontakt und sich so auf dem Laufenden gehalten. Er war bisher schon eine riesen Stütze für sie und nun sitzen wir in der Küche auf Station. „Na, dir geht's aber richtig gut hier was?", resümiert er nach einem ersten Rundblick und beim Anblick des Bierkastens im Raum. Ja das passt zu ihm, sofort nimmt er alles auf und hat einen Blick und ein Gespür für Dinge, für Situationen. „Und? Zeige mal deine Narbe. Oh, da haben sie dich aber ganz schön zugerichtet Max." Er sieht sich das gründlich an. Ich erkläre ihm meine Situation nach der OP, mit dem langen Warten auf die Laboruntersuchungen und mit dem extrem langen Therapieplan. Er spürt meine Nöte und auch meine Gedanken. Aber er resümiert und rückt mir erst einmal meine Gedanken, meine Situation zurecht. „Max, höre mir zu. Du machst dir jetzt weder über die Arbeit, die Kunden und auch nicht über deine Kollegen so viele Gedanken. Sie alle sind riesig besorgt und übernehmen deine Aufgaben eins zu eins. Die Firma steht komplett hinter dir und Sorgen machst du dir ab jetzt nur noch über das Gesundwerden." Das hilft mir natürlich sehr und ich bin ihm dankbar für seine Unterstützung. Ich kann mir nach wie vor nicht vorstellen, dass ich für das nächste halbe Jahr nicht arbeiten darf. Eine Frage kommt mir letztendlich dennoch in den Sinn: „Du Alex, ich habe ja zwischen meinen Anwendungen immer 10 Tage Pause. Wäre es denn nicht möglich, dass ich immer wieder mal eine Woche komme?" Er schüttelte nur den Kopf und ließ sein berühmtes „Junge, Junge" fallen. „Du bist sterbenskrank und hast mehr Geist als mancher Arbeitender. Du bist echt verrückt. Aber vergiss es. Das wird nichts, glaube mir. Es wird bezüglich deines Immunsystems viel zu gefährlich sein und die Kraft fehlt dir auch, du wirst sehen. Ich weiß, wovon ich rede." Es sollte sich später herausstellen, dass meine Idee kompletter Blödsinn war und er Recht hatte. Alex hatte bereits persönlich in seiner eigenen Familie Erfahrung mit Krebs sammeln können.

Die Pflegekräfte haben mal wieder ganz unbemerkt mitbekommen, dass ich in der Küche sitze. Sie bringen mir mein Essen und natürlich fragen sie meinen Chef, ob er auch etwas möchte. Doch das verneint er mit einem Lächeln. Ich schmunzele in mich hinein, das hätte mich total überrascht, wenn er hier etwas essen würde. Und zu meiner Freude, ich habe Appetit und kann essen.

Am Nachmittag sehe ich die Mobilfunknummer von Denis, einem alten Arbeitskollegen aus Eisenwerkezeiten, auf meinem Handy. Er will sich nach mir erkundigen und spricht mir Mut zu. Dann erzählt er mir von seiner Schilddrüsenerkrankung. Es ist schon schön, wenn man Freunde hat. Und noch am Nachmittag kommt Dr. Witzel auf mich zu. Er hat die für heute schönste Nachricht für mich: „Herr Peter. Sie sind sehr vernünftig und ich denke, ich kann Ihnen vertrauen. Wenn Sie alles berücksichtigen und bei Gefahr, beispielsweise Fieber, mir versprechen, sofort wieder ins Krankenhaus zu kommen, dann kann ich Sie heute Abend noch entlassen. Aber bis Donnerstag um 07.00 Uhr erwarte ich Sie wieder hier. Dann bekommen Sie auch Ihren Portzugang gesetzt." Mann, was bin ich froh. So schnell habe ich meine Tasche selten gepackt und warte auf meine Papiere. Die Bürokratie ist gerade in einem Krankenhaus nicht zu unterschätzen.

Zu Hause habe ich bezüglich der Wohnung, in der ich bisher kaum wohnen konnte, viel zu tun. Und auch den Papierkram, Bankgeschäfte und so weiter möchte ich erledigen. Und endlich mal zur Ruhe kommen und nicht im Krankenhausbetrieb stecken. Vor allem aber freue ich mich, dass ich meine Frau überraschen darf. Dass wir zusammen essen und fernsehen, lachen und zusammen ins Bett gehen dürfen, das wird schön. Und trotz fehlender Stimme habe ich an diesem Abend gefühlt mehr als meine Frau gesprochen.

Am Morgen des 27. fehlt mir allerdings immer noch der Appetit. Ich bin müde vom Krankenhaus und fühle mich schlapp, das ist nicht zu verdrängen. Ich muss feststellen, dass ich seit unserem finalen Umzug nach Bayern erst ganze drei Tage in unserer Wohnung sein konnte. Erst noch ohne Küche, dann die Messe in Berlin und der Kurzurlaub in Cuxhaven. Mein Vermieter hat die Steckdosen in meiner Abwesenheit nicht mehr richten wollen oder können. Oder er hat es einfach vergessen wie so manch andere zugesagten Dinge ebenfalls. Es sind leichte Arbeiten, also entschließe ich mich die Dinge in Ruhe anzugehen. Meine Frau wird sich sehr freuen, wenn es ordentlich wird. Ich bringe unsere schöne Schiefertafel an die Küchenwand, schraube einige Fußleisten fest und bringe noch unser Familienbild im Flur an. Ja, es wird langsam in unserem neuen Heim. Endlich kann ich raus, kann ich spazieren gehen. Die Sonne scheint durch die dünnen Wolken. Mein Weg führt mich am Waldrand der Luitpoldsiedlung entlang. Ich komme nicht umhin durch den Wald zu gehen. Jeder Schritt ist ein Genuss. Jeden Blick, jedes Blatt genieße ich wie ein kleines Kind. Mir wird erst hier zum ersten Mal bewusst, dass ich eine 2. Chance im Leben habe und diese in diesem Augenblick wahrnehme. Meinen legendären Satz „Ist das ein schöner Weg" kam mir heute mehrmals über die Lippen. Meine Kinder hätten wieder einmal die hellste Freude mit mir gehabt. Aber genauso empfinde ich es auch. Ich kann mein Glück, meine Gefühle kaum fassen. Während ich so gehe, brumme ich ständig nach einem Schema vor mich hin. Das ist zum Trainieren meiner Stimmbänder. Üben, üben ist meine Devise. Und zu aller Not hole ich mir seit langem mal wieder eine Zecke ans Bein. Das darf eigentlich nicht wahr sein. Meiner Frau werde ich davon lieber nichts erzählen. Das weiß ich auch so, was sie mir sagen würde. Schimpfen würde sie, wo ich in meinem Zustand denn schon wieder herumgeistere. Am Nachmittag erledige ich noch ganz gemütlich ein paar Restarbeiten im Haushalt. Ich möchte nicht, dass meine Frau nach Hause kommt und die ganze Arbeit an ihr hängen bleibt, während ich zu Hause bin. Bis auf meinen arg eingeschränkten Appetit fühle ich mich recht gut. Über den Tag konnte ich nicht mehr als einen Apfel und ein kleines Stück Käse zu mir nehmen. Doch am Abend kochen wir gemeinsam, der Appetit ist zurück. Es gibt Putenschnitzel und Bratkartoffeln mit Salat, einfach lecker. Ich kann essen, es schmeckt hervorragend. Den Abend über telefoniere ich noch mit Martha. Sie ist leider immer noch nicht gesund genug und hat Angst mich so zu besuchen. Durch das Telefon spüre ich ihren inneren Kampf. Es fällt ihr extrem schwer, nicht bei mir sein zu können. „Und Papa", so schließen wir das Gespräch. „Du musst unbedingt mal mit deinem Arzt besprechen, was man noch für deine Stimme tun könnte." Wenn es doch nur so leicht wäre, denke ich noch. Aber es stellt sich keinerlei Besserung ein. Der Heilungsprozess kann laut Ärzten noch sehr lange dauern oder der Zustand der Stimme gar bleiben.

Kapitel 7

Am nächsten Morgen erwache ich nach einer sehr unruhigen Nacht. Die Absicht, wieder pünktlich im Krankenhaus zu sein, ließ mich nicht zur Ruhe kommen. Es ist der 28. September, heute wird der Port implementiert und die Chemotherapie wird eine Stufe weiter zünden, mit richtig harten Dingern. Meine Therapie ist in Blöcke eingeteilt, der aktuelle heißt Block A1. Insgesamt kommen nun 6 Blöcke, von A1 bis C2. Es ist 06.25 Uhr und ich sitze in der S-Bahn von Hohenbrunn nach Neu-Perlach und weiter mit der U-Bahn zum Max-Weber-Platz. So langsam gewöhne ich mich an diese Route, ich werde diese die nächsten Monate noch häufiger fahren dürfen. Es ist für mich nach wie vor erstaunlich, wie viel Bewegung in den öffentlichen Verkehrsmitteln so früh herrscht. Ich setze mich meist an den Rand, damit ich mich nicht von zu vielen Seiten einer Ansteckungsgefahr aussetze. Das gilt es tunlichst zu vermeiden, so wird mir ständig erklärt. Natürlich hätte ich sogar die Erlaubnis der Krankenkasse mit dem Taxi ins Klinikum zu fahren. Ich weiß nicht warum, aber irgendwie möchte ich das nicht. Ich komme mir dabei vor, als würde ich das System unnötig ausnutzen. Die Leute starren mich an, verdenken kann ich es ihnen nicht. Sieht wohl schrecklich aus so eine lange Narbe am Hals und dann trage ich ja noch den Mundschutz. Manche können kaum ihre Augen von mir lassen.

Als ich das Klinikum pünktlich gegen 07.00 Uhr erreiche, gehe ich direkt auf Station. Schwester Marie kommt mir schon entgegen und nimmt mich mit ihrem sympathischen Lächeln in Empfang. Sie hat eine frohe Botschaft für mich, sie hat mir ein 2-Bett-Zimmer gesichert. Nach meinem ersten Zimmer mit dem Klingelmännchen und dem zweiten, in dem ich ein Erdbeben vermutete, weil der Raum durch eine vorbeifahrende Tram alle 10 Minuten wackelte, so ist die Nachricht des 2-Bett-Zimmers in Bezug auf die 3-Bett-Zimmer eine gute Nachricht. Ich soll noch etwas warten, am besten in der Küche. Bereits hier wird mir ein Zugang gelegt. „Das ist wie in der Matrix", sage ich zu Dr. Witzel. „Erst anschließen, sonst ist man nicht online, stimmt's?" Er lacht und nickt nach kurzem Überlegen. „Übrigens", sagt er noch. „Noch heute oder spätestens morgen wird bei Ihnen gleich zu Beginn des Blocks A ein komplettes Bild von Ihrem Tumor gemacht. Zusätzlich wird im Restkörper nach Metastasen gesucht. Nur dass Sie sich nicht wundern. Das alles wird dann zu Beginn des 3. Blocks und des 5. Blocks überprüft, um den Fortschritt zu erkennen." Ich finde es toll, wie er mir das alles erklärt und versucht mich mitzunehmen. Doch ich antworte: „Herr Doktor, Sie können jetzt lachen oder nicht. Im Januar werden Sie noch vor den letzten beiden Blöcken nichts mehr finden. Ich fühle das, da bin ich total überzeugt und vertraue auf meinen Körper." Und er lacht tatsächlich. „Ja, ja Herr Peter. Sie sind mir schon einer. Aber das glaube ich nach dem 4. Block noch nicht, das wäre ja beinahe ein Wunder. Wir wären froh, wenn wir nach allen 6 Blöcken durch sind." „Doch, doch. Glauben Sie mir!" Dann passiert von kurz nach sieben bis zum Mittag nichts mehr. Gedacht hatte ich mir das schon, aber damit rechnen konnte ich ja nicht. Die Müdigkeit macht sich nach einer so kurzen Nacht schnell breit und auch der Gedanke, ob ich nicht doch hätte etwas länger schlafen können? Zum Glück liegt der Münchner Merkur in der Küche, der kommt mir gerade recht. Endlich komme ich kurz vor Mittag auf mein Zimmer und beinahe zur gleichen Zeit wird das Mittagessen serviert. Es ist ein schönes Glücksgefühl für mich, ich habe zum ersten Mal nach einer Woche mittags wieder richtig Appetit. Just im Moment der Freude, hungrig und mit Appetit, muss ich auch ganz dringend, sofort, in die Radiologie. Der Portzugang wird genau jetzt gelegt. *Was soll es?*, denke ich so bei mir. Immer nach vorne schauen, immer positiv. Das Portsystem wird in eine größere Vene im Brustbereich oder wie bei mir im Arm angelegt. Dabei wird ein Kanal bis kurz vor das Herz in eine Hohlvene gelegt. Der Grund liegt auf der Hand. In der Hohlvene ist das Risiko einer Venenverletzung minimiert, da die Mittel direkt am Herz schnell und gleichmäßig verteilt werden. Würden Venen im Armbereich geschädigt werden oder platzen, wären die Zellschädigungen zu groß. Denn das ist ja eines der Hauptaufgaben der Chemotherapeutika – Zellen töten. Den Unterschied zwischen guten und bösen Zellen erkennt eine Chemotherapie noch nicht. Meine bevorstehende Behandlung wird zwar durch eine neuartige Antikörperbehandlung auf mein Krankheitsbild und meinen Körper abgestimmt, um die Wirkung hoch und die Nebenwirkungen so niedrig wie möglich zu halten. Dennoch ist immer höchste Vorsicht geboten, um Schaden vom Patienten fernzuhalten. Ich liege mittlerweile auf dem OP-Tisch der Radiologie. Das Ärzteteam hat noch so einiges zu besprechen, während mich ein Praktikant am Arm rasiert. Aber jetzt geht es los. Ich werde abgedeckt, mehrmals desinfiziert, dann ein paar Punkte mit der Betäubungsspritze gesetzt und schon kam der erste Schnitt. „Spüren Sie noch etwas?", fragt mich eine sehr hübsche Ärztin. „Wenn ja, wäre es wohl jetzt zu spät oder?", grinse ich zurück. Bei dieser Antwort muss sie ebenfalls lächeln. Dabei verziehen sich ihre Augenbrauen. Diese sind sehr gepflegt, das kann ich gut erkennen. „Echt schöne Augenbrauen haben Sie", kommt mir so über meine Lippen. „Herr Peter, flirten Sie etwa mit mir während der Operation?"

„Nein, ich bin in glücklichen Händen, ich habe eine tolle Frau. Aber dennoch sind Sie hübsch, Ihre Augenbrauen." Sie freut sich, das ist nicht zu übersehen. Ob es die Freude über das berechtigte Lob ist oder über einen Mann, der seine Frau so sehr liebt?

Der Port, eine kleine Dose von circa 2,5 cm Durchmesser, wird nun gesetzt, der Schlauch Richtung Herz gelegt. Die Dose unter die Haut im Unterarm, der Schlauch durch die Vene. Es verläuft alles richtig gut und vor allem zügig. Die Ärztin überwacht per Monitor die Lage des Zugangs, indem etwas Kontrastmittel im Schlauch auf dem Röntgenbild sichtbar ist. So erkenne auch ich nahezu jeden Zentimeter, der gelegt wird. Doch irgendwie ist sie mit der Lage nicht hundertprozentig zufrieden und sie zieht ihn nochmal etwas heraus. Meine Vene zieht sich im Oberarm zusammen, ob das Herausziehen ein Fehler war? Es ist nicht zu übersehen, dass sich die Ärztin überhaupt nicht freuen kann. Jetzt kommt sie mit dem Schlauch nicht mehr zurück, es wird kompliziert. Der Kreislauf sackt ab und ich bekomme kalten Schweiß auf dem Körper zu spüren. Um mich besser überwachen zu können, ruft sie zur Sicherheit zwei Mitarbeiter bei, sie ist sehr bedacht. Einen Patienten zu verlieren, ist nicht ihr Ansinnen. „Herr Peter, jetzt schön durchhalten. Sind Sie noch da?" „Ja klar. Kein Thema, ich arbeite mit", antworte ich aus meiner Lage. Ich konzentriere mich und versuche meinen Körper zu stabilisieren. Im Kopf bin ich total klar und ruhig. Nach einer Stunde haben wir es dann geschafft. Der Port sitzt, er ist frei und ich wieder stabil. Die Ärztin näht den Schnitt noch mit ein paar Stichen, schließlich wollte ich aufstehen. „Sie wollen zu Fuß auf ihr Zimmer? Das kann ich nicht erlauben", bekomme ich erklärt. Zum zweiten Mal erfahre ich den riesigen Logistikaufwand der Klinik, denn der Abholdienst wird bestellt. Er bekommt über Funk Abholort und Zielort sowie Patient übermittelt. Während ich auf dem Flur im Bett liegend warte, fallen mir Dinge auf, die ich im Normalfall nie sehen würde. Unter der Fensterbank hängen noch Schmutz und Spinnweben, hier schaut der Putzdienst vermutlich selten nach. An der RZB Seilaufhängung der Notleuchte fehlt eine Endkappe und die Lichtschienen im Flur sind von der Firma Erco. Ich kenne diese Firmen noch von meiner Zeit aus dem Elektrogroßhandel. Und an den Steckdosen und den Warnmeldern sind Schaltkreise aufgeführt. Es ist echt interessant, wie sich liegend im Bett der Blickwinkel ändert und was einem im Alltag so alles entgeht? Innerhalb von 5 Minuten werde ich abgeholt und auf mein Zimmer gefahren.

Hunger! Ich habe mittlerweile richtig Hunger. Das Risotto ist heute hervorragend. Und endlich beginnt meine erste Chemotherapie mit Portzugang, aus Sicherheitsgründen mit Überwachungsmonitor. Diese Überwachung wird bei der ersten Gabe hochdosierter Chemotherapeutika grundsätzlich angeschlossen. Das Ärzteteam möchte vermeiden, dass eine Unverträglichkeit oder andere Komplikationen und Reaktionen des Körpers zu spät erkannt würden. Aber irgendwann ist das einem alles egal. Meine Kraft und meine Nerven benötige ich für mich, für das Gesundwerden, nicht für Gedanken über Sinn oder Unsinn mancher Maßnahmen. Die erste Therapie zu Beginn eines Blockes ist die beschriebene Antikörperbehandlung. Das Mittel Rituximab soll helfen gezielter und schonender zu behandeln. Meine Frau besucht mich eine Stunde später, die Kommunikation hält sich leider ungewollt in Grenzen. Begleitend zur Antikörperbehandlung wird noch ein Mittel gespritzt, das mich sehr müde macht. Ständig fallen mir die Augen zu, obwohl ich nicht schlafe. Die Leidtragende kommt extra nach einem harten Arbeitstag ins Klinikum und wir können kaum das tun, was uns so stark macht, kommunizieren.

Meine erste Nacht ist mal wieder von sehr wenig Schlaf geprägt. Ständig ist eine Infusion durch und wird gewechselt, gepaart von irgendwelchen Mitteln, die zu bestimmten Uhrzeiten auf dem Plan stehen. Als Entschädigung ist mein Frühstück am nächsten Morgen echt klasse. Ich habe Appetit, ich habe Zeit. Besser kann es kaum sein. Bis zum Mittag lese ich die Tageszeitung. Der Merkur ist zu meiner neuen Lieblingszeitung geworden. Die Mischung aus Wirtschaft und Politik sowie regionalen Nachrichten und Sport, das ist genau mein Ding. Gegen 11.00 Uhr sucht mich Schwester Melanie auf. Schwester Melanie ist eine ruhige, sachliche Pflegekraft. Sie inspiziert und pflegt die frische Narbe vom Portzugang. Dabei erklärt sie, was sie macht, und bindet mich anschaulich mit ein. Meine Wunde sieht richtig gut aus. Die Ärztin hat sauber gearbeitet, meine Narbe hat keinerlei Anzeichen von Entzündungen oder Sekret. Ich bin richtig zufrieden.

Mittlerweile kommt das Mittagessen und wie abgesprochen gleichzeitig ein Ärzteteam zur Rückenmarkpunktion. Das Team besteht aus Frau Dr. Stiegel, Dr. Witzel und einer weiteren Ärztin. Ich überlege erst gar nicht, ob das nicht Zeit haben könnte bis nach dem Essen. Bei meinem Krankheitsbild ist laut G-Mall-

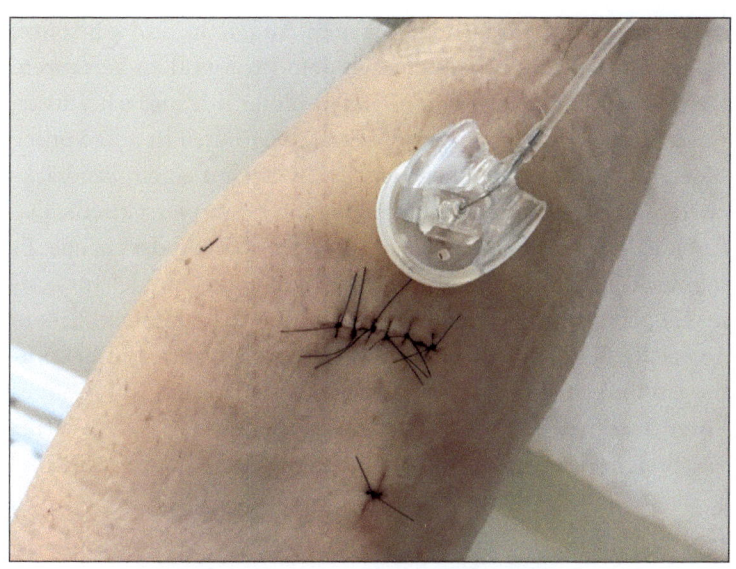

Portnadel (Hubernadel) als Aufsatz für den Port im Unterarm

Protokoll aus dem Jahr 2002 eine zusätzliche Behandlung mit jeweils drei verschiedenen Chemotherapien, sogenannten Zytostatika, nötig. Auf meinem Therapieplan entdeckte ich eine Dreifach-Prophylaxe mit der Abkürzung „i.th". Nun weiß ich, was damit gemeint ist, intrathekal heißt das. Diese Behandlung findet jeweils am 2. und am 5. Tag eines Blocks statt. Das bedeutet pro Block 6 Therapeutika zusätzlich ins Rückenmark. Dabei wird die entsprechende Menge an Flüssigkeit, die injiziert werden soll, vorher entnommen. Das Verhältnis muss exakt aufeinander abgestimmt sein, ansonsten drohen z. B. durch Unterdruck starke Kopfschmerzen. Die entnommene Flüssigkeit wird dann labortechnisch nach Befall und Rückständen untersucht, da das Burkitt Lymphom die Blut-Hirnschranke gerne durchbricht. Bei mir wurde in der Rückenmarksflüssigkeit, dem sogenannten Liquor, nichts entdeckt, weshalb ich diesen riskanten und auch schmerzhaften Eingriff in Frage stelle. Doch Frau Dr. Stiegel erklärt, dass sie das gern prophylaktisch durchziehen möchte. Ich bin da sehr skeptisch und äußere das auch. Doch sie schaut mich mit ihren lieben blauen Augen an und ich spüre, dass es ihr wichtig ist weiter nach dem Protokoll zu verfahren. Den Ablauf hatte ich ja schon einmal hinter mir und ich wusste, was auf mich zukommen wird. Nach 20 Minuten ist alles vorbei. Noch etwa 20 Minuten liege ich geschwitzt auf einem Sandsäckchen, damit sich das Loch vom Zugang besser verschließt. Das Essen hält sich erstaunlich lange warm unter der Abdeckhaube. Es schmeckt zumindest auch noch nach gut einer Stunde. Im Laufe des Nachmittags erhalte ich bis in den späten Abend hinein 4 verschiedene Chemotherapien. Ifosfamid, Vincristin bekomme ich und auch Dexamethason und Methotrexat, MTX abgekürzt. Das bedeutet, dass ich allein an diesem Tag 7 Zytostatika verabreicht bekomme. Manches Mittel ist gelb, manches Mittel

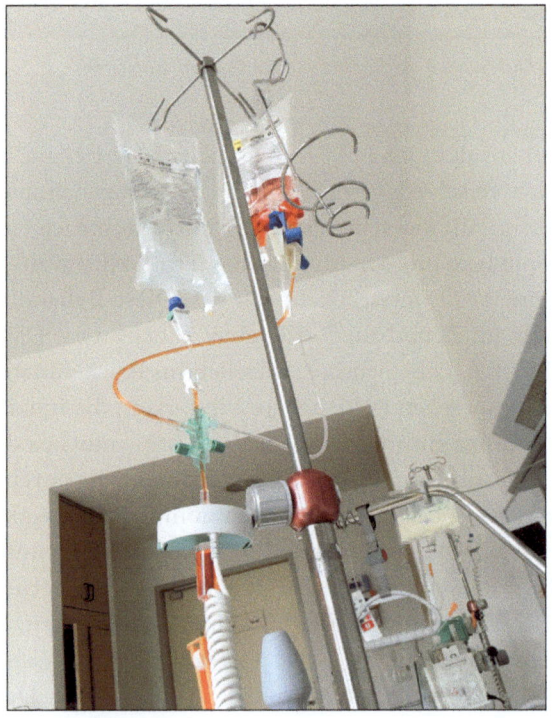

Mein Bruder mit NaCl Lösung und Chemotherapeutika in Farbe

ist rötlich. Sieht schon interessant aus. Aufgrund dieser hochdosierten Behandlung muss kräftig mit einer Kochsalzlösung gespült werden. 5–6 Liter sind es bei dieser Behandlung, um die Nieren und andere Organe zu schützen.

An diesem Abend hatte ich dann 77 kg Gewicht. Aufgrund des vielen Wassers bekomme ich um 22.00 Uhr intravenös Lasix zum Entwässern verabreicht. Die Lauferei auf Toilette ist kaum zu zählen. Kurz nach 03.00 Uhr falle ich endlich in einen tieferen Schlaf, als ein Mann an mein Bett herantritt. Ich werde sogleich wieder wach. Im ersten Moment denke ich, ich sehe nicht richtig. Der Mann sieht aus wie Jesus, Jesus von Nazareth. Zumindest so, wie er auf Bildern oft dargestellt wird. Für die Hauptrolle der Oberammergauer Passionsspiele hätte er sich nicht einmal verändern müssen. „Entsuldigung", sagt er mit spanischem Akzent. „Ich bin Jesus. Sie müssen nochmal etwas für Ihre Entwässerung bekommen, tut mir leid." Etwas verdutzt schaue ich ihn schläfrig an. Es ist mittlerweile kurz vor 04.00 Uhr. „Jesus? Sie heißen Jesus?"

„Ja, ich bin aus Spanien. Da heißen viele Jesus, warum?"

„Ach nur so", lächele ich mir die Nacht schön. „Machen Sie ruhig, ich denke, ich bin jetzt in guten Händen!" Nach der ersten Behandlung dauert es etwa 10 Minuten und ich muss auf Toilette. Das Ganze wiederholt sich 5-mal in der ersten Stunde. Jedes Mal das gleiche Ritual: Aufwachen, Druckgefühl, Aufstehen, Infusionsautomaten von B. Braun vom Strom lösen und den Automaten, der an meinem neuen Bruder befestigt ist, mit auf die Toilette nehmen. Die Tür quietscht unmöglich laut, aber ändern kann ich das nicht. Ich habe im Laufe der Nacht gelernt, alles im Dunkeln zu deinstallieren und wieder zu installieren. Bei 20 Gängen die Nacht war das schnell intus. Um 04.30 Uhr meldet sich mein Darm. Er ist der Meinung, dass er sich nach 3 Tagen ruhig entleeren könnte und ich wäre ja wohl eh ständig auf. Falls der Darm denken kann, so in etwa hätte ich diese nächtliche Vorgehensweise gedeutet. Aber zumindest habe ich Jesus kennenlernen dürfen. Am Morgen des 30. Septembers wiege ich noch 72 kg, 5 kg weniger als gestern Abend. Es war wohl alles richtig, was über die Nacht lief. Heute haben meine Schwester und meine Nichte Geburtstag. Mama und Tochter am gleichen Tag. Obwohl ich genau weiß, wie sehr sich beide große Sorgen um mich machen, freue ich mich schon darauf sie anzurufen und zu gratulieren. Mein Zimmernachbar im gemütlichen 2-Bett-Zimmer freut sich zurzeit über gar nichts mehr. Die ganze Behandlung setzt ihm so sehr zu, dass er keinerlei Nahrung zu sich nehmen kann und er künstlich ernährt werden muss. Er befindet sich an einer harten Grenze, igelt sich ein, spricht kaum und bleibt völlig beteiligungslos. Und aufstehen möchte er ebenfalls nicht. Zu allem Übel scheint er im Leben recht allein zu sein, denn Besuch habe ich in den zwei Tagen auch noch nicht gesehen. Noch vor dem Frühstück fasse ich mir ein Herz und nehme ich ihn in die Pflicht. Ich verwickele ihn in ein Gespräch, indem ich belanglose Fragen stelle. Er ist zu intelligent, um mich einfach zu ignorieren oder schroff zurückzuweisen. Meine Taktik scheint aufzugehen. In seinen Aussagen spüre ich seinen inneren Kampf, seine traurigen Gefühle, seine Kraftlosigkeit. Alles, was kommt, kommt depressiv. Mutig, mit der Gefahr des Scheiterns, versuche ich ihn selbst zu einer eigenen Diagnose zu führen. Er geht den Weg mit und je länger wir reden, desto deutlicher wird ihm sein Zustand bewusst. Schließlich bin ich froh, dass er sein depressives Problem wahrnimmt.

Endlich kommt unser Frühstück. Mein Magen knurrt schon seit einer halben Stunde laut vor sich hin. Es ist der 3. Tag seit Beginn der Behandlung und wie beim letzten Mal beginnt eine Appetitlosigkeit. Allerdings esse ich, wenn auch weniger als noch gestern.

Nach einer erneuten Nacht mit gefühlten 100 Toilettengängen bin ich heute Morgen nicht sonderlich müde. Ich glaube, ich gewöhne mich an die ständigen Gänge. Vielleicht habe ich auch Glück, dass ich es einfach akzeptiere und es keine Belastung für mich darstellt. Letzte Woche noch habe ich mir mehr Gedanken gemacht, auch über meine Pflichten auf der Arbeit und zu Hause, diese Woche denke ich nur an mich und mein Gesundwerden.

Die 5 Liter Flüssigkeit, die hineingepumpt werden, müssen irgendwie wieder raus, mehr ist es nicht oder? Das wenige Frühstück bekommt mir gut, ich kämpfe gegen das Unwohlsein an. Am heutigen Tag kommen die Chemotherapeutika nahezu alle noch am Morgen. Ich glaube, ich bin schon bei der 20. Chemotherapie angelangt. Den zweiten Liter Spülung habe ich gerade am frühen Nachmittag durch, da besucht mich überraschend mein alter Freund aus Eisenwerkezeiten Andi mit seiner Frau. Meine Frau hatte das eingefädelt und mich damit überrascht. Die beiden haben doch tatsächlich wegen mir ihren Kurzurlaub in den Niederlanden abgesagt, unglaublich. Als ich es erfahre, lasse ich mich kurz aus der Matrix abkoppeln, also alle Schläuche und Fusiomaten ab, dann mache ich mich auf den Weg zum Empfang. In der Cafeteria begegne ich meinem alten Veteranenfreund. Kaum dass mich Andi zu sehen bekommt, schießen ihm auch schon die Tränen in die Augen. „Du Blödmann", bekommt er nur heraus. „Kaum dass ich dich sehe, muss ich auch wieder heulen. Und ich wollte doch gar nicht." Und das kommt so betroffen kindlich rüber, dass es fast schön ist. „Hey Andi, schön, dass du da bist. Schau mich an, ich bin auch nicht frei von Emotionen. Mir geht es auch ans Herz", erwidere ich nur. Seiner Frau geht es kaum besser. Ich wundere mich zwar, welche Gefühle mein Zustand auslöst. Aber irgendwie ist es auch schön, wenn sich Freunde melden und zeigen können, dass die Situation sie berührt. Auch das ist eine Form von Liebe und Aufrichtigkeit. Nachdem wir uns setzen und ich mir einen Kaffee bestelle, schossen natürlich die Fragen aus den beiden heraus. „Sag mal, ich kann es ja immer noch nicht fassen", kam von Andi. „Dass gerade du, du, der nichts trinkt, gesund lebt und so sportlich ist, dass du so eine Krankheit bekommst. Das fasse ich nicht. Warum?" „Andi", antworte ich ganz sachlich. „Ja, gerade ich habe Krebs bekommen. Und auch noch einen seltenen und sehr aggressiven dazu. Wenn es dich trifft, dann trifft es dich. Aber diese Frage stellt sich nicht. Ich habe es schon Wendy erklärt. Stellt euch mal vor, es gäbe eine Antwort auf diese Frage. Was bringt mich das weiter? Keinen Schritt, der Weg vor mir bleibt der gleiche Weg oder? Gerade meine Fitness und meine geistige Verfassung, die sind es, wovon ich zehre, warum es mir vielleicht etwas besser geht als anderen in ähnlicher Situation." „Ja, aber trotzdem", sagt er noch. Doch dann denkt Andi nach und irgendwie habe ich das Gefühl, dass ihn meine Einstellung beruhigt, wie ich damit umgehe und wie gut es mir trotz Therapie geht. Automatisch geht unser Gespräch nach ein paar Minuten in Richtung Küchenmeile A30. Das ist eine sehr wichtige Küchenmesse in Ostwestfalen. Viele haben laut Andi nach mir gefragt, ich habe gefehlt. In der Küchenbranche kennen mich sehr viele Menschen. Andi erzählt, wie sich viele meiner alten Bekannten und Wegbegleiter abends auf einer Messeparty trafen, wie aus der Messeparty eine Heulparty wurde. „Und du hast an allem Schuld", sagt er noch. Meine Tochter hat bei dem Ausrichter der Messe ihre erste Anstellung nach ihrem Studium angetreten. Durch ihre Anwesenheit wurde ich in diesem Kreis automatisch zum Thema. Dann war es geschehen. Beim Gedanken an meine Martha war mir nicht wohl. Gleich zu Beginn ihrer Arbeit lag ich mit einer solch schweren Diagnose im Krankenhaus. Ich vermisse sie und sie mich auch. Wir telefonieren leider nur, denn sie ist noch immer krank und darf mich nicht besuchen.

Das einzige Dilemma an diesem tollen Tag erlebe ich erst am Abend beim Abheben des Deckels meines Essentabletts. Trotz gut ausgefüllter Karte fehlen Butter, Wurst und Käse. Gut dass ich einen kleinen Salat bestellte, das mitgelieferte Brot nahm die Vinaigrette gut auf. Und irgendwie reichte es mir auch von der Menge.

Es ist der 02. Oktober. Heute werden mir 4 verschiedene Substanzen verabreicht. Ständig höre ich in meinen Körper hinein und versuche herauszufinden, wie sich das alles auf ihn auswirkt, wie es sich anfühlt. Ich spüre sogar, wenn die Flüssigkeit durch den Portzugang einfließt, bis sich das Gefühl im Oberarm verliert. Aber ich spüre auch, an welcher Stelle das Ende kurz vor dem Herzen liegt. Die meisten Leute bezweifeln dies, wenn ich mich darüber unterhalte.

Gerade betritt eine Ärztin das Zimmer. Schon beim Auftreten und wie sie in den Raum hineinschaut, erkenne ich, dass sie keine klassische Ärztin ist, sie eine andere Aufgabe hat. Sie stellt sich vor, sie ist in der onkologischen Psychologie tätig. Wusste ich es doch. Ich fühle mich zwar prima, aber ich habe Alex und meiner Frau versprochen, mir alle sich bietenden Möglichkeiten an Hilfe zu prüfen. Diesen Tipp kann ich an alle weitergeben, die dieses Buch lesen und ggf. selbst direkt oder auch indirekt betroffen sein sollten. Manchmal hängt das Glück an so klitzekleinen Dingen, die aber wichtig sind. Und selbst kommt man nicht drauf oder schämt sich, darüber zu sprechen. Die größte Gefahr ist, sich selbst im Wege zu stehen. Also erzähle ich ihr von meinen Sorgen um meine Frau, meine Kinder und um meine Arbeit. Bereits im Gespräch merke ich, dass ich immer besser mit meiner Situation zurechtkomme. Freundlich lächelt sie mit mir und sagt schon ein paar Minuten später, dass ich wohl sehr gut mit allem umgehen würde. Sie wolle mich später mal wieder besuchen kommen. Gemütlich sammelt sie sich kurz und nimmt Kurs auf meinen Bettnachbarn. Dieses Gespräch ist dann wesentlich ausgiebiger. Mein Zimmerkollege nahm unser Gespräch zum Anlass und öffnete sich der Psychologin schnell und weit. Das war sehr wichtig und ich habe mich sehr darüber gefreut. Nur so war der Weg geebnet, dass es ihm besser gehen wird.

Am 03. beginnt meine Appetitlosigkeit wieder von vorn. Meine Mundschleimhaut ist nun trocken, das Essen schmeckt definitiv fader als sonst. Heute besucht mich meine Frau, mein absolutes Highlight des Tages. Am Abend wiege ich 77,4 kg. Das sind 4 kg mehr als am Morgen. Meine Frau bringt mir meine geliebten gerösteten Erdnüsse mit. Aber auch hier bemerke ich, dass einfach die Feinjustierung im Geschmack verloren geht. Ein in Summe fader, belangloser Tag geht zu Ende. Am nächsten Morgen habe ich dann 3 kg Wasser verloren. Was ich nicht verloren habe, ist mein Darminhalt. Seit Tagen bewegt sich nichts und heute hatte ich bereits mehrere Darmkrämpfe. Das sind so richtig starke Krämpfe, die ich noch aus früheren Zeiten einer Magen- und Darmgrippe kenne. Mit der Ausnahme, es bleibt bei den Schmerzen ohne Bewegung. Mein Mund ist trocken, die Mundschleimhaut geschwollen. Mit meiner Zunge fahre ich automatisch immer wieder den Wangenraum ab. Es fühlt sich rau, krank an. Falls es jedoch bei diesen Nebenwirkungen bleiben sollte, gäbe es nichts zu meckern. Nach einer Woche des ersten intensiven Chemo-Blocks habe ich Schlimmeres erwartet und bin froh, dass es so ist, wie es ist.

Ich warte bereits den ganzen Tag auf meine Rückenmarksinjektion. Das Warten ist das Unangenehmste, gerne wäre ich auch mal an die Luft, aber ich weiß nicht, wann die Ärzte eintreffen. Mit diesem Zustand des Ungewissen hadere ich etwas, dann ist es auch schon Abend. An meinen Unterschenkeln sind deutliche Abdrücke der Socken zu sehen, beim Beugen der Knie deutlich das Wasser in den Beinen zu spüren. Und endlich, gegen 20.00 Uhr, ja richtig, 20.00 Uhr, kommen zwei Assistenzärzte, die mir die notwendige Injektion legen sollen. Die Klinik hat wirklich gute und kompetente Assistenzärzte, doch diese beiden wirken auf mich, sagen wir mal, recht fragwürdig. „Hallo. Sie sind Herr Peter, stimmt's? Wir sollen bei Ihnen die Intrathekalinjektion setzen." Wenn ich schon höre, *wir sollen* … da stellen sich mir die Haare. „Ähm, Entschuldigung", erwidere ich. „Ja, ich bin der Herr Peter, das stimmt. Und Sie beide möchten mir also ans Rückenmark? Haben Sie das schon einmal gemacht?" Intuitiv aus meinem Bauch heraus stelle ich diese Frage. „Jaja. Wir wissen, wie es funktioniert", kam vom Arzt zurück. Er war etwa 1,90 m groß, hatte einen schwarzen Vollbart, und er hatte den Blick von *Jugend forscht*. Er war bereits am Vortag während der Visite an meinem Bett. Ihm hatte ich erklärt, dass ich eine Thrombose in der linken Wade habe. Er wollte wissen, woher ich das denn wüsste. Ich versicherte ihm, dass ich das spüre und wir das einmal überprüfen sollten. Er wollte sich kümmern. Bisher blieb es aber beim Wollen.

Seine Begleitung, eine kleine zierliche, mit null Empathie ausgerüstete Assistenzärztin ist nur der Sache wegen, dem Lehrauftrag abarbeitend dabei. Und ich, das liegt auf der Hand, bin Mittel zum Zweck, Forschungszweck. Das scheint offensichtlich. Folglich entgegne ich: „Sie wissen, also, wie es geht? Das ist ja schon einmal etwas! Ich will der Wissenschaft ja nicht im

Wege stehen, ich helfe gern mit." Mittlerweile habe ich ein Gefühl dafür entwickelt, wann exakt der Punkt getroffen ist und die Nadel im Rückenmark angelangt ist. Daher füge ich noch kurz hinzu: „Glauben Sie mir, ich weiß genau, wann Sie das Rückenmark getroffen haben. Wenn ich dies bestätigen sollte, wäre es gut, wenn Sie auf mich hören. Okay?"
„Ja das machen wir schon, machen Sie sich keine Sorgen. Das kann ja nicht so schwer sein."
„Nein, schwer ist es immer. Es stellt sich lediglich eine Routine ein. Aber das Rückenmark ist kein Spielplatz, meines schon gar nicht. Aber gut, wir versuchen es", sage ich noch. Das mir bekannte Prozedere beginnt von neuem. Bett hochfahren, Rücken frei, Katzenbuckel machen, Hüfte nach hinten, mehrmals desinfizieren, Punkt im Lendenwirbelbereich suchen und schließlich steril abdecken. Dabei suchen beide Ärzte immer wieder den Punkt und besprechen sich, tauschen gelernte Dinge aus. Jeder drückt und pikst mit seinem Fingernagel die anvisierte Stelle ab. Es vergehen vielleicht 10–15 Minuten, da endlich visiert der Bärtige mit der Führungsnadel den final ausgeguckten Punkt an. Ich spüre den Stich und fühle plötzlich einen Schmerz auf dem Knochen. „Oh, das war der Knochen", sagt er zu seiner Kollegin und zieht die Nadel wieder zurück. „Ja!" Mehr als dieses kurze Ja werde ich gerade nicht los. Vier bis fünf Stiche später mit erneuten Treffern des Knochens oder eines Nervs verspüre ich endlich den mir bekannten Schmerz. „Sie sind drin. Jetzt haben wir es", sage ich schnell und verzerre mein Gesicht dabei. „Hmh, ich bin mir nicht ganz sicher ...", murmelt Jugend forscht. „Doch, doch, ich spüre es", erwidere ich nochmal geschwind. „Alles gut!" Doch er zieht die Nadel erneut raus. Die beiden murmeln sich nun gegenseitig wissend zu. Ich denke so bei mir: *Na, das werden wir doch gleich haben?* Ich bin ziemlich geschwitzt und beinahe 25 Minuten sind um. Wenn die Führungsnadel erstmal sitzt, dann muss man warten, bis das Liquor, die Rückenmarksflüssigkeit, in entsprechender Menge herausläuft, um dann die vorgegebenen Mengen der 3 Zytostatika zu injizieren. Das Herausziehen der Nadel stellt sich auf jeden Fall

als Fehler dar, denn die Versuche häufen sich. Langsam beginnt der Rücken zu schmerzen. „Dauert es noch lange?", frage ich. „Nein, nein. Jetzt haben wir es gleich", kommt kurz vom Bärtigen. Da nun bereits über eine halbe Stunde um war, wird es langsam schwierig für mich. Er bohrt mehrmals tief und fest mit seinen Fingernägeln in den Lendenwirbelbereich, sticht ebenso häufig zu und kommt doch nicht voran. Wenn ich nur auf meine Intuition im Vorfeld gehört hätte. Mittlerweile haben wir 45 Minuten und etwa 20 Stiche in den Lendenwirbelbereich hinter uns, ich bin völlig nassgeschwitzt und stoppe nun die Aktion. „So, ich möchte nicht unhöflich sein. Aber Jugend forscht machen wir wann anders weiter. Dieser Bereich ist für mich zu sensibel und ich habe mittlerweile Schmerzen ohne Ende. Jetzt ist Schluss!" Klar konnte ich diese Aktion wesentlich früher beenden, aber ich hoffte doch von Stich zu Stich, fast wie beim guten Skatspiel. Nur hier spielten zwei einen „Grand ohne Vieren". Die sachliche Assistenzärztin möchte nun aber auch nochmal. Doch ich bleibe bei meiner Entscheidung. „Aber Sie müssen doch die Chemotherapeutika bekommen?", erwidert sie noch. Aber ich sage nur beim Anziehen meines Oberteils: „Ja, das machen wir morgen." Diesen Abend habe ich jetzt selbst beendet, viel zu spät.

Es ist der Morgen des 05. Oktobers. Die ganze Nacht und erst Recht heute Morgen tut mein Rücken weh. Meine Mundschleimhäute haben sich von innen mit der weißen, abgestorbenen Farbe bis an den Rand der Lippen nach außen vorgearbeitet. Das Absterben hat sich durch das komplette Rohr bis zum Darmausgang bemerkbar gemacht. Jetzt bin ich hier auch noch wund und es tut auch unten, hinten sehr weh. Mann, heute bin ich echt sauer!

Mein Ausgangsgewicht liegt heute bei 72,3 kg, pH-Wert normal, kein Fieber. Meine diensthabende Pflegekraft Marie ist heute wieder da. Sie hat von dem Abend und meiner abgebrochenen Behandlung in der Patientenakte gelesen. Ich erkläre ihr, dass das so nicht geht und ich nur noch von einem Profi am Rücken behandelt werden möchte. Meinen Ärger kann sie nachvollziehen. Bis Mittag tut sich nichts. Mit dem geplanten Programm der Chemotherapie bin ich durch, lediglich die intrathekal 3-fache Prophylaxe fehlt halt noch.

Es gibt Mittagessen. Ein Kalbsgulasch mit Reis. Pünktlich zum Essen betritt ein Arzt, den ich bisher noch nicht gesehen habe, das Zimmer. „Guten Tag. Sie sind der Herr Peter, stimmt's?"
„Ja, warum?"
„Oh, Ihre Stimme, ist die schon immer so?"
„Nein, zum Glück nicht. Ich krächze erst seit meiner OP so herum. Aber ich übe fleißig, damit es wieder wird."
„Ah, dann ist ja gut. Äh, ich habe von Ihrer letzten Nacht gehört. Ich bin von der Neurologie. Dürfte ich mir denn mal Ihren Rücken ansehen und vielleicht die Behandlung durchführen?" Er ist informiert, das spüre ich. Ich finde es sogar gut, dass ohne mein Zutun Bewegung reinkommt. Und ein Neurologe wäre ja auf dem Gebiet ein Fachmann. „Neurologe?", sage ich. „Schauen Sie mal, ob Sie ein Fleckchen finden zur intrathekalen Behandlung. Aber was bleibt mir übrig? Frau Dr. Stiegel möchte gern trotz Unbedenklichkeit im Rückenmark die Behandlung gemäß Protokoll weiterführen. Also, falls ich mich nochmal beugen kann, dann sollte als Neurologe ein Versuch ausreichen oder? Aber ich sage es gleich, ich habe echt Schmerzen."

„Oh, jetzt legt jemand aber die Latte hoch", lacht er nun in meine Richtung. „Und mit Fachwörtern kennen Sie sich ebenfalls aus? Aber ja, das mache ich schon. Lassen Sie mal sehen." Ich ziehe mich aus, mache den berühmten Katzenbuckel. „Oh ja, das sieht nicht ganz glücklich aus", höre ich noch. Er desinfiziert, prüft mit dem Fingernagel. Ein kurzer, schneller Piks und ich spüre nahezu jeden Millimeter, weiß genau, wenn die Nadel das Liquor erreicht. Es ist beinahe faszinierend. Wenn man sich auf den Schmerz konzentriert und sich fokussiert, dann kann man eine solche Behandlung aushalten und es wird erträglich. Innerhalb von 5 Minuten ist der Spuk vorbei. Wirklich, 5 Minuten. Der Mann imponiert mir. Es ist mittlerweile 16.00 Uhr, ich habe nach der Behandlung geruht, gegessen, und ich bin wieder richtig gut gelaunt und schaue optimistisch nach vorn.

Am 06. habe ich noch 71,2 kg Gewicht. Das Wasser scheint nun alles aus dem Körper raus zu sein. Puls, pH-Werte, Blutdruck, alles okay. Die Blutwerte verschlechtern sich wie erwartet. Etwa eine Woche nach Beginn der Blockbehandlung erwartet man den Tiefstwert bestimmter Werte. Deshalb muss ich eine Woche zur Beobachtung im Klinikum verweilen, um eingreifen zu können. Das habe ich auf meinem Therapieplan anders herauslesen wollen. Ich dachte ursprünglich, dass ich nach Ende der Behandlung nach Hause darf, mich 10 Tage erholen kann und anschließend, Feuer frei, mit dem nächsten Block starte. Aber ist nicht. Am kommenden Sonntag erwarten Sie die Tiefstwerte, und am nächsten Dienstag kommt mein Sohn, da möchte ich unbedingt zu Hause sein. Jetzt heißt es abwarten und Daumen drücken.

Es ist Samstag, wir schreiben den 07. Oktober. Mein Gewicht pendelt sich bei knapp über 70 kg ein, es hat sich doch noch etwas bewegt. Der Blutdruck ist mit 80/60 sehr tief. Tiefere Werte sind bei mir nicht selten, nur nicht ganz so tief. Die Pflegekräfte halten mich zum Trinken an. Heute erfahre ich den Namen meiner Nebenwirkung, meiner weißen Stellen im Mund: „Mukositis" heißt das Zauberwort. Die Mukositis ist bei dieser Behandlung so relevant, dass sie sogar auf dem Therapieplan steht. Und ich wundere mich immer, was dieser Satz bezüglich der Beobachtung der Mukositis bedeutete? Auf die Idee zu googeln kam ich nicht. Nun bin ich aufgeklärt und etwas schlauer. Die Mukositis ist teils so schwerwiegend, dass sie beobachtet werden muss. Der Krankheitsverlauf ist von starken Entzündungen, extremen Schmerz begleitet und kann bis zu Blutungen und Zahnausfall gehen. Das Sprechen fällt schwer und an Essen ist kaum noch zu denken. Zuletzt hilft lediglich noch eine künstliche Ernährung. Jetzt verstehe ich die Erwähnung auf dem Plan und vor allem, ich spüre es auch immer mehr. Das sind schon harte Zytostatika, die ich da bekomme, das wird immer klarer. Auf Toilette muss ich nun auch endlich. Die Krämpfe scheinen sich nach unten durchzuarbeiten. Der Toilettengang tut so sehr weh, dass ich mir wünsche mindestens für 3 Tage nicht mehr zu müssen. Alles ist entzündet, ich werde heute nach einer Salbe für meinen

Darmausgang fragen. Langsam verstehe ich, dass die Nebenwirkungen das eigentliche Problem einer Chemotherapie sind, nicht der Krebs selbst. Gegen Mittag bekomme ich Besuch von einem Arbeitskollegen. Es ist ein toller Kollege aus unserem Büro. Er zeigt Interesse, Betroffenheit. „Was es alles gibt, abartig. Und wenn ich dann diese Leute überall mit ihren großen Problemen vor Augen habe und das dann mit dem hier auf Station vergleiche. Mann, Mann, Mann!", schließt er seinen Satz. „Sag mal, deine Stimme. Wird das denn wieder?"
„Ja! Weil ich es will. Das wird", kommt in Darth Vader Manier zurück. Meine Geschichte nimmt in Summe alle Zuhörer mehr mit, als von mir ursprünglich gedacht. Auch er kann seine Tränen nicht ganz verbergen, sobald ich detaillierter erzähle.

Dennoch ist heute ein starker Tag für mich, ich fühle mich gut. Noch am gleichen Tag treffen zwei alte Bekannte aus Hessen, Obergeis ein. Ich wundere mich immer wieder, welch große Strecken Menschen auf sich nehmen, um einen wichtigen Besuch abzuhalten. Diese Liebe unter Freunden macht mich stolz. Es ist unser erstes Treffen und Wiedersehen seit Beginn dieser schweren Krankheit, dieser Hiobsbotschaft. Es versteht sich von selbst, hier wird schon bei der Begrüßung geheult, was das Zeug hält, vor Freude natürlich. Und zu guter Letzt kommt ganz unerwartet meine Tochter Martha vorbei. Gott sei Dank ist sie wieder gesund. Sie fällt mir erleichtert in die Arme und hält mich lange fest. Ich fühle ihre Erleichterung, mich zu sehen. Komm, weil es so schön ist, heulen wir doch gleich nochmal. Und das „Wir" ist wörtlich zu verstehen. Denn nicht nur ich als Papa bin gerührt und freue mich, auch meine Freunde sind aus dem Häuschen. Sie haben eine Tochter im gleichen Alter, beide Mädchen sind am gleichen Tag geboren. So erst lernten wir uns kennen, so kennen beide Freunde meine Martha von klein auf.

Am späten Nachmittag treffe ich zurück auf Station ein. Der diensthabenden Ärztin liegen mittlerweile die aktuellen Blutwerte vom frühen Nachmittag vor. Diese Werte zeigen eine positive Richtung, bis auf den Blutdruck, der passt immer noch nicht. Wir besprechen kurz die weitere Vorgehensweise und entscheiden, dass wir es am Abend mit zusätzlichen Spülungen versuchen. Wieder mal wird der B. Braun Infusiomat mein Begleiter für die Nacht und versorgt mich intravenös mit 3 Liter Wasser. Zumindest hebt sich der entsprechende Wert bis zum Morgen auf 100/60 leicht an. Und meine Gänge auf Toilette konnte ich so ebenfalls weiter üben. Mein Appetit bleibt über das Wochenende zum Frühstück und zum Abend weiterhin eingeschränkt, doch mittags esse ich nahezu ohne Einschränkungen. Auf diese Weise bleibt mir zumindest eine mögliche künstliche Ernährung erspart.

An diesem Wochenende kommt meine Tochter zum zweiten Mal ins Klinikum. Es ist Sonntag und sie ist diesmal nicht allein. Der Ort und mein Gesundheitszustand sind zwar nicht die schönsten Umstände, doch sie möchte mir ihren Freund und Partner vorstellen. Es ist sehr wichtig für meine Kleine, was der Papa denkt. Und nun stehen beide mit Mundschutz in der Zimmertür. Wir setzen uns in die Küchenecke, auf meinen Stammplatz auf Station. Schnell stelle ich fest, er ist ein Prachtkerl: groß, stattlich, höchst intelligent und gewählt in seinen Äußerungen. Er ist wachsam und kann zuhören, aber er weiß auch, was er will. Seine hübschen Augen verraten seine positive Grundeinstellung, sein Bart kämpft mit dem Mundschutz um Aufmerksamkeit. Er gefällt mir richtig gut, wenn ich das als angehender, möglicher Schwiegervater überhaupt sagen darf. Miteinander auskommen müssten ja die beiden. „Glückwunsch", flüstere ich Martha ins Ohr. Und schon fängt sie wieder an zu heulen. In solchen Situationen gehen die Gefühle mit einem durch, bei meiner Martha insbesondere. Doch ich finde es schön, wenn man zeigen kann, man ist Mensch. Und sie kann es.

Endlich ist Montag, Arbeitstag, Tag der Entscheidung, alle Ärzte sind da. Ich bin sehr gespannt, denn ich will nach meiner Entlassung fragen. Schließlich bin ich bis auf einen Tag Unterbrechung seit dem 18. September ununterbrochen im Klinikum. Mein Blutdruck bewegt sich mal wieder bei einem Wert von 90/60. Gewicht 71,3 kg. Ich fiebere auf meine Entlassung zu und endlich ist Visite. Aber Visiten sind, wie sie sind. Auf die

Blutwerte von heute Morgen warten wir noch, den Anus möchte auch keiner sehen, ich frage nach einem in der Broschüre beworbenem Sportprogramm für Krebspatienten. Schließlich will ich an meiner Gesundung aktiv mitarbeiten. „Da soll sich mal irgendjemand darum kümmern", nuschelt ein Arzt einem anderen zu. Also, wie ich das sehe, wird das mit der Entlassung heute eh nichts. Meine Enttäuschung kann ich nicht verbergen, hält aber zum Glück nicht lange an. Da ich keine zusätzlichen Infusionen bekomme, bin ich recht mobil und zu Fuß sowieso gut unterwegs. Ich drehe nahezu jeden Tag allein oder mit meiner Frau meine Runden. Auf Station melde ich mich ab und suche völlig motiviert das Büro auf, das für den aktiven Sport bei Krebspatienten zuständig ist. Das Gebäude ist nur ein paar Meter über das Klinikgelände entfernt. 2. Stock habe ich gelesen, den Weg schlage ich direkt über die Treppe ein. Wenn es mir auch etwas schwerfällt die Stufen zu nehmen, aber der Fahrstuhl kommt für mich nicht in Frage. Ein paar Stufen später stehe ich nun vor einem Glasfenster, das aufgeschoben wird. „Guten Tag, ähm, wo wollen Sie hin?", bekomme ich eine Frage halb verdutzt an den Kopf geworfen. Kunden schlagen hier kaum auf, das bemerke ich sofort. Allein die Tonlage glich eher einem Vorwurf als einer Frage. Aber darauf kann ich mich ja einstellen. „Einen wunderschönen Tag. Ist hier das Büro zur Beratung für begleitende Sportaktivitäten bei Krebspatienten?" Und dabei grinse ich ganz lieb und ganz offen, halb entschuldigend. Die Rezeptionistin ist verunsichert. An ihren Augen erkenne ich, dass sie sich schwertut, mit Abwimmeln wird das wohl nichts. Mittlerweile schaut sie fast etwas hilflos drein, die Abwehrhaltung war wohl eher Angst als Unfreundlichkeit. Sie hätte halt gern ihre Arbeit einfach so weitergemacht, ohne Störung. „Ja, da sind Sie richtig. Äh kennen wir uns, was wollen Sie genau?" „Nein, wir kennen uns nicht", antworte ich höflich und winke mit einer Broschüre. „Ich habe hier eine Broschüre mit. Das sind doch Sie bzw. Ihre Abteilung? Ich bin nämlich Krebspatient stationär in der Klinik und mir fehlen noch einige Informationen." Auch noch ein Krebspatient und dann noch mit der Broschüre in der Hand, sie wurde nun beinahe verlegen. Das Integrieren ihrer eigenen Broschüre in meine Frage hielt ich für wichtig, so wurde die Verantwortung deutlich. Und es funktioniert tatsächlich. „Äh, ja. Das ist unsere Broschüre. Ja und was wollen Sie von mir?" „Na, das liegt doch auf der Hand oder? Ich möchte aktiv mitarbeiten. Ich möchte nur wissen, was machen Sie in Ihren Kursen, wo bieten Sie diese Kurse an? Wie kann ich an Ihren Programmen teilnehmen oder bei wem melde ich mich an? Bisher konnte mir niemand wirklich helfen." Sie schaut sich ihre Broschüre nochmal genau an, als würde sie diese erneut lesen müssen. Dann kommt die Erklärung. „Ja also, das ist so: Hier steht ja alles, was es gibt und was wir anbieten. Aber bei uns können Sie das nicht machen. Das hier sind alles Angebote, die eher extern gemacht werden können. Das ist natürlich gut, aber da sollten Sie sich nach Ihrer Behandlung anmelden. Das sind Kurse, die Geld kosten und ggf. von Ihrer Krankenkasse bezuschusst werden. Aber hier und jetzt, nein das geht nicht." Mir wird klar, dass das alles zwar schöne Broschüren sind und viel, theoretisch natürlich nur, angeboten wird. Aber wirklich etwas **tun**, das macht doch keiner. Es sieht für mich eher nach einem Angebot aus, das man für irgendwelche Bewertungen im Portfolio haben sollte. Es zeigt, die Klinik beschäftigt sich auch mit solchen Angeboten, aber es bleibt bei der Theorie. Mir wird bewusst, dass die Klinik zwar unschlagbar gut ist, top ausgestattet und in Summe tolle Ärzte hat. Aber für spezielle Randprogramme und Zusatzleistungen gilt: Selbst ist der Mann! Bewegung, einen klaren Kopf und positives Denken, das ist es, was mir hilft, das kann ich jedem Betroffenen nur empfehlen.

Am 10. Oktober habe ich bereits wieder eine ganze Semmel zum Frühstück essen können. Ich wiege 70,3 kg und mein Blutdruck ist bei 85/60 stabil, tief. Mein Zimmerkollege ist bereits seit einem Tag entlassen worden, so bewohne ich aktuell sehr komfortabel das 2-Bett-Zimmer allein. Das bisschen Glück hält nicht lange. Im Laufe des Vormittags kommen zwei Neuankömmlinge auf Station, beide sind Frauen. Die Station hat ein Belegbett in einem 3-Bett-Zimmer frei. Es ist das Zimmer, indem man die Tram so präsent wie in keinem anderen Zimmer miterlebt. Das Zimmer ist bereits von zwei Herren belegt. Und in meinem Zimmer ist ein Platz frei. Das logische Ende der Geschichte ist, ich darf mein Zimmer räumen. Obwohl ich sehr genügsam bin, protestiere ich vehement. Es geht mir nicht um den Umstand der Belegung an und für sich. Mir ist schon klar, dass die Planung keine bessere Lösung zulässt. Für mich ist aber völlig klar, dass ich in einem Tag nach Hause darf, eigentlich heute schon hätte entlassen werden können. Und dafür nun dieser Aufwand? Verbunden mit dem unausweichlichen Umzug müssen Kleidung, Badesachen und alle Utensilien um das Bett herum umgeräumt werden, ganz zu schweigen von den anstehenden Desinfektionsarbeiten. Ich bin stinksauer, habe Heimweh!

Es ist kurz vor dem Mittag, Schwester Melanie kommt routinemäßig, um bei mir den Blutdruck zu messen. 120/70. So, geht doch. Man muss mich nur ärgern …

Der Ärger verfliegt, so wie er kam, wieder recht schnell. Am Nachmittag bekomme ich Besuch von einem Arbeitskollegen. Wir tauschen uns über interne und externe Dinge aus. So höre ich mal wieder etwas vom echten Wirtschaftsleben, tiefgründig und intensiv. Das macht richtig Spaß. Ich erzähle ihm von meinem Umzug heute Morgen, der Tram, die erneut unter meinem Bett durchfährt und allerlei offener Themen inkl. meines Krankenhauskollers. Er kann meine Stimmung gut nachvollziehen, bis er abgelenkt wird. Eine junge und sehr nette Ärztin betritt die Küche. Sie hat einen interessanten Namen: Dr. Salzkristall. Sie ist total vorbereitet, sehr wissend und man hat trotz ihres jungen Alters ein Gefühl von Sicherheit bei ihr. Dr. Salzkristall erkundigt sich nochmal bezüglich meines Thromboseverdachts und nach einigen anderen Begebenheiten, die sie im Protokoll lesen konnte. Mir wird schnell bewusst, sie hat das Potential einer sehr guten Ärztin. Und obwohl sich erstmal nichts für mich ändert, so habe ich doch das Gefühl, dass Bewegung in meine Angelegenheiten kommt. Nachdem wir wieder allein in der Küche sitzen, kommt mein Kollege, ein Junggeselle, nicht umhin, zu fragen, ob ich *die* nicht schon länger kenne und ich wegen *ihr* so lange hier sei? Dieser Komiker. Im Nachgang müssen wir erstmal lachen. Nach einem langen ausgiebigen Telefongespräch mit meiner Frau und den Tagesthemen gehe ich zufrieden ins Bett.

Heute Morgen wiege ich 70,1 kg, Blutdruck 100/80, kein Fieber oder sonstige Ungereimtheiten. Dr. Salzkristall hat schon ein paar Dinge anstoßen können, denn ich darf heute Morgen noch zur Gefäßchirurgie. Die Wege im Klinikum sind kurz, wenn intern Untersuchungen nötig sind. Man muss sich nur darum kümmern. Da ich mich bewegen möchte, lasse ich mir den Weg erklären, einen Begleitdienst möchte ich nicht in Anspruch nehmen. In einem der Hauptgänge komme ich an einer für eine Klinik recht großen Kapelle vorbei. Meist setze ich mich kurz hin und lasse einfach für ein paar Minuten meine Gedanken schweifen. Die Ruhe tut gut, gibt mir Kraft. Dann setze ich meinen Weg zur Gefäßchirurgie fort. In diesem Winkel der Klinik war ich bisher noch nicht gewesen. Als ich ankomme, melde ich mich an und setze mich in den Wartebereich. Es ist toll, Leute zu beobachten. Neben mir sitzt ein älteres Ehepaar, das sich förmlich, aber laut bei der Schwester beschwert. Das Problem des Ehepaares ist, dass die Anbindung der Einrichtung absolut unzumutbar sei. Vom Hauptbahnhof aus müsse man ja umsteigen, eine Unverschämtheit, dass der Zug nicht durchfährt. Während ihrer Ausführungen steigert sich die Dame so richtig hinein. Sie kann und will auch nicht verstehen, dass das Klinikum keinen Zugang zum Fernbahnhof hat und dass sie mit ihrem Mann solche Umstände hat, wegen der Klinik. Letztendlich haben die beiden ein Taxi vom Hauptbahnhof genommen. Aber dann stellte sich heraus, das war ja noch langsamer als umzusteigen. Kurzum, eine Unverschämtheit sei das hier! An dieser Stelle muss ich mich stark zurücknehmen. Dieser Vortrag hatte schon kabarettistische Züge, war beinahe bühnenreif. Ja, dass das mit dem Taxi durch München nicht schneller als mit der U-Bahn geht, das hätte ihr wohl jeder Fremde auch sagen können. Aber was nun die arme Schwester dafürkonnte? Das bleibt wahrscheinlich ein Rätsel. Ich werde zur Untersuchung gerufen, noch vor der sich aufregenden Dame. Etwas Schadenfreude spüre ich in mir, denn Zeit hat das ältere Ehepaar natürlich auch keine. Wer weiß, was sie wieder für einen Aufstand machen wird? Aber egal, ich bin drin. Eineinhalb Stunden später, ja, das Mittagessen stand schon längst auf meinem Platz, kalt, da treffe ich zurück auf Station ein. Meine mitgebrachte Diagnose: Thrombose in der linken Wade! „Herr Peter, woher wussten Sie das denn so genau?", kam von Frau Dr. Salzkristall. „Ich weiß es auch nicht, aber ich habe ein echt gutes Körpergefühl. Schade ist nur, dass es 10 Tage dauerte, bis sich mal jemand wie Sie dem Problem annahm. Jetzt habe ich etwas länger damit zu tun. Aber ihr bärtiger Kollege hat das irgendwie nicht so vorausschauend gesehen wie Sie." Ich hatte schon wieder ein Lächeln im Gesicht. Wenn noch die Mitbewohner des Zimmers nicht so laut und unbekümmert telefonieren würden, wäre der Tag gar nicht mal so schlecht.

Am 12. konnte ich nach einer echt guten Nacht zum ersten Mal wieder das komplette Frühstück genießen, es geht aufwärts. Die letzte Chemotherapie ist etwa eine Woche her, ich denke, ab da lassen ein paar Nebenwirkungen nach. Mein Gewicht liegt bei 70,1 kg, kein Fieber und Blutdruck 80/60. Die Leukozyten sind wieder am Wachsen, das ist ein gutes Zeichen. Dennoch möchten die Ärzte dies weiter im Krankenhaus beobachten. Aber ich denke, meine Werte könnte man doch auch ambulant überwachen? Hätte ich gestern im Gespräch mit Frau Dr. Salzkristall nicht darauf gedrängt, mir doch einmal die seit einer Woche fällige Aufbauspritze für die Leukozyten zu setzen, wäre auch heute noch keine Bewegung festzustellen. Vielleicht ist mein Sohn der Anlass meiner Gedanken. Er konnte in Absprache mit mir seine Anreise auf den heutigen Tag verschieben. Wenn ich mal aus der Klinik rauskommen sollte, könnten wir etwas mehr Zeit gemeinsam verbringen. Ah, da kommt ja Frau Dr. Stiegel um die Ecke, das passt mir gerade. Bevor sie ins Büro huscht, schnappe ich sie mir: „Liebe Frau Dr. Stiegel. Entschuldigen Sie bitte, aber ich muss endlich nach Hause! Ich werde mich wie im Krankenhaus verhalten, achte auf Hygiene, Mundschutz und auf mich. Aber nächste Woche beginnt der Block B. Wann soll ich denn im nächsten halben Jahr noch Zeit mit meiner Frau verbringen, wenn ich nur zum Überwachen der Blutwerte so lange im Krankenhaus sein soll? Solch ein Aufwand, nach jedem Block? Ich fühle mich gut, ich bin jeden Tag bis zu 2 Stunden an der Luft und warte hier auf Essen und Blutwerte. Ich habe doch gerade jetzt allen Grund zumindest etwas Positives zu erleben. Ich möchte einfach mal durchatmen. Die Werte kann man doch ambulant kontrollieren?" Und wieder sehe ich in Frau Dr. Stiegels Augen, dass sie mich versteht, dass sie helfen möchte. „Ja, Sie haben Recht. Ich glaube bei Ihrer Stärke und Ihrem inneren Drang zum Positiven wird sich das bei den nächsten Blöcken ändern. Glauben Sie mir. Aber vor allem am Beginn müssen wir auch sehen, wie sich alles entwickelt und sich die Chemos auf Sie auswirken. Das verstehen Sie doch Herr Peter? Wir schauen Morgen nochmal, ich verspreche es Ihnen." Und schon ist sie in ihrem Büro verschwunden. Kurzerhand habe ich in Erwägung gezogen mich selbst zu entlassen, doch sogleich den Gedanken auch wieder verworfen. Und jetzt kommt noch Pfleger Mario und will meine Portnadel wechseln. „Bitte", sage ich. „Ich glaube, das ist nicht nötig. Morgen muss sie eh raus, da ich mit Sicherheit morgen entlassen werde. Außerdem kostet das Geld und für die Hygiene ist es auch ein unnötiges Risiko." Er erkundigt sich und kommt 3 Minuten später zurück. Es steht so auf dem Plan, also wechseln. Die Nadel, eine sogenannte Huber-Nadel, wird durch die Haut einfach nur in die Dose gesteckt. Er benötigt aber 4 Anläufe. Ich hätte es selbst erledigen sollen. Zumindest sehe ich, dass meine Narbe am Arm mittlerweile richtig gut geheilt ist. Und durch sein mehrmaliges Setzen der neuen Nadel erkenne ich, wie beweglich die Dose des Portzugangs ist.

Die Nacht auf den 13. war kurz, dennoch bin ich nicht müde. Die Mukositis schlägt sich auf meine rechte Kieferpartie, die sich wohl leicht entzündet. Und kaum beginnt die Visite, denke ich bei mir: „Na super. Mein bärtiger Freund von

Jugend forscht hat mal wieder Dienst." „Ja, da müssen wir mal sehen …", sind seine Worte, nachdem ich ihm meinen Kiefer zeige. Wir beide finden einfach keinen Konsens. Dann kam Frau Dr. Salzkristall. Meine Blutwerte sind echt schon gut, die Leukozyten sind ein wenig angestiegen, aber noch immer nicht da, wo sie sich hinbewegen sollten. Ergebnis: Nach Hause dürfte ich so immer noch nicht! Schock, das war nun ein echter Schock für mich. Schluss, aus, fertig. Mein Entschluss steht, ich werde mich heute selbst entlassen. Beim Überbringen meiner Entscheidung sagt Frau Dr. Stiegel: „Ja das habe ich mir eh schon gedacht. Aber Sie sitzen ja wirklich nur herum und sind topfit. Aber wir hätten das noch nicht mit ruhigem Gewissen erlauben dürfen, das verstehen Sie doch oder?" Für mich war es nach 16 Tagen wirklich genug, ich hing ehrlich gesagt ausschließlich nur rum. In 5 Tagen muss ich bereits zum nächsten Block B1 wieder zurück und der Ablauf wiederholt sich. Ich wurde das Gefühl nicht los, dass ich ein halbes Jahr am Stück im Klinikum verbringen würde, wenn ich jetzt keine Reißleine gezogen hätte. Natürlich möchte ich an dieser Stelle nicht zum Nachahmen aufrufen. Man muss in sich hineinhören, auf seinen Körper achten und wirklich vernünftig entscheiden. Beim Packen meiner Sachen überlege ich noch, ob ich das mit der Selbstentlassung meiner Frau überhaupt erzählen sollte. Vom Klinikum wird mir eine Bestätigung für eine notwendige Heimfahrt mit dem Taxi ausgestellt, schon sitze ich bei einem netten Fahrer, dem ich allerdings noch erklären muss, wo genau Hohenbrunn liegt. Der Ort muss aus Münchner Sicht doch ziemlich weit weg von der Stadt sein? Auf meine ersten Tage zu Hause freue ich mich, ich glaube, es wird mir guttun. Ich bin mal auf die Reaktion meiner Frau heute Abend gespannt, wenn sie von ihrer Arbeit kommt, sie weiß ja noch nichts von meiner Entlassung.

(Wenn ich abends im Klinikum im Bett lag, dachte ich oft an meine Frau … sie fehlte mir)

Du fehlst

Ich denk' an Dich, Du bist so fern
dabei rede ich mit Dir so gern
Das Vermissen tut ziemlich weh
wird Zeit, dass ich Dich wiederseh'
Du fehlst
Ich sehe Dich auf einem Bild
Dein Blick ist lieblich, mild.
Auf diesem wild und freundlich
wird Zeit, für Du und ich
Du fehlst
Mein Herz verlangt sehr nach Dir
wann kommst Du wieder zu mir
Ohne Dich sind es nur 50 Prozent,
wird Zeit, dass uns nichts mehr trennt
Du fehlst.

Kapitel 8

Ich steige aus dem Taxi aus, zahle und hole erstmal ganz tief Luft. Erst hier, zu Hause vor dem Eingang in die selbstbewohnten Räume, überkommt mich ein Gefühl von Freiheit, von Glück. Es ist unbeschreiblich, befreiend nach diesen Wochen. An der Tür empfängt mich mein Sohn Maximilian und fällt mir in die Arme. Am Abend dann kommen zuerst meine Frau nach Hause und später sogar noch meine Tochter. Ich bin echt überwältigt von Glück und Freude. Wir bestellen uns Pizza, Auflauf und Salat und überlegen gemeinsam, was wir am nächsten Tag machen werden. „Ist doch klar", sage ich. „Wir fahren auf jeden Fall in die Berge."

Es ist der Morgen des 14. Oktobers. Es ist ein traumhafter Tag, allerdings nur aus Sicht des Wetters. Ich bin gerade dabei mich aus dem Bett zu quälen, habe Schmerzen, als hätte ich einen extrem starken Muskelkater. Meine Beine tun weh, selbst meine Hüfte signalisiert Schmerzen der ganz üblen Sorte. Es ist wie nach einem ungeplanten Sporttag gepaart mit völliger Verausgabung. In diesem Moment steigen Zweifel in mir auf, ob ich doch hätte im Krankenhaus bleiben sollen? Eines ist mir sofort bewusst, die Berge kann ich heute abschreiben. Meine Waage im Bad zeigt noch 69 kg an. Während des Frühstücks entscheiden wir gemeinsam, dass wir bei diesem traumhaften Wetter auf jeden Fall an die Luft gehen. Raus und mich bewegen möchte ich auf alle Fälle. Wendy informiert Martha über unseren Plan und dass Papa heute doch nicht in seine geliebten Berge möchte. Gegen Mittag treffen wir gemeinsam in der Nähe des Kleinhesseloher Sees zusammen. Es fehlt zur kompletten Familie nur noch Sebastian, für den es allerdings für einen solch kurzen und spontanen Ausflug zu weit gewesen wäre.

Zu fünft im Englischen Garten ist mit den Bergen nicht ganz vergleichbar, doch auch sehr schön. Wir gehen die ersten Meter Richtung Englischen Garten an einigen Häusern vorbei. Höchst verwundert stelle ich fest, dass die Häuser hier extrem weiß, wahnsinnig hell sind. Maximilian wundert sich etwas: „Papa, die Häuser sind doch ganz normal weiß. Wie du alles wahrnimmst seit deiner Krankheit."

„Ja, aber schau doch mal, das ist doch nicht normal? Ich habe solch ein Weiß noch nie gesehen!" Dabei zeige ich mit meinem ausgestreckten Arm auf eine kleine Villa rechts am Rand. Und je länger ich draufschaue, umso heller empfinde ich das Weiß. Es ist extrem, beinahe blendend. Ich setze sogleich die Sonnenbrille auf. Ich kann kaum noch schauen, so hell ist es für mich. Wir gehen zu den Isar-Surfern, trinken etwas am Chinesischen Turm, es ist einfach schön. Die häufigsten Wortwechsel entstehen mit Swen, Marthas Freund. Mein Eindruck von ihm bestätigt sich, er ist echt ein klasse Typ. Die Unterhaltungen mit ihm sind sehr komplex, intelligent und sie sind ihm wichtig. Gegen Nachmittag bin ich dann so müde, dass ich nach Hause möchte. Die Kraft ist weg und es wollen heute Abend noch unsere Freunde aus Fulda kommen. Udo und seine Frau haben sich angekündigt, nachdem ihnen Wendy gestern Abend noch mitteilte, dass ich nun endlich mal aus dem Klinikum raus wäre. Es sind zwei so tolle Menschen, Menschen, die für intelligente, ehrliche und liebe Gespräche stehen. Ich werfe mich zu Hause angekommen sogleich auf die Couch, die Müdigkeit überkommt mich. Als Udo und seine Frau klingeln, schlafe ich sogar. Das passiert mir an einem späten Nachmittag sehr selten, der Tag war anscheinend anstrengender als gedacht.

Die Freude, uns wiederzusehen, überwiegt, die Müdigkeit ist schnell Vergangenheit. Als ich mich von der Couch aufrichte, sehe ich sofort, dass meine Frau bereits den Tisch mit den eingekauften Dingen gedeckt hat. Es ist bereits 18.30 Uhr, da lag ich ein paar Minuten länger als gedacht auf der Couch. Auch das muss ich noch lernen, sie lässt mich zurzeit liegen, obwohl sie weiß, dass ich unbedingt im Haushalt mitarbeiten möchte. Das spielt nun aber keine Rolle. Wir setzen uns an den Tisch und fangen auch schon an zu reden, zu essen, zu reden. Das geht eine ganze Weile so und ich bemerke, wie mich Udo inspiziert. Beim Essen bemerkt er mit seinen wachsamen Augen, mit welcher Geschwindigkeit ich esse. Durch die Mukositis bin ich sehr vorsichtig und ich bin auch früher satt als gewöhnlich. Er bemerkt ebenfalls viele andere Kleinigkeiten, das sehe ich an seinen Blicken. Dazu kennen wir uns zu lange und auch zu gut. Und natürlich bemerkt er auch, dass ich anfange zu schwitzen, dass sich in meinem Körper etwas bewegt. Er fragt gezielt, ob wir vielleicht eine Pause machen sollten oder ob die Gespräche zu intensiv sind? Aber daran liegt es nicht. Meine Temperatur schwankt über den Abend im Rhythmus, wie ich schwitze und mich fühle. Da ich die größte Warnung aus dem Krankenhaus noch exakt im Kopf habe, dass Fieber über 38 Grad die größte Alarmstufe sei, kontrolliere ich parallel meine Temperatur. Zweimal steigt sie locker über 37,5 Grad. Zufällig reagiere ich richtig. Mein Gefühl signalisiert mir viel zu trinken und das tue ich dann auch. Abgesehen von der Anstrengung über den Tag hinaus, habe ich definitiv zu wenig Wasser getrunken. Die Temperatur bewegt sich parallel zur Flüssigkeitsaufnahme wieder unter die 37 Grad. Ehrlich? Heute Abend ging mir zweimal die Muffe, wie man umgangssprachlich sagt. Maximilian stellt an diesem Abend noch fest, dass Udo einfach eine Art hat, die seinesgleichen sucht. Ich glaube, da hat Udo einen neuen Bewunderer an Land gezogen.

Als ich am Sonntag aufwache, geht es mir schon viel besser. Auch der Muskelkater und das matte Gefühl sind weg. Martha, Swen und Maximilian wollen heute ein paar bei uns gelagerte Dinge abholen und für Maximilian an seinen Ort des Studiums nach Karlsruhe fahren. Das klappt echt gut mit unseren Kindern, darauf sind Wendy und ich richtig stolz. Wir frühstücken gemeinsam am großen Esstisch und dann verabschieden wir die drei. Meine Frau und ich gehen am Mittag wieder raus. Das Wetter ist schön und die Luft tut uns allen gut. Ich wiederhole mich vermutlich, aber wirklich, jeder Baum, jedes Blatt, jeder Sonnenstrahl ist ein Genuss. Das ist unglaublich, wie man genießen kann, wie sich die Wahrnehmung eines jeden ändert, durchlebt man solch ein Schicksal. Bei mir wirkt das extrem, ich bin nun komplett zurück auf Null. Probleme stellen sich während des Spaziergangs dennoch ein. Etwas zu hell war es mir nicht nur gestern, auch heute kommt mir die Helligkeit belastend vor. Es fühlt sich an, als würde irgendjemand am Helligkeitsregler drehen, einen Dimmer hochfahren. Sogar unser Weg über einen bewaldeten Trimm-dich-Pfad im Schatten ist mir plötzlich zu hell. Was soll das bloß sein? „Schatz, ich kann kaum noch etwas sehen. Ich weiß nicht warum, aber ich habe sogar trotz Sonnenbrille hier im Wald Probleme."

„Ja was machen wir denn jetzt? Vielleicht schaust du mal in den Schatten?"

Der Tipp ist gut, ich halte mir die Hand vor die Sonnenbrille und schaue nach unten. Wir laufen am Outdoor-Spielplatz vorbei, ja so heißt das heute. Früher hätten wir Waldspielplatz gesagt. Und kaum passieren wir den Spielplatz, von jetzt auf gleich, kann ich überhaupt nicht mehr schauen. Es ist für mich die Hölle. „Schatz, bitte hilf mir. Ich sehe nichts mehr, ich bekomme meine Augen nicht mehr auf, es tut einfach nur noch weh."

„Das gibt es doch nicht. Wollen wir ins Krankenhaus fahren?"

„Nein, das bringt jetzt auch nichts. Plötzlich habe ich eine totale Lichtempfindlichkeit. Du musst mich an die Hand nehmen, ich sehe nichts mehr. Das kommt mit Sicherheit auch von der Chemo. Was mache ich denn nur, wenn das so weitergeht? Ich weiß nicht, wie das noch werden soll. Wir gehen jetzt erstmal ganz langsam nach Hause und dann sehen wir weiter." Gesagt, getan. Aber ehrlich, ich habe zum ersten Mal richtig Angst um mich. Was, wenn das so bleibt oder ich überhaupt nichts mehr sehe? Was, wenn das ab jetzt jedes Mal nach einem Block so auftritt? Meine Frau führt mich an der Hand bis in die Wohnung. Hier im abgedunkelten Raum kann ich zumindest mit Sonnenbrille wieder etwas sehen. Ich glaube, es sieht lustig aus, denn selbst den Fernseher vertrage ich nur mit Sonnenbrille. Am folgenden Tag muss ich ja eh zur Kontrolle ins Klinikum, so lange hat das jetzt auch Zeit. Dann bekomme ich noch einen Temperaturschub auf wieder knapp unter 38 Grad, der aber eine Stunde später weg ist.

Es ist der 16., ich stehe unter der Dusche. Meine Haare fühlen sich anders, komisch und fremd an. Das kann man echt fühlen. Und im Sieb der Duschkabine entdecke ich dann einen ziemlich großen Batzen Haare. Damit habe ich schon länger gerechnet, jetzt ist es so weit, die Haare beginnen auszufallen. Aber ich habe sowieso nicht mehr alle, also alle Haare. Ob mit oder ohne Haare stellt für mich kein Problem dar. Meine Haare fallen allerdings sehr gleichmäßig aus. Trotz der herausgefallenen Menge erkenne ich im Spiegel kaum etwas. Unser gemeinsames Frühstück nutze ich sogleich für einen Wunsch: „Ich möchte, dass du mir die Haare schneidest Schatz. Diese Woche machst du einmal alles radikal kurz, dann kann ausfallen, was und wie es will. Ja?"

„Aber klar mache ich das. Also einen Friseur benötigen wir die nächste Zeit wohl nicht mehr für dich", frotzelt sie noch zurück. Anschließend fährt sie zur Arbeit und ich begebe mich mit Mundschutz ins Klinikum.

Dort heißt es erst einmal hintenanstellen. In der ambulanten Abteilung der Onkologie ist sehr viel los. Es ist unglaublich, wie viele Menschen sich mit Krebs herumschlagen. Kurz darauf empfängt mich ein Oberarzt. Er ist sehr nett und neugierig. Solch einen Fall hatte er auch noch nicht, ich soll ihm erstmal in Ruhe berichten. Er ist echt interessiert, mein Fall scheint nicht alltäglich zu sein, denn vor seiner Tür des Behandlungszimmers sitzen sehr viele Menschen. Nachdem wir unser Wissen austauschten, warte ich nun wieder vor seiner Tür, bis die Blutwerte eintreffen. Aber schon geht die Tür erneut auf. „Herr Peter, kommen Sie rein", strahlt er mich an. „Und das Ding brauchen Sie nicht." Er zeigt auf meinen Mundschutz. „Gut", sage ich. „Ich kann den Mundschutz hier im Büro ja ablassen." „Nein, nein! *Den* können Sie generell weglassen. Hier. Schauen Sie sich mal Ihre Leukozyten an. Die sind ja bei 33.000. Das ist ja der Wahnsinn. Erwartet habe ich 3.500 bis max. 5.000. Sie erzählten mir doch soeben von Ihren Problemen am Wochenende mit einem extremen Muskelkater und Ihren Schmerzen? Ja, nun wissen wir, woher

die kamen. Das sind exakt diese Symptome, die bei so starkem Wachstum der Leukozyten auftreten. Also, alles gut Herr Peter. Wenn sie diese Aufbauspritze nicht bekommen hätten, hätte ich nach Entzündungen suchen müssen. Aber wirklich, alles gut!"
„Ja, da bin ich aber froh. Herr Doktor, Sie sind ja spitze." Beide strahlen wir um die Wette. „Und das mit der Lichtempfindlichkeit, das ist nicht gesagt, dass das bleibt. Aber da müssen wir abwarten. Den Bereich kann man schlecht vorhersehen." Die Hämoglobinwerte waren zwar immer noch unter dem Wert 10, der Normalwert liegt eher zwischen 14 und 18. Aber auch nicht im kritischen Bereich. Würde dieser Wert unter die 8 rutschen, wären dann ausschließlich Bluttransfusionen helfend. Er erklärt mir noch, dass ich das bemerken würde. Dann stellen sich unter anderem Kreislaufprobleme, Schwindel ein. Nach diesem erlebnis- und lehrreichen Vormittag gehe ich mit einem guten Gefühl aus der Klinik und hole vor der Tür tief Luft. Für meine festgestellte Thrombose bekomme ich nicht nur Spritzen zur Selbstgabe, sondern ich soll mir im gegenüberliegenden Fachgeschäft Strümpfe anpassen lassen. Das erledige ich auf der Stelle und gehe über die Straße. Die freundliche Beraterin beschafft sich meine Maße und bestellt mich für ein paar Tage später wieder ein. Das passt, da bin ich ja eh wieder in der Klinik. Zuletzt hole ich mir die verschriebenen Tabletten und die Spritzen aus der Apotheke und fahre vollgepackt und glücklich nach Hause.

Aufgrund meiner Lichtempfindlichkeit sowie des strahlenden Himmels bin ich am 17. nicht aus dem Haus gegangen. Schon beim Blick durchs Fenster habe ich es gemerkt, dass ich auf meinen geliebten Spaziergang lieber verzichten werde. So konnte ich zweimal zuerst die Waschmaschine beladen, dann den Trockner und schließlich die trockene Wäsche auch gleich wieder zusammenlegen. Ich glaube, meine Frau wird sich freuen, wenn sie nach Hause kommt. Erst heute Morgen habe ich extra darum gebeten, dass ich die Wäsche machen möchte. Sie möchte mich schonen, doch ich will auch etwas tun! Wir kochen am Abend zusammen und genießen die Zeit zu zweit. Und bereits am nächsten Tag scheinen die Gewohnheiten aus dem Klinikum passé. Keine 3–4-mal in der Nacht Aufstehen für den Toilettengang, ich schlafe bis 09.45 Uhr, geiles Gefühl. Ich fühle mich echt gut. Direkt nach dem Frühstück schneide ich einen Strauch vor der Eingangstür, damit man die Klingel und das Namensschild wiedererkennen kann. Unserem Vermieter war das bisher nicht aufgefallen. Auch die Sonne macht mir heute schon weniger aus, die Lichtempfindlichkeit scheint nachzulassen. Obwohl ich viele Arbeiten langsamer und auch mit weniger Kraft durchführe, so spüre ich dennoch eine zunehmende innere Agilität. Nach wenigen Tagen Erholung zu Hause bin ich wieder bereit für meinen nächsten Block, diesmal mit 17 Chemotherapien. Morgen kann es losgehen.

Kapitel 9

Zu Beginn des Blocks B1 muss ich mich zunächst in der Patientenaufnahme registrieren lassen. Nach jedem Entlassungstag folgt auch ein Aufnahmetag, ich bin also ein neuer Patient trotz Behandlungsplan. Nach meinem letzten Tag zu Hause hatte ich noch Glück gehabt und ich durfte wieder direkt auf Station. Für das „Einchecken" ziehe ich eine Nummer, anschließend heißt es hinsetzen und warten. Die Wartezeit vertreiben sich die Patienten unter anderem mit einem TV an der Wand. Kinder bekommen zur Überbrückung ständig Essen gereicht, das beschäftigt sie. Und andere Patienten lesen Zeitung. Dann gibt es noch die „Dinkies", so nenne ich die Digital-Junkies. Der Großteil der Patienten beschäftigt sich nämlich nur noch mit sich selbst und seinem Smartphone natürlich. Es scheint mir mittlerweile eine Sucht zu sein. Einige Nutzer bekommen ihre Augen keine Sekunde von diesem Gerät. Selbst externe Geräusche haben kaum eine Chance auf Ablenkung. Das Gehirn registriert dieses Geräusch und verursacht für eine Millisekunde eine reflexartige Bewegung des Kopfes. Mehr ist nicht drin, sofort greift wieder die Sucht.

Es gibt aber noch eine zweite Art von Dinkies. Diese Art von Nutzern arbeitet mit dem Smartphone akribisch ab, was diesem an elektronischen Kommunikationsmittel hergibt. Abschließend werden alle Apps gecheckt und das Smartphone beruhigt in einer Tasche verstaut. Trotz völliger Ruhe des digitalen Gerätes, es gab keinerlei Vibration, kein Klingeln oder ein Aufpoppen des Bildschirms, spätestens nach einer halben Minute checken Dinkies die Funktionalität des digitalen Gerätes. Es ist zu prüfen, ob auch wirklich keinerlei Information ansteht. Diese Verhaltensweise wiederholt sich ungefähr alle 30–45 Sekunden. Hier wird die nächsten Jahre noch viel Arbeit auf Suchttherapeuten zukommen. Die neue Stelle wird dann vermutlich mit „Dinky-Spezialisten gesucht" ausgeschrieben sein.

Obwohl sich vor dem Mittag auf Station selten etwas tut, bin ich doch langsam unruhig. Ich sitze mittlerweile über eine Stunde an der Anmeldung. Endlich blinkt meine Nummer auf dem Bildschirm. Nr. 17, das bin ich. Die Dinkies schauen mit einer kurzen Kopfbewegung reflexartig auf den großen Bildschirm und befinden sich einen Wimpernschlag später wieder in Trance am kleinen Bildschirm gefesselt. In der Aufnahme darf ich alle relevanten Daten meiner Akte erneut neu bestätigen. Medikamente, Krankheit, Größe, Alter, also einfach alles, das Protokoll verlangt es so. Und ja, auch meine Telefonnummer hat sich **nicht** geändert. So und nun bin ich fertig und gehe mit meinen Aufnahmepapieren auf Station. Das frühe Aufstehen hat sich heute für mich nicht gelohnt. Eine Vielzahl mir bekannter Pflegekräfte begrüßt mich. „Na, wie geht's? War es schön zu Hause?", fragt mich Marie. „Ja klar", strahle ich zurück. „Etwas kurz, ihr wolltet mich ja nicht gehen lassen. Aber die letzten beiden Tage, die habe ich richtig genossen."

„Schön, da freue ich mich für dich und deine liebe Frau", sagt sie noch. Dann geht es an die Grunddaten in der Onkologie. Vor jedem neuen Block wird die Ausgangslage festgehalten und notiert. Mein Startgewicht beträgt 70,7 kg, Blutdruck 100/70, läuft. Der Puls beträgt 56, auch das passt. Zum Setzen meiner Portnadel dürfen mit meiner Erlaubnis 4 Studenten zuschauen. Ich mag es, wenn junge Leute angelernt werden. Diese Aufgabe hat mir ebenfalls Spaß bereitet, vor allem an die Zeit im Großhandel erinnere ich mich gern zurück. Ausbildung ist Zukunft. Ich komme auf Zimmer 75, das Zimmer mit der allgegenwärtigen Tram. Diesmal bekomme ich den Fensterplatz. Obwohl mein Bett nur 2 m weiter rechts von meinem letzten Standort steht, bemerke ich an diesem Platz beinahe nichts von der Tram. Das finde ich echt seltsam. Bereits nach einer Stunde bekomme ich meine Blutwerte vom Morgen. Meine Nierenwerte sind mit 1,4 zu hoch, anscheinend habe ich zu wenig getrunken. Beim letzten Block hatte das keinen im Ärzte-Team gestört, aber heute schon. So beginne ich mit NaCl-Infusionen und mein Start der Behandlung wird auf morgen verschoben. Das Thema Zeit *im* Krankenhaus ist für mich nicht mehr so relevant. Hauptsache die Zeit *außerhalb* kann ich genießen. Am nächsten Morgen ist der Nierenwert bei 1,2, die Therapie kann nun beginnen. Um 10.45 Uhr ist Visite, jetzt wird es wahrscheinlich bald losgehen. Nein, nicht ganz. Mittlerweile ist es 15.45 Uhr und passiert ist noch nichts. Falls es etwas auf Station zu verbessern gäbe, dann bestimmt das Zeitmanagement. Bereits bei diesem Gedanken kommt der nächste Gedanke: Weshalb denke ich überhaupt über die Abläufe auf Station nach? Ist doch egal, wann es weitergeht. Vielleicht, weil ich ursprünglich gern zum Abend mit der Behandlung durch gewesen wäre, da sich Besuch angekündigt hat? Mein Einfluss als Patient ist allerdings beschränkt. Sogar die Intrathekalinjektion soll nun erst am Montag stattfinden. *Hat denn da jemand das G-Mall Protokoll nicht gelesen?*, schwirrt mir dennoch durch meinen Kopf. Ich hätte diesen Eingriff gern hinter mir und abgehakt, doch daraus wird nichts. Am 21. beträgt mein Gewicht wieder 74,3 kg, das Wasser schlägt erneut zu. Blutdruck liegt auch wieder niedriger bei 80/60, Puls bei 60. Nur der pH-Wert ist auf 6,0 abgefallen. Zum besseren Ausscheiden des Giftes der Chemotherapie sollte dieser Wert über 7,5 liegen. Über eine Infusion wird der Wert angehoben. Ganz so gelassen wie ich sieht es mein aktueller Bettnachbar nicht. Der Zimmerkollege, ein Dipl. Ing. in Maschinenbau, stöhnt ständig sehr laut vor sich hin. Es ist offensichtlich, dass jeder mitbekommen soll, wie es ihm geht. Sein Verhalten ist nicht direkt mit dem des Klingelmännchens zu vergleichen, er klingelt nicht. Er bedauert sich ständig, signalisiert, dass für ihn eine Dauerbetreuung eine bessere Hilfe wäre. Er lässt sich bei jeder Kleinigkeit bedienen, obwohl er noch viele Dinge selbst erledigen kann. Ich mag so etwas nicht, die Pflegekräfte sind keine Dienstboten. Wäre er bettlägerig, würde ich kein Wort darüber verlieren.

Meine 4. Chemotherapie für heute wird gerade gestartet, das ist eine über 24 Stunden. Wenn ich auf meine Uhr schaue, wird diese bis morgen Mittag laufen. Duschen wird morgen Vormittag wohl eher nichts? Ich sehe, wie der Infusionsapparat programmiert wird, spiele ihn selbst mal durch. Anschließend stelle ich das Gerät dann doch wieder zurück. Der Nachmittag geht vorüber, und endlich wird es so richtig schön. Meine Frau trifft auf Station ein. Wir unterhalten uns sehr lange, sehr intensiv und über alles. Ihren Alltag, meinen Alltag, meinen Zustand. Trotz Krankenhausaufenthalt empfinde ich keine Langeweile, obwohl ich heute wegen des 24 Stunden-Teils nicht mal spazieren gehen konnte. Meine Frau ist eine große Unterstützung, ich finde es immer wieder unglaublich. Und sie sieht jeden Tag hübsch aus, trotz ihrer Sorgen. Die kommende Nacht ist von Wasserlassen und Gewichtsabnahme geprägt. Bis auf 72,4 kg bin ich an diesem Morgen runter, Blutdruck 100/60, 56 Puls, das passt alles. Und natürlich kein Fieber. Es poppen nun nacheinander die gleichen Dinge auf wie im ersten Block. Ich stelle Parallelen fest. Am Morgen stellt sich zum ersten Mal wieder eine leichte Appetitlosigkeit ein, mein Magen rumort. Mittags ist mein Appetit zurück, ich esse alles auf. Abends ist der Appetit wieder unterdrückt, mehr als eine Scheibe Brot wird es nicht. Brechreiz oder Übelkeit habe ich nicht, das war im ersten Block ebenfalls so. Am Nachmittag besucht mich meine Frau und hat ihre berühmten, selbstgebackenen Nussecken mit. Sie sind der absolute Hit! Als ich am Abend auf die Waage steige, beträgt mein Gewicht wegen des vielen Wassers 75,7 kg. Mario hat nochmal Dienst, er bringt mir Lasix und grinst: „Das wird dir helfen."

Trotz der Nacht der vielen Toilettengänge habe ich heute Morgen immer noch 3 kg zu viel. Aber besser das Wasser über den Tag abgebaut als wieder über die Nacht. So darf ich bereits am Vormittag Feuerwehr spielen, *Wasser marsch*! Pünktlich zur Gabe des Medikaments besuchen mich drei Mitarbeiterinnen aus unserer Marketingabteilung. Es sind nur wenige Stationen mit der U-Bahn von der Firma zur Klinik. Ich kann gar nicht sagen, welche Freude das für mich ist. Zwar muss ich das Gespräch etwa 4-mal in der Stunde unterbrechen, Lasix lässt grüßen, aber es ist richtig lustig und angenehm. Für mich ist es gut zu beobachten, dass meine Kolleginnen zu Beginn meine äußere Verfassung wahrnehmen. Wie sie aber dann im Gespräch spüren, dass diese Behandlung für mich machbar ist, trotz aller Belastungen der Chemotherapie. Und ich sage noch beim Abschied: „Mädels, ich komme wieder, denkt an mich!"

Im ersten Block hatte sich eine weitere Nebenwirkung stark bemerkbar gemacht. Es war ein massiver und schmerzhafter Schluckauf. Er trat begleitend zur Appetitlosigkeit auf und hatte sich über 2 Tage hinweg eingestellt. Zuerst hatte ich ihn nicht als Nebenwirkung ausgemacht. Heute kommt er noch etwas intensiver, zur gleichen Zeit mit beginnender Appetitlosigkeit. Der Schluckauf ist extrem belastend, da er auf Dauer schmerzhaft ist. Zum Abend besucht mich der Neurologe, der auch die letzte Behandlung am Rücken durchgeführt hatte. Er setzt mir die Rückenmarksinjektion und keine 15 Minuten später ist der Eingriff auch wieder vorbei. Mir geht es gut, genau das ist mein Gefühl heute Abend.

Am 24. schaffe ich noch eine halbe Semmel und etwas Joghurt, mehr geht nicht. Der Schluckauf lässt offenbar nach, mein Gewicht liegt bei 73,3 kg. Ich bekomme heute u. a. Doxorubicin, tolles Zeug. Pfleger Mario schüttelt wiederholt seinen Kopf: „Mann, du bekommst vielleicht hartes Zeug, das ist echt nicht normal!" Doch ich denke, das bekommt sowie jeder Krebspatient. Ob er nur nett sein möchte?

Zum Mittag esse ich wieder eine normale Portion, aber abends, vielleicht auch weil meine Frau mit mir gegessen hat, schaffe ich ein kleines Brot und 2 Tassen Tee. Mein Gewicht ist diesen Abend trotz Spülungen sogar nur bei 72,8 kg. Das bedeutet heute für mich mal keine wassertreibenden Mittel. Allerdings wurde diese Nacht dennoch sehr unangenehm. Erstens: Der stöhnende Dipl. Ing. bekam Durchfall. Nicht nur, dass er die Toilette völlig zurichtete. Eine Bürste müsste er als Dipl. Ing. bestimmt schon benutzen können, sollte man meinen. Auch noch sein Bett durfte komplett neu bezogen werden. Und zweitens: Wurde mein Schluckauf über Nacht penetranter. Bei jedem Gang auf Toilette hickste ich und gleich anschließend kamen noch 4–6 Hickse hinterher. Es entwickelten sich sehr unangenehme Schmerzen im

Magenbereich. Inzwischen ist es Morgen und mein Blutdruck, Gewicht, Puls und pH-Wert sind allesamt super. Das freut mich wirklich. Nur unser Dipl. Ing. macht mir Sorgen. Er kommandiert, stöhnt und jammert. Dann beschwert er sich auch noch, weil mal wieder kein Pflegepersonal kommt, wenn er es doch dringend benötigt. Um der Ruhe willen erkläre ich ihm, dass er zum Rufen der Schwester seinen roten Knopf über seinem Kopf drücken muss. Ich erkläre ihm, dass das Pflegepersonal nicht automatisch alle 5 Minuten nach den Patienten schauen kann. Im Anschluss meiner Erklärung sucht er überall nach dem Knopf, nur nicht über seinem Kopf. Diese Kleinigkeit und ein paar andere einfachen Dinge tragen zu meiner Frage bei, was er eigentlich genau studierte? Und zu guter Letzt stellt sich als Ursache seines Durchfalls heraus, dass er Keime in sich trägt. Durch sein unsauberes Verhalten müssen alle Zimmerkollegen untersucht werden. Na super. Das brauche ich jetzt noch. Mein Befund ist negativ, ich war anscheinend vorsichtig genug. Glück gehabt Herr Ingenieur!

Ab dem 26. Oktober, so etwa nach 5 Tagen Chemotherapie-Behandlung, beginnt meine Schleimhaut wieder weiß zu werden und sich zu entzünden. Das Frühstück ist äußerst schwer zu genießen. Unabhängig von meiner Appetitlosigkeit, frische Semmeln kann ich gar nicht mehr essen. Die Schmerzen, die meine entzündete Mundhöhle bereitet, sind nur schwer erträglich.

Mit meinen Zytostatika bin ich durch, so entschließe ich mich für eine Stunde spazieren zu gehen. Vor der Mittagszeit passiert eh selten etwas. Natürlich melde ich mich beim Pflegeteam ab. Eine Runde durch den Englischen Garten, durch die frische Luft sollte nicht schaden. Außerdem kann ich so weiter mein Stimmband trainieren, eine Veränderung ist nach wie vor nicht im Geringsten festzustellen. Zum Mittag ist mein Hunger so groß und das bestellte Essen so angenehm zart, dass ich etwas viel zu mir nahm. Mein Magen ist extrem voll. Mein Hämoglobinwert liegt nun unter 8,0, jetzt ist meine allererste Bluttransfusion fällig. Aus dem Bauch heraus hätte ich das gerne vermieden. Frau Dr. Stiegel erklärt mir jedoch, dass es nichts bringt hier ein Risiko einzugehen.

Am Nachmittag ruft mich Alex an, eine willkommene Abwechslung. „Na Max, alles klar bei dir? Und wie war dein Besuch die letzten Tage?" Er war natürlich erster Adressat, wenn Kollegen bei mir im Klinikum waren. „Junge, Junge. Die sind ja alle begeistert, wie fit du bist und wie du das angehst. Echt klasse mein Lieber, mach' ja weiter so, wir warten auf dich!" In diesem Moment läuft mir eine Gänsehaut über den Körper. Es freut mich so sehr, wenn das Feedback so ist. Ich denke immer, dass ich mich belanglos, freundlich unterhalte, Verzeihung, krächzen trifft es natürlich besser. Aber dass meine Ausstrahlung so positiv auf Besucher wirkt, das ist schon toll. Ansporn und Ehrgeiz wieder gesund zu werden wachsen dadurch nur noch mehr.

Über Nacht bilden sich in meiner Darmgegend starke Krämpfe, die durch Schmerzen begleitet werden. 5-mal laufe ich die Toilette an. Es schlaucht mich sehr, diese Stoßattacken sind kaum erträglich. Am Morgen wiege ich das erste Mal weniger als 70 kg. Mein innerer Mundbereich sieht inzwischen aus, als würde sämtliches Schleimhautgewebe abgestorben sein und die rötliche Hautfarbe durch weiße abgelöst. Essen geht heute Morgen gar nicht. Es ist verrückt, was eine Menge Kraft die Nebenwirkungen diesmal aus dem Körper ziehen. Einen solchen Hänger hatte ich lange nicht, ich bin total down. Bezüglich der Schleimhäute und meiner Mukositis bekomme ich zur Prophylaxe eine Spülung. Jedoch kann ich mit dieser Spülung kaum eine Besserung erreichen. Ich werde mich heute beim Pflegedienst nach einer Alternative erkundigen. Es ist schwer vorstellbar, welche Sehnsüchte sich gerade in meinem Kopf abspielen. Ein frisch aufgebackenes Baguette spukt durch meine Gedanken. Es riecht so frisch nach Hefeteig, sieht total knusprig aus. Meine Geruchsnerven signalisieren: köstlich, will ich, lecker! Aber der Magen zieht sich einfach nur zusammen und ruft zurück: Kannst du vergessen! Er hat keinen Hunger, obwohl er völlig leer ist. Und die Schleimhäute im Mund lachen laut über dich und sagen, dass ich es eh nicht hätte essen können. Mein Kopf schmachtet währenddessen schon nach einem in der Pfanne gebratenen Schnitzel mit Bratkartoffeln, Soße und Salat. Das alles ist jetzt purer Luxus, unerfüllbar für Menschen wie mich. Die einfachsten Dinge bekommen einen völlig anderen Stellenwert. Frustriert gehe ich heute Vormittag spazieren. Diesmal führt mich mein Weg Richtung Wiener Platz und ich passiere einen Kiosk. Gedanklich flüstere ich all den leckeren Dingen zu, dass sie nach meiner Behandlung vor mir nicht mehr sicher sein werden. Aber jetzt gehe ich einfach nur mit meinen Händen in den Taschen daran vorbei. Als ich zurück auf meinem Zimmer bin, darf ich mich doch noch etwas freuen. Die Aufbauspritze für die Leukozyten wartet auf mich. So eine Spritze in den Bauch ist zwar nicht besonders schön, aber das letzte Mal bekam ich sie ausschließlich auf Nachfrage und dadurch sehr spät. Dieser Umstand hatte mir viele Tage zusätzlichen Krankenhausaufenthalt beschert.

Unser Zimmer bekommt am 28. einen netten Italiener neu hinzu. Er sah so aus, wie die Italiener aus den alten Filmen der 60er Jahre immer aussahen: klein, schwarzhaarig, agil. Er löst einen Tunesier ab, der nur kurz stationär lag. Der kleine Italiener kämpft schon lange gegen seinen Krebs, er ist bereits auf Station bekannt und wohl bereits häufiger hier gewesen. Nur eine Sache passt nicht so ganz: Trotz seiner Mobilität stellt er sich zum Wasserlassen neben sein Bett und benutzt seine Urinflasche. Egal wer gerade im Raum ist, auch Besuch stört ihn da nicht. Wenn er muss, dann muss er. Er erhält ebenfalls zusätzlich viele Spülungen begleitend zur Therapie. Folglich bekommt er an diesem Abend zusätzlich eine Tablette, um das überschüssige Wasser loszuwerden. Ja und jetzt überrascht mich der kleine Italiener. Jetzt steht er nicht nur auf, sondern geht auch auf Toilette. Diese Gedanken soll mal jemand verstehen. Doch wenigstens bleibt er sich treu, auch ohne Urinflasche auf Toilette steht er. Man hört im ganzen Raum, was er macht, und vor allem, wie er es macht, von weit oben im Stehen. Ich gehe ab jetzt ausschließlich mit Desinfektionstüchern ins Bad.

Der nächste Tag wacht auf, so sicher, wie der alte Tag schlafen ging. Mein Gewicht liegt heute nur noch bei 68 kg. Ein zweiter Neuzugang beglückt uns nun, er löst den Dipl. Ing. ab. Es ist ein russischer Patient, er liegt mir gegenüber. Er spricht kein einziges Wort Deutsch, hat aber eine Menge Geld mit. Zum Übersetzen seiner Anliegen begleitet ihn eine Dolmetscherin. Als der diensthabende Arzt zum Aufnahmegespräch kommt, möchte die Frau eine Anzahlung für die Behandlung tätigen. Aber da kannten beide die deutsche Ordnung noch nicht. So etwas funktioniert in einem Krankenhaus, speziell auf Station, schon gar nicht. Schade, da hätte ich gerne mal erlebt, wie meine Frau Dr. Stiegel reagiert hätte, als die Geldbündel vor ihrer Nase wedelten. Ich bekomme von der netten Begleitperson mit, dass in Deutschland die Löcher für eine OP etwa 2 cm groß sind. In Russland, zumindest wo er herkommt, macht man meist Löcher von 20 cm, um auch etwas zu sehen. Dabei macht sie einmal einen kleinen Kreis mit ihrem Zeigefinger und dem Daumen und ein andermal einen Kreis mit beiden Händen. Zu allem Übel markiert unser russischer Bettnachbar die Toilette mindestens so wie der Italiener. Mir dreht sich gerade alles im Magen um, als ich es höre. Ich will nach Hause!!! Das Erste, was ich am kommenden Morgen tun werde, ist die Putzkolonne durch das Bad schicken, das ist mal klar! Heute Nacht werden die Uhren von 03.00 Uhr auf 02.00 Uhr zurückgestellt. Der russische Bürger studiert irgendwelche Papiernotizen, bei Licht natürlich, sonst sieht er ja nicht viel. Es befinden sich leider viele kleine Notizen in seinem Besitz, deshalb dauert es auch etwas länger. Die Uhrumstellung in dieser Nacht stellt sich eher als Belastung heraus, an eine Stunde zusätzlichen Schlaf ist nicht zu denken, eher an eine Stunde zusätzlichem Wachsein.

Am kommenden Morgen putze ich mir nur die Zähne und gehe auf den Flur. Ich halte es im Zimmer bei dieser Hygiene nicht mehr aus. Außerdem muss ich mich bewegen, ich spüre wieder den starken Muskelkater im Körper, das ist ein gutes Zeichen. Die Aufbauspritze scheint nach zwei Tagen schon zu wirken. Als ich von meinem Spaziergang auf dem Flur zurück auf das Zimmer komme, schläft unser russischer Freund pünktlich vor dem Frühstück ein. Auch als ein Arzt das Zimmer betritt, um Blutproben der Patienten zu nehmen, schläft er tief und fest weiter. Der Arzt ist neu auf Station, er macht einen sehr ruhigen und kompetenten Eindruck. Ich sage ihm noch, dass er ruhig den Zimmerkollegen wecken darf, er benötigt nicht viel Schlaf. Doch er schüttelt nur seinen Kopf und sagt, dass er nachher nochmal nach ihm schauen möchte. „Ich würde nachts kommen, da ist er hellwach", flüstere ich ihm beim Blutabnehmen zu. Wir müssen beide lachen. Eine Stunde später ist der Arzt wieder auf unserem Zimmer und bespricht die Blutergebnisse mit mir. Der Wert der Leukozyten ist bereits im Bereich des normalen Wertes. Diesen Wert nehmen die Ärzte als Referenz, um unter anderem den Zustand des Immunsystems eines Krebspatienten nach intensiver Behandlung zu bewerten. Die Leukozyten gehen durch die Chemotherapie völlig in den Keller gen null. Dadurch ist der Patient anfälliger gegenüber äußeren Einflüssen. Der Arzt analysiert, dass meine Werte zwar hoch seien, diese aber noch weiter fallen werden. „Da gibt es kein Rütteln." Doch ich versichere ihm, dass das nicht der Fall sein wird. „Glauben Sie mir, ich kenne das Gefühl gut. Bereits morgen, Sie werden sehen, sind die Leukozyten über 3.000 und ich könnte in diesem Fall nach Hause entlassen werden und mich vor dem Block C1 mal richtig erholen."

„Herr Peter, das glaube ich nicht. Aber warten wir mal ab", lächelt er mich an. Freundlich nicke ich ihm zu und sage nur: „Ja, warten wir mal ab!" Meine Abläufe bezüglich der Mahlzeiten sind identisch. Der Magen meldet schon „satt", wenn ich morgens oder abends nur etwas trinke. Beim Mittagessen lässt er mich gewähren und ich verspeise grundsätzlich die komplette Portion. Heute begleitet mich meine Frau durch den Englischen Garten, zu zweit macht das doppelt Spaß. Der Herbstwind streicht so wunderschön durchs Gesicht, die Blätter sind bunt und die Temperaturen im Bereich von 15, 16 Grad. Es fällt mir auf, dass ich leichter als früher friere. Stetig verändert sich etwas im Körper. Meine Jacke habe ich auf jeden Fall bis zum Hals zugezogen. Wir diskutieren über meine Vermutung, dass ich diesmal früher als nach dem letzten Block nach Hause kommen werde. Meine Frau sagt noch zu mir, das sei ja klasse, wenn das klappt. Aber wir warten lieber erst einmal ab, nicht, dass wir uns zu früh freuen. Dennoch gehen wir so ein paar Essenswünsche mal durch.

Am 30. Oktober bestätigt sich schließlich meine Einschätzung. Die Werte sind so gekommen, wie ich es vermutete, die Leukozyten sind weiter gestiegen. Die Ärzte signalisieren mir während der Visite, dass ich heute wohl noch nach Hause darf. Mein behandelnder Arzt von gestern lacht nur und schüttelt ungläubig seinen Kopf. Für mich ist es wie ein Sechser im Lotto, so sehr freue ich mich. Ich möchte so gestärkt als möglich in den nächsten Block, das ist mein Ziel. Meine Mukositis ist sehr präsent und Schwester Marie packt mir noch eine Speziallösung ein. Diese Spülung wurde gestern speziell für mich gemixt. „Immer gut spülen, ja. Und erhole dich gut. Aber unbedingt melden, wenn etwas ist", sagt sie noch zu mir.

(Zum Thema Visiten fielen mir in einer ruhigen Minute diese Zeilen ein)

Im Patientenzimmer Teil 1

Eine Visite, die ist wunderschön
Kommt der Chefarzt, um Dich zu sehen
Vom Patienten weiß er meist nicht viel
Darum spielen die Assistenzärzte auch das Spiel
Und erzählen ihm leise in sein Ohr
Wer denn gerade liegt im Bett davor
Was dieser hat und was zu tun
Und der Chefarzt fragt dann: „Nun,
wie geht es uns denn heute?"
Das fragt er übrigens alle Leute
Und Du sagst: „Wie es Ihnen geht,
das weiß ich nicht, aber wie es um mich steht,
das kann und will ich gerne sagen!"
Anschließend wird er ein paar Prognosen wagen
Dann ist die Visite auch schon wieder aus
Und der Tross geht aus dem Patientenzimmer raus.
Der *weiße Mann* dann nur noch spricht:
„Wirklich schlauer geworden bist Du nicht!"

Im Patientenzimmer Teil 2

Die Krankenschwester, die ist nett
Bringt das Essen bis ans Bett
Achtet auf Dein Wohl, pflegt Dich
Opfert sich auf und kümmert sich
Prüft Blutdruck, Puls und Sauerstoff
Bleibt ruhig, ist der Patient manchmal schroff
Ist über viele Stunden belastbar
Strahlt mit ihren Augen ganz wunderbar
Wechselt Dein Bett, macht die Türe zu
Und lässt Dich, wenn Du magst, in Ruh
… das Gleiche trifft auch auf den Pfleger zu!

Es ist wichtig, dass man seinen Job liebt
Schön, dass es diese Menschen gibt!

Kapitel 10

Dieses Mal komme ich nun also bereits nach 11 Tagen nach Hause. Wie sehr ich mich über diese zusätzlichen Tage freue, ist kaum beschreibbar. Und kaum zu Hause, wundere ich mich mal wieder über meine Frau, sie ist schon der Hit. Sie weiß genau, dass ich am liebsten gleich in den Wald muss, laufen! Aufgrund ihres Vorschlags frage ich erst gar nicht lange, stelle meine Tasche ab und los geht es. Sie ist ein solches Juwel, es ist mit keinem Geld der Welt zu bezahlen, was sie für mich an Wert hat. Das Wetter ist schön und wir gehen endlich mal wieder in Ruhe alle Themen durch. Diese Gespräche machen eine gute Ehe aus, das schweißt uns zusammen. Sie erzählt mir von ihrer Arbeit, wie toll diese Einrichtung und ihre Vorgesetzte sind. Die Arbeitskolleginnen sind super und immer wieder fragen sie natürlich nach mir. Sie fühlt sich wohl, meine Wendy, das ist für mich sehr beruhigend. Auch mein langer, schwerer Weg des Krebsleidens ist eines der Themen, welche wir beim Spazierengehen auf der Agenda haben. Es ist sehr, sehr schwer für mich, alles richtig zu bewerten. Jeder sieht mich nur von außen, wie willensstark und aktiv ich bin. Alle sehen, wie ich das durchstehe und wie ich positiv denke, wie fit und stark ich bin. Nach innen fühle ich mich völlig konträr zu dem, was die Anderen sehen. Ich befinde mich inmitten eines kräftezehrenden Kampfes. Ich kann es nicht wahrhaben, wenn mir Kraft fehlt, wenn ich schlapp bin und wenn mir der Hunger abhandenkommt. Mir tut es unendlich weh, wie meine Familie unter der Angst der Krankheit leidet. Wir reden zwar viel über das Thema und doch ist jeder auf sich allein gestellt, muss fertig werden mit der Belastung. Das trifft insbesondere auf die Kinder zu. Da meine Frau aufgrund eines Brückentags anlässlich von Allerheiligen morgen frei hat, äußere ich den Wunsch, in die Berge zu fahren.

Beim Frühstück stelle ich wegen der Obstsäure zuerst von Himbeermarmelade auf Pflaumenmus um. Doch der geht auch nicht, so lande ich beim cremigen Nutella. Die Mukositis will nicht weichen. Vermutlich bin ich auch wieder zu ungeduldig, bekomme ich zumindest zu hören. Meine Innenseiten der Wangen spüre ich ständig, der Zwischenraum von Oberlippe und Schneidezähne tut ebenfalls weh und ist entzündet. Diese Mukositis muss man sich so vorstellen: Sie hätten eine Aphte im Mund, eine kleine, runde, weiße Stelle. Und nun würden sie mit ihrer Zunge an dieser Stelle entlangfahren, oder ein Stückchen vom Essen würde diese Stelle berühren. Oder auch, wenn etwas Salatsoße mit Essig genau an dieser Stelle vorbeihuschen würde. Diesen Schmerz kennen Sie vermutlich, lieber Leser? Diesen Schmerz können Sie getrost mit 100 multiplizieren!

Wir fahren dennoch und landen schließlich wie vom Magneten angezogen am Tatzelwurm, einem wunderschönen Wasserfall. Hier waren wir oft mit unseren Kindern während unseres Urlaubs in Oberaudorf. Meine speziell gemixte Mundspülung ist ebenfalls mit an Bord. Unser Ausflug ist für meine Frau eine Herausforderung. Denn sie wäre auch gern zu Hause geblieben. Sie hat immer noch Angst, dass mir etwas passieren könnte, dass ich mich übernehmen würde. Sie beobachtet, kontrolliert mich unbewusst. Gerade auch, weil meine Nase permanent läuft. Als wir in der Gaststätte eintreffen, bestelle ich mir eine Bio-Suppe. Eine Bitte habe ich allerdings an die Bedienung: „Würde es auch machbar sein, dass ich diese Suppe mit ganz wenigen Gewürzen bekomme? Ansonsten kann ich die Suppe nicht essen." Die Bedienung ist sehr entgegenkommend und gibt meinen Sonderwunsch weiter. Etwa eine halbe Stunde benötige ich, bis ich die Suppe aufgegessen habe. Essen entpuppt sich jetzt als harte Arbeit, selbst beim Süppchen. Zwischendurch trinke ich immer wieder kaltes Wasser mit Eiswürfeln, um meine Schleimhaut zu beruhigen. Anschließend gehen wir an einem Waldrand noch etwas spazieren. Ich spüre von Minute zu Minute, dass sich der Zustand meiner Mundschleimhaut verschlechtert. Ob die Suppe eine falsche Entscheidung war? Oder ob sie vielleicht irgendwelche Reizstoffe beinhaltete? Ich weiß es nicht, sie schien mir mild und gut. Das Beste ist wohl, wenn ich nochmal spüle. Als wir jedoch zum Fahrzeug zurückkehren, entdecke ich zu aller Not ein großes Missgeschick. Das Fläschchen mit der beruhigenden Spülung war umgefallen und ausgelaufen. Manchmal ist das halt so. Wie gut, dass mir Marie ein paar Fläschchen für zu Hause eingepackt hatte.

Am Abend bereiten wir Nudeln mit etwas Hackfleischsoße zu. Wir achten auf leicht zu zerkauende Lebensmittel, um die Mukositis etwas zu umgehen. Es macht alles mehr Mühe als üblich. Das Würzen lässt meine Frau überwiegend weg, sie würzt sich ihr Essen direkt auf ihrem Teller. Trotz der Rücksichtnahme bekomme ich bereits nach der zweiten Gabel keinen Bissen mehr hinunter. Alles brennt nur noch im Mund, tut höllisch weh, Schmerzen. Mein Appetit jagt in den Keller. Keine Chance. Mir tut meine Frau so leid, sie hat alle Register gezogen, und ich kann einfach nicht mehr essen. Ich versuche meine Schmerzen, meine Gedanken in mir zu verstecken, bin mit meiner Situation überfordert, am Boden und fertig. Mein Blick richtet sich kaum kauend nach unten auf meinen Teller. „Hey", fragt meine Liebe, halb vor Angst, es könnte etwas Schlimmeres sein. „Was ist denn? Schmeckt dir das Essen nicht? Max was ist denn los?"

„Nein", ich schüttele meinen Kopf. „Das ist es nicht." Vor Enttäuschung und vielleicht auch vor Schmerzen kommen mir die Tränen. „Es tut mir so leid, aber ich kann nicht mehr. Mir tut alles nur noch weh."

Am nächsten Morgen verschlimmert sich die Mukositis so sehr, dass der komplette Wangenbereich entzündet ist. Das Zahnfleisch oberhalb der Schneidezähne ist dick geschwollen, alles tut nur noch weh. Ich bekomme vor Schmerzen kaum noch meinen Mund auf. Alles spannt, reißt und brennt. Erst jetzt erfahre ich die volle Wirkung der Mukositis, erst jetzt wird mir vollends klar, warum diese Nebenwirkung auf dem Therapieplan so präsent ist. Wendy versucht mir zu helfen, indem sie eine ganz weiche Nudelsuppe kocht. Nicht einmal mehr diese Nudeln bekomme ich verarbeitet. Sobald auch nur die kleinste Nudel oder ein Rest eines Reiskorns von der Zunge an irgendeine Seite rutscht, ist es aus. Es geht nichts mehr. Das Sprechen fällt mir sehr schwer, auch die Konzentration lässt vor Schmerzen nach. Und die Kilos purzeln, es sind noch 67 kg.

Am 03. November wollen uns Lotte und seine Frau besuchen. Unsere Freundschaft ist es wert, dass die beiden von Bremen bis nach München fahren wollen, um uns zu unterstützen. Leider muss meine Wendy heute absagen. Es macht im jetzigen Zustand keinen Sinn, weder zum Besuchen und schon gar nicht zum Essen. Das tut mir so leid.

Ich bin mit der S-Bahn unterwegs in die Klinik zur Kontrolle. Zu meiner Freude hat Frau Dr. Stiegel gerade Dienst. Auch sie muss trotz Stationsleitung in der Ambulanz helfen. Natürlich darf ich zu ihr, Ehrensache. Trotz allen Trubels hört sie sich meine Leiden mit der Mukositis der letzten Tage an. Sie kann kaum in den Mund schauen, ich bekomme ihn nicht weit genug geöffnet. „Oh Mensch, das ist ja echt blöd. Die haut bei Ihnen aber ganz schön rein. Ja. Es ist nicht ohne Grund, dass das auf dem Therapieplan steht. Können Sie noch essen? Es ist wichtig, dass Sie essen Herr Peter!" Für mich stand außer Frage, dass ich Hilfe benötige. Aber wieder ins Krankenhaus und künstliche Ernährung, das wäre für mich das Allerletzte, was ich tun würde. Ich will bei meiner Frau sein, in einer Woche bin ich wieder zum Start des Blocks C stationär, das reicht. Irgendwie flüsterte ich mit meinem Stimmband und der Mukositis etwas heraus: „Frau Doktor. Egal wie, ich erhole mich zu Hause am besten. Denken Sie nur an das letzte Zimmer mit dem Italiener und dem Russen. Nein. Es muss doch irgendetwas geben, das mir hilft und die Schmerzen dämpft und was ich essen kann? Irgendetwas?" Mir standen bei diesen Worten die Tränen in den Augen. Verzweiflung, Schmerz und Heimweh, das machte mir zu schaffen. Mir, dem starken Max! Zumindest wie mich immer alle sehen, vielleicht auch sehen wollen? Und Frau Dr. Stiegel zieht alle Register, um mir zu helfen. Sie verschreibt mir ein spezielles Schmerzmittel mit dem Namen Tramadol. „Aber bitte nur max. 20 Tropfen und max. 3 x täglich." Zusätzlich verschreibt sie mir Astronautenkost zum Trinken und zu guter Letzt beordert sie mich auf Station. „Schwester Marie weiß bereits Bescheid, sie gibt Ihnen noch ein paar Dinge mit. Alles Gute Herr Peter." Es ist schon toll, diese Unterstützung zu erfahren ist echt einzigartig. Als ich auf Station eintreffe und mich Marie sieht, schüttelt sie den Kopf: „Oh weh. Na du siehst ja gar nicht gut aus. Komm mal her." Und sie nimmt mich mit ums Eck, stopft mir die Tasche voll mit Spezialspülung, Fertigsuppen, Tabletten. Es ist der Wahnsinn!

Über das Wochenende kocht und erfindet meine Frau Breie, Suppen, eingeweichten Zwieback und noch vieles mehr, um mich zu ernähren. Sie recherchiert nach einem speziellen Honig für mich. Dieser Honig soll auch bei Krebs stark unterstützend wirken. Ich halte von solchen Dingen erstmal nicht viel, das gebe ich zu. Zu viele Dinge kursieren bezüglich Krankheiten durch die Welt und verunsichern Menschen in Not oder ziehen nur ihr Geld aus der Tasche. Ich spüle wie ein Weltmeister und schlafe mich recht gut aus bis meist um 08.30/09.00 Uhr. Die Tabletten-Regale am Morgen stellen sich stets als schwierigen Start heraus und die Waage zeigt mittlerweile keine 65 kg mehr an. Die Ärztin sagte mir, dass mein Zustand der Entzündungen noch etwa 3–5 Tage in Anspruch nehmen wird. Und ich habe echt wieder Hunger. Es wird vielleicht knapp. Aber ich habe mir vorgenommen, bevor ich erneut ins Krankenhaus muss, gibt es vorher einen Zwiebelrostbraten im Alten Wirt in Hohenbrunn. Bis kommenden Mittwoch ist noch Zeit.

Über das Wochenende erledige ich einiges an Schriftwechsel. Ich bin nun aus der Lohnfortzahlung raus. Versicherung, Krankenkasse, Arbeitgeber. Es ist sehr, sehr viel an Bürokratie heutzutage notwendig, wenn man langfristig ausfällt. So einfach und simpel, wie man das theoretisch immer mal in irgendeiner Werbung hört, ist es praktisch selten. Bis Montag, den 06. November, sind nahezu 80 % meiner Probleme im Mund weg. Es schmerzt noch das ein oder andere Eckchen im Mund, doch ich esse heute Morgen bereits wieder meine erste Scheibe Brot, noch ohne Rand allerdings. Ich mache meine Runde durch den Wald und übe weiterhin kräftig die Tonfolgen und Laute für meine Stimmbandstimulation. Es hat sich seit der Operation keinen Deut verbessert oder normalisiert oder überhaupt auch nur bewegt. Als ich wieder zu Hause bin, klingelt es an der Tür. Ein Bote bringt ein Paket mit dem berühmten Manuka Honig aus Neuseeland. Das ging echt schnell, stelle ich fest, wir haben ihn erst kurz vor dem Wochenende bestellt. Der Honig wird aus dem Blütennektar der Südseemyrte, dem Manuka-Strauch, hergestellt. Er hat nachgewiesene, heilende und antibakterielle Wirkungen durch den entstehenden Wirkstoff Methylglyoxal, kurz MGO. Selbst die TU Dresden hat mit diesem Stoff schon geforscht. Und meine Frau hat davon gehört, auch Alex hatte ihn eine Woche vorher erwähnt und eine nette Kundin aus Radebeul hatte mir am Telefon das Gleiche empfohlen. Und obwohl dieses kleine Gläschen nur 250g beinhaltet, kostet der Honig seine 70,- €. Ich warte mit dem Auspacken, bis meine Frau nach Hause kommt. Sie hat um 15.00 Uhr Pause bis 17.00 Uhr und anschließend darf sie nochmal zum Basteln mit Vätern zurück in die Einrichtung. Als Erzieherin gehören auch diese Tage dazu. Wir trinken Kaffee und ich verspeise mein erstes Stück Kuchen seit über 2 Wochen. Es ist unbeschreiblich, wie sich die Aromen vom Käsekuchen im Mund entfalten, wie sie schmecken, wie sie meinen Magen beglücken. Es ist Lebensgenuss pur, das kann ich unterschreiben. Und endlich öffnen wir den Honig. Wir sind neugierig. „Er riecht normal. Ich hätte mehr einen medizinischen Geruch erwartet", sage ich noch. Wendy hält ihre Nase über das Glas. „Ja, hast Recht. Aber warum auch, ist doch trotzdem normaler Honig oder?" Sie ist immer so praktisch bei solchen Dingen. Einfach nicht komplizierter machen, als es ist. Ich nehme einen guten halben Löffel, das Zeug ist ja echt teuer. Ich lasse den Honig länger im Mund, damit die Schleimhäute Gelegenheit zur Aufnahme bekommen. Anschließend verabschiede ich meine Frau wieder in Richtung Job.

Für den Abend hatte sich noch mein Vermieter angekündigt. Aber er hat mich mal wieder vergessen. Vergessen, das ist eines seiner Merkmale, die er am liebsten zeigt. Schon vor und dann auch nach unserem Einzug in die Wohnung gab es so einige Baustellen, die er hatte erledigen wollen. Sogar einen Notiz-

zettel wollte er nicht. Er wisse schon, was zu tun sei. Aber leider nur bis 15 Minuten danach, bis der nächste Auftrag sich auftat. Also kurzum, die meisten der Aufgaben des Vermieters habe trotz Krankheit letztendlich ich erledigt. Wir wollten uns wohlfühlen. Und was nicht vonnöten war, blieb einfach offen. Aber gut, dass er mich vergaß. Jetzt im Moment ruft nämlich meine Tochter an. Und beim Unterhalten stellt sie fest, dass sich meine Stimme zumindest durch das Telefon doch recht gut anhört. „Du wirst lachen. Das Gleiche habe ich auch schon gedacht."
„Ja, was hast du denn gemacht Papa?", möchte Martha wissen. „Nichts. Ich habe nur einen Löffel Manuka-Honig probiert. Allerdings kann sich nach der kurzen Zeit noch nicht viel ändern, das wäre ja ein Wunder? Jetzt bin ich selbst etwas durcheinander. Vielleicht bilden wir uns das auch nur ein?", sage ich noch. Ich esse noch einen Rest vom Titel: „Frisch püriert, lecker und sättigend", das Festessen vom Sonntag und warte auf meine Frau. Gegen 20.45 Uhr trifft sie endlich ein. Ich begrüße sie mit einem Kuss und einem „Na Schatz, wie war es heute noch?". Sie schaut mich völlig sprachlos und verdutzt an. „Sag mal. Was ist denn mit deiner Stimme los? Du sprichst ja nahezu normal? Was hast du denn gemacht?"
„Äh, also ist es keine Einbildung? Ich bin auch der Meinung, dass es fast normal ist. Ob das der Honig bewirkt hat, so schnell?" Es war der Honig. Nichts, aber auch gar nichts anderes konnte es mit dieser vergangenen Krankengeschichte sein. Das Zeug hat seinen Wert. „So. Und ab Donnerstag mit Beginn des nächsten Blocks werde ich den Honig morgens und abends je einen halben Teelöffel nehmen. Da bin ich mal auf die Nebenwirkungen gespannt. Und wenn die dann auch reduziert sind mit dem Vergleich der ersten beiden Blöcke, dann wissen wir, dass der Honig auch sein Geld wert ist." „Schatz, du kannst doch auch ruhig einen ganzen Teelöffel nehmen", wendet meine Liebe noch ein. „Ja schon, aber ich möchte noch eine Steigerungsmöglichkeit haben", sage ich noch überzeugt.
In der folgenden Nacht schwirren meine Gedanken kreuz und quer. Speziell durch die Chemotherapie ist der ganze Rhythmus

im A… Sie wissen schon, es geht um meinen Verdauungstrakt. Vielleicht auch begünstigt durch Probleme beim Essen der letzten Tage war ich seit einer Woche nicht mehr auf Toilette. Mein Körper hat sich auf andere Dinge konzentrieren müssen. Ich mache mir richtige Sorgen bezüglich eines Darmverschlusses. Nein, diese Schmerzen, die man dabei hätte, die habe ich noch nicht. Zumindest, wenn man einschlägigen Seiten im Netz Glauben schenken kann. Aber Schmerzen habe ich, so als könnte ein Verschluss kurz bevorstehen. Am Morgen entscheide ich mich für 2–3 Teelöffel Glaubersalz auf 250 ml Wasser. Das soll wirken, ist keine zusätzliche Medizin, schmeckt aber nicht wirklich. 1,5 Stunden später bin ich letztendlich entleert. Also helfen tut das Zeug, das kann ich bestätigen. Ab jetzt bin ich gut drauf: Meine Stimme ist zurück, einen möglichen Darmverschluss konnte ich abwenden und Essen geht auch schon wieder problemlos. Es wirkt wie ein zusätzlicher Adrenalinstoß. Kurzentschlossen ziehe ich mir meine Laufklamotten zum Joggen an. Ja, Sie lesen richtig, ich gehe joggen. Meine Frau hätte das nie erlaubt, sie war aber auf der Arbeit. Und irgendwie werden alle denken, der ist ja krank, in diesem Zustand joggen. Doch ich lasse die Tür hinter mir zufliegen und beginne auf dem Bürgersteig langsam Richtung Bahnhof Hohenbrunn zu laufen. Ein paar Glückshormone durchströmen meinen Körper, ich weiß gar nicht, wohin mit meinem Überschuss an Dopamin. Begleitet ist mein Zustand von einem wackeligen und sehr unrunden Laufgefühl. Ich habe bei jedem Schritt den Eindruck, ich laufe auf rohen Eiern. Doch so langsam, nach gut 500 m, läuft sich mein System ein. Als ich am Bahnhof nach etwa gut einem Kilometer ankomme, merke ich, dass die Kraft trotz langsamen Tempos schon nachlässt und ich drehe um. An dieser Stelle zeigt sich deutlich, woher meine Gewichtsabnahme kommt. Sie besteht zu 90 % aus verlorener Muskelmasse. So wie ich ansonsten nach 10 Kilometern ankomme, so ist es jetzt nach 2 km. Ausgepumpt, aber glücklich, es geschafft zu haben. Der Lauf regt eine zusätzliche Freude auf unser Abendessen an, es steht Lachs mit Erbsenpüree auf dem Speiseplan. Als meine Frau nach Hause kommt, stellt sie unmittelbar fest, dass ich laufen war. Und ja, sie hält mich für verrückt. Doch ich fühle mich nun gewappnet für den nächsten Block. Auch wenn es nur ein kleines Aufbauen der emotionalen Kraft war, es war zumindest eines.

Am darauffolgenden, letzten Tag zu Hause lasse ich noch in der Werkstatt die Winterreifen montieren. Anschließend statte ich meiner Hausärztin einen Besuch ab und stelle mich nochmal in Ruhe vor. Bisher haben wir alle Formalitäten per Telefon oder per Mail erledigt. Es ging ja ausschließlich um Arbeitsunfähigkeitsbescheinigungen. Laut Krankenkasse müssen diese Bescheinigungen neu ausgestellt werden. Der Amtsschimmel wieherte mal wieder kräftig, und so richtig weiß niemand, was eigentlich falsch sein soll. Doch die nette Sprechstundenhilfe erledigt alles unkompliziert. Gegen 10.30 Uhr schlage ich im Betrieb, in meiner Abteilung auf. Mein Besuch ist für jeden Beteiligten etwas ganz Besonderes, ob Besucher oder Besuchter. Es ist so schön, alle zu sehen, und es ist schön, mich zu zeigen. Zu zeigen, dass es mir gut geht, trotz aller Strapazen. Natürlich sehe ich mittlerweile etwas blasser, vor allem dünner aus, die wenigen Haare sind noch weniger geworden. Meine Kollegen sehen, wie ich mich gebe, und spüren meine Freude hier zu sein. Ja und zu guter Letzt, es gibt ja noch einen Betrieb, dem ich viel zu verdanken habe, gehe ich in die Kindertagesstätte meiner Frau. Diese Unterstützung für eine völlig neue Kollegin bezüglich ihres kranken Mannes, diese Unterstützung ist grandios. Ich bin froh, dass ich hier ebenfalls unangemeldet hingefahren bin. Und so ganz nebenbei bin ich auch froh darüber, dass ich zeigen darf: Eure Unterstützung lohnt sich, ich bin noch da, danke!

Kapitel 11

Es ist der 09. November, der dritte Block startet und ab jetzt mit Manuka Honig MGO 550 als Begleiter. Den Honig stelle ich als Erstes in meinen Schubkasten. Wenn ich diesen Block hinter mich gebracht habe, dann ist sogar schon Halbzeit. Und Halbzeit bedeutet laut Therapieplan, dass ich vor Beginn von Block A2, dem 4. großen Block, 3 Wochen statt der üblichen 2 Wochen Pause habe. Obwohl ich gerade erst mit C1 beginne, freue ich mich über die kommende längere Pause. Noch zu Beginn meiner Leidensgeschichte rechnete ich vielleicht mit 1 Monat Behandlung, dann würde 1 Monat Pause kommen und anschließend REHA und wieder zurück zur Arbeit. Heute weiß ich, dass ich mich da völlig geschnitten hatte. Heute finde ich mich damit ab, auch, dass kein Arbeiten zwischen den Anwendungen möglich ist. Alex hatte recht mit seiner Aussage, glauben wollte ich es aber nicht. Vor diesem Block steht nun ein großer erster Zwischencheck an. CT-Vergleich und Bildbetrachtung zum Stand nach der Operation. Die wichtigste Frage ist dabei, ob die Chemotherapie überhaupt anschlägt. Das sind diese Situationen, wovor die meisten Krebspatienten und ihre Angehörigen Angst haben. Diese Ungewissheit: *Hat sich etwas zum Guten bewegt? Ist diese Therapie die richtige Therapie?* Das kann Betroffenen den Kopf zermürben. Ich weiß nicht warum, ich freue mich auf meine Untersuchung.

Mein Ausgangsgewicht beträgt 67,2 kg. Etwas zulegen konnte ich die letzten Tage also noch, obwohl ich mich gestern noch nicht an den Zwiebelrostbraten herantraute. Diese Mukositis war echt krass. Meine Blutwerte sind allesamt gut, diesmal sogar die Nierenwerte. Folglich fangen wir gleich mit Rituximab, dem ultimativen Start vor jedem Block, an. Dank der üblichen Beigabe von Fenistil dämmere ich mal wieder vor mich hin. Mein

Zimmer teile ich diesmal mit einem 61-jährigen Mann, der von seiner etwa 83-jährigen Mutter betreut wird. Er wurde extra von Rosenheim hierher verlegt, da sein Fall sehr schwerwiegend ist und ihn diese Spezialklinik gezielter behandeln könnte. Von meinem Bett aus betrachtet macht er einen Eindruck eines großen Riesenbabys, weshalb die Anwesenheit seiner Mutter absolut Sinn macht. Sein Name ist Georg, sein linker Arm ist taub, er ist stark hilfsbedürftig. Die Mutter äußert den verständlichen Wunsch einer ständigen Betreuung für ihren Georg. Doch solchen Wünschen könnte nur entsprochen werden, wenn die Einrichtung darauf ausgelegt ist. Ob sich die Mutter umsonst sorgt? Nach dem Abendessen muss sie dann auch nach Hause. Ich bleibe mit Georg und einem weiteren Zimmerkollegen zurück. „Hallo, ich bin der Max. Du bist Georg richtig?" Es ist schwieriger, als gedacht. Georg richtet seinen Kopf dem Geräusch entgegen und sucht mit seiner Knollennase das Zimmer ab. Bei mir bleibt er mit seinen kleinen runden Augen nicht hängen. Ob er mich überhaupt wahrgenommen hat oder ob er vielleicht mehr in seiner eigenen Welt lebt? Nachdem Rundblick durchs Zimmer beginnt sich Georg zu regen. Mir scheint, als bedrückt ihn etwas, oder es fällt ihm eine Sache ein, die er noch erledigen musste? Auf jeden Fall erlebe ich aus erster Reihe, was die Mutter wohl schon befürchtete. Trotz mehrerer Schläuche und Zugänge am Körper richtet er sich auf. Und zwar auf die linke Seite des Bettes, auf der rechten Seite steht sein *Bruder* mit seinen Infusionen und der Chemotherapeutika. Schnell rufe ich ihm zu: „Hey Georg, musst du auf Toilette? Vielleicht klingelst du lieber, wenn du Hilfe benötigst, ja?" Er reagiert überhaupt nicht auf meine Stimme. So als sei er in seiner Welt, als sei er ferngesteuert. Im gleichen Augenblick bewegt er sich einen Schritt weiter, die Schläuche spannen sich bedrohlich. Er bleibt für einen Moment stehen und überlegt. Er spürt, dass ihn etwas festhält. „Halt", rufe ich ihm zu. „Halt Georg, du kannst nicht weiter, du musst dich entweder mit dem fahrbaren Ständer bewegen oder rufst die Schwester! Halt!" Alles Schreien hilft nicht. Ja zum Henker, was macht der da? Just in diesem Moment spannen die Schläuche bedrohlich an, sie verlängern sich um einige Zentimeter und reißen schließlich ab. Die Flüssigkeiten beginnen aus dem Leck herauszutropfen. Es tropft ins Bett, auf den Boden, ohne Pause. Tropf, tropf, tropf. Und Georg? Georg geht bedächtig, von seinen Schläuchen befreit Richtung Toilette. Ich bediene sogleich die Alarmklingel für das Pflegepersonal. Axel, unser netter und kompetenter Pfleger, stürmt herein. „Was ist los, hast du was?"

„Nee, ich nicht Axel", sage ich ruhig. „Aber unser neuer Kollege hier scheint weder zu sprechen noch zu hören. Aber er scheint auch nicht gemerkt zu haben, dass er alle Kabel abgerissen hat. Er ist gerade aufs Klo!"

„Ach du Scheiße, das darf doch nicht wahr sein. Oh nein", sehe ich Axel in Panik geraten. „Axel, nützt doch nichts. Aufwischen und vermutlich muss er einen neuen Zugang gelegt bekommen oder?"

„Nee, das kannst du vergessen. Das hat uns gerade noch gefehlt, das ist ganz großer Mist." Und schon ist er verschwunden. Etwas verwundert bin ich, warum er denn das Ganze so dramatisch sieht? Innerhalb von weniger als 1 Minute steht eine ganze Abordnung des Pflegepersonals im Raum. Einer kümmert sich sogleich um Georg und hält ihn auf Toilette fest. Drei weitere Pflegekräfte stehen in voller Kampfmontur in der Tür wie damals bei der Rinderseuche BSE. Sie haben von der Feuerwehr, zumindest sieht es für mich so aus, Streugut mit, das ansonsten zur Bindung von Öl genommen wird. Ich komme mir vor wie live bei einem Unfall mit Gefahrgut.

„Hey Axel, ist das irgendeine Vorschrift oder warum betreibt ihr so einen Aufwand?"

„Aufwand? Weißt du überhaupt, wie gefährlich und aggressiv die Wirkstoffe der Chemo sind? Das Zeug darfst du nicht mal berühren, sonst hast du schon riesen Probleme, so schlimm ist das."

„Oh", sage ich nur und zeige dezent auf meinen Portzugang am Arm. „Aber wir bekommen das doch in den Körper? Na dann Mahlzeit." Ihm ist aber wirklich nicht zum Lachen zu Mute, das spüre ich. Nach einer halben Stunde ist der Spuk vorbei. Das

Zimmer ist klinisch rein, das Bett neu gemacht und Georg liegt wieder im Bett. Unser Freund bekommt nun einen Beisitzer für die Nacht. Da habe ich doch mal wieder das richtige Zimmer getroffen. Wie ich das immer hinbekomme? Bereits am nächsten Morgen mit dem Gang ins Bad und einem gemütlichen Frühstück ist diese Geschichte ebenfalls abgehakt. Das Einzige, was mich heute Morgen erschreckt, ist mein Spiegelbild. Ich sehe aus wie Fantomas. Ein Fremder würde mich in diesem Zustand wohl kaum noch erkennen. Auf der Waage erkenne ich die Ursache der Maskierung, ich habe seit gestern Abend 3,5 kg Wasser zugelegt, vermutlich hat sich alles im Gesicht angesammelt? Selbst diese Begebenheiten gehören mittlerweile zur Routine.

Es ist so weit, heute erhalte ich das Ergebnis des CT. Frau Dr. Stiegel kommt mit einem Strahlen im Gesicht auf mich zu. „Hier, schauen Sie mal Herr Peter. Ich bin beinahe sprachlos, aber mit so einem Erfolg haben wir nicht gerechnet. Das bösartige Restgewebe ist ja zu über 60 % weg. Unglaublich!" Mir stehen die Tränen in den Augen, ich kann mein Glück kaum fassen, was da die letzten Wochen passiert ist. Erleichterung und Freude breiten sich explosionsartig aus, der Zustand ist schwer beschreibbar. „Frau Doktor, wirklich? Das ist ja der Wahnsinn, ich bin total glücklich. Wenn ich so darüber nachdenke, hatte ich ja gesagt, dass nach dem 4. Block alles weg sein wird. An diesem Ziel halten wir mal fest. Danke Ihnen nochmal, Sie sind eine echt tolle Ärztin." Es ist ihr etwas peinlich, das sehe ich ihr an. Doch sie ist gerührt und das bei so vielen Patienten. Jetzt muss ich diese frohe Botschaft nur noch meiner Frau erzählen können, ich kann es kaum erwarten. Als sie am späten Nachmittag endlich eintrifft, liegen wir uns in den Armen und können unser Glück kaum fassen. Die Tränen lassen sich einfach nicht vermeiden. „Bei all deinen Schmerzen und den Dingen, die du durchmachst. Du hast es dir verdient mein Schatz. Ich bin einfach nur glücklich", sagt sie noch mit verweinten Augen. Aber beide wissen wir natürlich, dass es zwar ein großer Schritt zur Heilung ist, aber dennoch nur einer von vielen. Nichtsdestotrotz ist diese Nachricht ein Highlight und ein gutes Zeichen für alle, die sich um uns Sorgen machen. Heute Nacht schlafe ich im T-Shirt, die 24-Stunden-Chemo hängt mal wieder an und soll nicht unterbrochen werden. Noch am kommenden Vormittag wird unser 3. Mann entlassen, ohne dass ein neuer Patient auf das Bett wartet. Und weil Georg nun nicht mehr ohne Beaufsichtigung sein darf, wird er für die Nacht abgeholt. Plötzlich bin ich ganz allein im 3-Bett-Zimmer. Das alles hat schon etwas von Luxus und gut schlafen werde ich jetzt ebenfalls. Ich nehme meinen Manuka Honig und lege mich zufrieden ins Bett.

Wir haben den 12. November, es ist der berühmte 3. Tag eines jeden Blocks, grundsätzlich der Beginn von Veränderungen. Mein Appetit ist heute Morgen noch gut, der Schluckauf deutet sich wieder an. Ich spüre regelrecht, wie der Schluckauf kämpft, wie er sich durchsetzen möchte, doch es bleibt bei einem sich andeutenden Gefühl im Magen. Ob der Honig bereits hilft? Mein Gewicht liegt bei 71,2 kg, der Blutdruck bleibt niedrig bei 90/60. Trotz Regen lasse ich mich nach dem letzten Spülgang mit der NaCl-Lösung abkoppeln. Da Sonntag ist, besucht mich meine Frau heute früher und wir wollen noch an die Luft. Heute haben wir uns mit Martha und Swen in Marthas Wohnung verabredet. Ihre Wohnung liegt nur 15 Minuten zu Fuß vom Klinikum entfernt. Der Kaffee am Nachmittag schmeckt mir richtig gut und nach zwei tollen Stunden Gespräche, Lachen und einem Stückchen Kuchen im Bauch laufe ich mit Wendy wieder zurück ins Klinikum. Diesen Nachmittag habe ich sehr genossen und so ist es auch nicht tragisch, dass Wendy zum Abendessen ihre Heimreise antritt. Die nächsten Tage sind mit den letzten Chemotherapien belegt, am Ende dieses Blocks werden es so ungefähr 46 Stück gewesen sein. Das Gewicht ist um bis zu 5 kg angewachsen, nur Wasser natürlich und stets verbunden mit bis zu 20-mal auf Toilette rennen. Mein Hunger schwindet durch Chemie und Spülungen wie gewohnt, aber diesmal gibt es zum ersten Mal keinen Schluckauf. Die Blutwerte sind besser als üblich um diese Zeit und die Mukositis ruft wieder weiße Schleimhäute hervor. Mein MTX Spiegel, also der Spiegel des Restgifts in meinem Blut, ist sehr niedrig, sodass die Ärzte überlegen, ob ich zum Wochenende schon nach Hause darf. Bei diesem Vorhaben hätte ich natürlich keine Einwände. In meiner vorletzten Nacht ist Georg wieder mit auf dem Zimmer. Zur Überwachung sitzt ein Betreuer die ganze Nacht neben seinem Bett. Georg beginnt zu träumen. Er wälzt sich im Bett hin und her, ruft irgendetwas und schläft weiter. Plötzlich tut es einen lauten Knall. Schnell mache ich das Licht an. Er ist mit seinen geschätzten 110 kg aus seinem Bett gefallen und schaut sich verdutzt um. Ähnlich verdutzt schaut übrigens auch sein Betreuer. Das ging so schnell, dass selbst er nur zusehen konnte. Zum Glück hatte Georg diesmal keine Schläuche eingestöpselt und fremde Hilfe benötigt er auch nicht. Schnell begibt er sich wieder ins Bett. So erlebe ich nochmal ein weiteres Highlight, ganz kostenlos.

Gegen Nachmittag frage ich eine neue Schwester nach einer fehlenden Chemotherapie. Laut meinen Therapieplan ist eigentlich klar, dass ich heute noch einmal ran darf. Doch sie versichert mir sehr deutlich: „Wir wissen schon, was wir machen. Sie brauchen sich keine Sorgen machen. Manchmal weicht das Vorgehen auch vom Plan ab, Herr Peter."

In der Nacht tritt die Nachtschwester zu mir ans Bett. „Verzeihung. Aber ich habe gerade gesehen, dass Sie noch eine Chemotherapie bekommen müssen. Darf ich das für Sie in die Wege leiten?"

„Ja, das habe ich mir schon gedacht, ich hatte es heute Nachmittag bereits angemerkt. Aber glauben Sie mir, es wird nicht immer auf mich gehört. Wer soll das denn jetzt um 23.30 Uhr noch machen?" Die Frage schien mir berechtigt, da nur Ärzte Zytostatikas anschließen dürfen. Die nette Nachtschwester besorgt einen Arzt aus der Bereitschaft und so komme ich noch in den Genuss einer gelblichen Flüssigkeit. Der Vorgang benötigte eine Stunde und anschließend wird natürlich noch gespült.

Nach nur einer Woche sowie stabilen Blutwerten und wieder 68,8 kg Kampfgewicht darf ich wirklich nach Hause. Ich kann es immer noch nicht fassen, den ersten Block habe ich noch nicht vergessen. Was mir während diesem C1-Block ebenfalls sehr gefiel, war der Umstand, dass die Rückenmarkinjektionen wegfallen. Und in etwa 2 Monaten spiegelt sich das im Block C2 wider. Zuerst hatte ich das überhaupt nicht auf dem Schirm, aber selbst im Protokoll ist das nachzulesen. Dieser Block ist eine echte Erleichterung, weniger Nebenwirkungen und nun habe ich 3 Wochen frei! Meine Blutwerte sind diesmal so gut, dass ich es durchaus dem Honig zuschreiben würde. Auch wenn ich es natürlich nicht belegen könnte. Doch die Werte sind definitiv besser als bisher. Was mir grundsätzlich auffällt: Egal wie sehr ich mich freue oder ob ich mich gut fühle, ich benötige zu Hause generell 2 Tage, um zurück in den Rhythmus zu kommen. Anfangs bewege ich mich sehr langsam, benötige im Bad ungefähr die doppelte Zeit und laufe die ersten Nächte mehrmals gewohnt auf Toilette. Bei jedem Gang denke ich an meine Frau, sie hat am nächsten Tag ihre Pflichten an ihrer Arbeit. Auf unserer Couch benötige ich einige Sitzproben, bis ich wieder meinen Platz gefunden habe. Und zu den Nebenwirkungen ist zu sagen: Ich spüre seit diesem Block keine Lichtempfindlichkeit mehr. Meine Mukositis kämpft, schafft es aber nicht durch die angegriffenen Schleimhäute durchzukommen. Die Haut im Mundbereich und in den Wangen bildet sich nach ein paar Tagen wieder ledernd zurück. Überhaupt kein Vergleich mit dem letzten Mal. Unsere eingekauften und zuletzt rettenden Lebensmittel haben wir umsonst eingekauft. Kantige und knusprige Dinge kann ich zwar nicht zu mir nehmen, ansonsten kann ich aber relativ normal essen. Dieser Honig hat mich überzeugt, gut, dass ich ihn schon während der stationären Behandlung eingenommen habe. Natürlich spüre ich wieder den Aufbau meiner Leukozyten im Körper, das bedeutet einen Tag Mattheit und Muskelkater. Mir kommt diese Pause gefühlt wie Urlaub vor, verglichen mit den bisherigen zwei Pausen. Und diesmal stehen drei Wochen an, bevor es weitergeht. Wahnsinn, ich verspüre mal wieder Glücksgefühle pur. Im Garten reche ich Blätter zusammen. Meinen Bart rasiere ich mal erneut. Er wächst kaum, aber ab und zu hängen ein paar Härchen so herum. Viele Haare sind es nicht mehr. Einen leichten Schwindel spüre ich ab und zu. Ich gehe davon aus, dass das wieder mit meinem Hämoglobinwert zusammenhängt. Vermutlich wandert er gerade wieder Richtung 8,0?

Meine Frau und ich genießen unser erstes Wochenende während dieser Pause. Da nicht vorhersehbar war, dass ich bereits so früh zu Hause sein konnte, steht weder eine Verabredung an, noch ist Besuch angemeldet. Wir spielen, gehen spazieren, wir kochen gemeinsam und schauen fern. Habe ich mich zu früh gefreut? In der darauffolgenden Woche scheint sich die Mukositis erneut ihren Weg zu bahnen. Eine Entzündung im Wangenbereich deutet sich an. Zusätzlich sehe ich Stellen an Zunge sowie im restlichen Mundbereich. Am Morgen des 21. entscheide ich mich bewusst gegen Brot und esse lieber einfachere Dinge. Die Schmerzen entziehen mir so viel Kraft, dass ich selbst die Dusche nur im Schneckentempo erledigen kann. Die private Post erledige ich sehr langsam und zum Spazierengehen habe ich auch keine Lust. An diesem Abend stellt sich mal wieder heraus, wie wertvoll eine Liebe ist. Gerade im Moment macht alles extrem viel Arbeit, ich nehme sogar ein paar Schmerztropfen. Diesen Abend unterhält mich meine Frau, sie weiß genau, dass es mir nicht sonderlich gut geht. Die Nacht schwitze ich stark, sodass das ganze Bett neu bezogen werden muss. Wenigstens bin ich am nächsten Tag wieder besser drauf. Ich schäle Kartoffeln und mache Wäsche, alles in Ruhe, alles langsam. Dann raffe ich mich für die Trimm-dich-Pfad Runde auf. Einen Tag nichts tun ist bereits einer zu viel. Auf dem Speiseplan steht erneut Kartoffelbrei mit Spinat und Rührei. Meine Thrombosespritzen verursachen mittlerweile kleine Blutungen. Meine Vermutung ist, dass ich Bluttransfusionen benötige und vielleicht hätte ich die Thrombosespritzen schon weglassen müssen. Gut dass ich morgen routinemäßig einen Termin in der Ambulanz habe, den Tag warte ich jetzt auch noch ab. Ich spüle nun wieder mit der Speziallösung und habe für mich entschieden, dass ich von jetzt an auch mit dem Honig zu Hause spüle und ihn dreimal täglich einnehme. Hätte ich den Honig möglicherweise durchgängig nehmen sollen? Vermutlich ja! Denn innerhalb von 2 Tagen bildet sich die Mukositis zurück und heilt ab. Meine Frau ist total überrascht. „Man kann ja direkt beim Abheilen zuschauen. Und ich sage dir noch, nimm doch den Honig weiter, der hilft. Wenn er dann leer ist, kaufen wir einen neuen!" Ja sie hat natürlich wieder Recht, Schande über mein Haupt, dass ich ihn nur während des Klinikaufenthalts nehmen wollte. Als ich in der Klinik zur Kontrolluntersuchung vorstellig bin, sind die Thrombozyten ganz unten. Deshalb soll ich mir erst einmal keine weiteren Spritzen geben. Um zwei Blutkonserven komme ich auch nicht herum, im Handumdrehen habe ich einen Stuhl in einem anderen Gebäude ergattern können. Ich bin total verwundert, wie viele Menschen hier sitzen und warten, meist auf ambulante Chemotherapien. Therapien, die es nicht erfordern, stationär bewacht zu werden. Wahnsinn, wie viele Menschen mit Krebserkrankungen es gibt und das Klinikum ist ja nicht das einzige im Raum München.

Am Donnerstag ist alles wieder gut, der Mund zu 90% geheilt und meine Blutwerte auf normalem Niveau. Ab Freitag ist auch der Schwindel verschwunden. Zur Freude kommt heute Abend meine Schwägerin mit Partner und unserem Neffen auf ein Wochenende. Wir haben uns der Krankheitsgeschichte geschuldet lange nicht gesehen. Als sie durch die Tür kommt und mich sieht, fängt sie sogleich an zu weinen. Diese erdrückenden Sorgen, keinen direkten Kontakt zu mir und dann die Bilder, die man sich ausmalt. Doch endlich nehmen wir uns in die Arme. Es ist einfach nur schön, einfach Familie. Das Wochenende unternehmen wir einen Ausflug in einen Wildpark, für den Kleinen zum Schauen und für die Großen zum Reden und Laufen. Viele Gespräche ergeben sich, speziell zur Beratung des Partners meiner Schwägerin. Er befindet sich in einer mentalen Falle, ist unzufrieden mit seinem Job, hat Ideen. Und ich versuche, so gut es geht, zu helfen und Möglichkeiten aufzuzeigen. Aber wie sage ich auch immer meinen Kindern: *Man kann nur den Weg zeigen, gehen muss man ihn selbst!* Ich bin mal auf seine Entscheidungen und Aktivitäten der nächsten Monate gespannt. Am Abend kommt Martha mit ihrem Swen. Wir kochen gemeinsam, alle helfen. Und für mich ist es ein besonderer Genuss, schließlich kann ich wieder alles, also wirklich alles essen. Ein sehr schönes Wochenende geht zu Ende.

Mittlerweile fühle ich mich richtig gut, auch wenn es äußerlich nicht danach aussieht. Aber ich bin seit Tagen beschwerdefrei und habe schon wieder so viel Kraft tanken können, dass ich echt Lust hätte zu arbeiten. So entscheide ich mich meinen Kollegen einen Besuch abzustatten. Da das mit dem Arbeiten noch nichts wird, gehe ich wenigstens mit meinen Kollegen zu Mittag in die Kantine. Klingt es seltsam, wenn ich an dieser Stelle sage, dass ich mich richtig glücklich fühle? Ich habe keinen Grund zu jammern, ich nehme am Leben teil und mich fühle mich den Umständen entsprechend wohl.

Am kommenden Morgen stehe ich mit meiner Frau auf und wir frühstücken zusammen, da ich noch zur Blutkontrolle zur Hausärztin muss. Die Werte sind wieder top, also die wichtigen wie Leukozyten und Thrombozyten. Und nach getaner Hausarbeit schwinge ich mich in meine Laufsachen und jogge wieder meine kleine Minirunde, ganz langsam nach meinem Befinden. Mein Körper gibt die Belastung und das Tempo vor, nur dann wirkt es positiv. Natürlich ist mir klar, dass viele Patienten in meiner Lage das nicht können oder möchten. Es macht auch lediglich Sinn, wenn das Gefühl von innen kommt, niemals von außen. Diese Bewegung zähle ich mit zum Auftanken für den nächsten Block. Und sie trägt für mich dazu bei, kein Selbstmitleid aufzubauen und auch keine Fragen aufkommen zulassen: „*Warum ich?*" Es würde mir nicht weiterhelfen. Ich genieße wie ein kleines Kind beinahe jeden Spaziergang, jeden Meter, jeden Stein am Wegesrand und jedes Eichhörnchen, das auf einem Baum hin und her springt. Ich genieße das Vogelgezwitscher genauso wie die Motorsäge des Waldarbeiters aus der Entfernung. Jedes Kochen mit meiner Frau und das Schneiden, Würzen und Abschmecken, ich genieße es. Ich genieße es, wenn ich an einem Gespräch konzentriert teilnehmen kann und positiv nach vorn blicke. Und vor allem genieße ich, alles mit richtigem Appetit essen zu können. Am Freitag machen wir beide noch einen Ausflug an den Tegernsee und schon ist Samstag. Heute besucht uns endlich meine Schwester mit meinem Schwager und unseren beiden Nichten. Die ältere der beiden ist bereits erwachsen und bringt ihren Partner mit. Die kleine Nichte ist unser Patenkind. Wir haben einen tollen Abend und ich bin so froh, insbesondere meine kleine Schwester im Arm zu halten. Wir haben ein ganz inniges Verhältnis, haben nahezu unsere Kindheit komplett miteinander verbracht. Der neue Partner meiner Nichte ist im Vertrieb tätig. Ein pfiffiger und intelligenter Verkäufer mit stark blauem Einschlag, um nochmal in der Farbenlehre zu bleiben. Die „Blauen" sind eher sehr genau, hinterfragend, perfektionistisch. Wir haben gemeinsame Austauschpunkte als Vertriebler schnell gefunden. Natürlich bleiben Fragen zu meinem Krankheitsverlauf nicht aus. Und so erzähle ich ruhig und ausführlich Abläufe, Dinge und Geschehnisse, die passiert sind. Doch hätten wir das Thema lassen sollen. Meine große Nichte überkommen die Tränen, sie ist fix und fertig. Sogleich beginnt meine Schwester und meine Frau kann ihre Bürde mit meiner Krankheit auch nicht unterdrücken. Der Druck muss aus dem Kessel und nach ein paar Minuten der Tränen und der Besinnung geht es auch wieder. Ich bin froh, nicht alle Details erzählt zu haben, das Erzählte war für die Zuhörer schon anstrengend genug. Gerade in einer guten Familienbindung spürt man, wie sehr man aneinanderhängt und was der andere einem bedeutet. Liebe tut auch ganz schön weh. Ich selbst habe das in den letzten Monaten zur Genüge erfahren dürfen.

Da nun der Dezember anbricht und ich tagsüber etwas Zeit habe, backe ich nebenbei noch 3 Bleche mit Weihnachtsplätzchen. Gut, die meisten Backwaren esse ich auch selbst, meine Frau ist bei Teigwaren eher zurückhaltend. Die Hälfte meiner Behandlungszeit ist bereits um, ich sehe meinem 4. Block, dem Block A2, positiv entgegen. Morgen am 07. Dezember geht es wieder los. Es ist faszinierend, wie schnell das alles geht. Noch im September hätte ich das nicht glauben wollen, hätte es mir jemand so gesagt!

Kapitel 12

Müde. Meine Nacht war sehr unruhig. Die innere Uhr tickte unentwegt und erinnerte mich daran, früh aufzustehen. Meine Frau fährt mich diesen morgen an die S-Bahn. Ihr fällt es nicht leicht mich nach den zuletzt sehr schönen Tagen wieder fortzuschicken. Wir umarmen uns früh morgens am Bahnhof sehr lange und innig und verabreden uns für den Abend zum Telefonieren. Morgen sehen wir uns ja wieder, es ist dennoch schwer.

Es ist kurz vor sieben, als ich in der Klinik eintreffe. In der Aufnahme ziehe ich meine Nummer und setze mich auf einen freien Stuhl. Heute ist viel los und das um diese Uhrzeit. Doch 4 Schalter sind offen, das haben wir auch selten. Meinen Gedanken, dass das dadurch schneller vorangeht, begrabe ich nach einer Stunde aber wieder. Im Schnitt nimmt Schalter 3 die Hälfte aller Patienten auf, an den anderen Schaltern tut sich beinahe nichts. Ob die heute ein Anlernprogramm für Neueinsteiger zur stationären Aufnahme am Laufen haben? Meine Nummer wird nun auch am Schalter 3 aufgerufen. Im kleinen Aufnahmeräumchen sitzt eine Dame, die mich sogar kennt. Bei dieser Menge Patienten, die hier durchgeschleust werden, finde ich das bewundernswert. Und siehe da, meine Kerndaten wie Adresse, Telefonnummer und vieles mehr benötige ich bei ihr heute nicht. Sie lächelt und wünscht mir noch eine gute und erfolgreiche Weiterbehandlung. Kurz nach halb neun bin ich dann auf Station. Axel empfängt mich und überbringt mir die freudige Nachricht: „Max, es tut mir ja leid, aber es ist sonst kein Bett mehr frei. Du darfst heute in das berühmte Zimmer 74, das kennst du ja!" Und er hat dabei so ein verschmitztes Lächeln im Gesicht, dieser Schelm. „Kein Problem. Es ist mein erstes Zimmer gewesen und es ist das mit den besten Geschichten. Na, da bin ich mal gespannt, was diesmal auf mich zukommt?" An diesem Vormittag passiert, mal abgesehen vom Anschließen an die Matrix, sprich den Portzugang setzen, bis zum Mittag zunächst nichts. Für die nächsten Blöcke entschließe ich mich einfach nicht mehr so früh zu kommen. Mein Gewicht habe ich in den letzten Wochen wieder bis auf 70,4 kg gebracht, Blutdruck 120/80, Puls bei 63, Nierenwerte sind ebenfalls in der Norm. Jedoch gibt es einen neuen Stationsarzt. Ich bin ehrlich, es hat mich zuerst getroffen, dass ich nun ohne meine Frau Dr. Stiegel auskommen soll. Dann erfahre ich, dass sie komplett in die Ambulanz ins Tumorzentrum gewechselt ist. Für später kann sich das als sehr angenehm entwickeln, aber hier oben auf Station vermisse ich sie schon. Der neue Stationsarzt bringt mir zum Beginn der Therapie Rituximab. Ich lese etwas Münchner Merkur, den ich von zu Hause mitgenommen habe. Doch mir fallen ständig die Augen zu, die Fenistilbeigabe wirkt wieder. Meine erste Nacht in der 74 war durch ständiges Klingeln, Rufen und extrem lautes, unrhythmisches Schnarchen unterbrochen. Der Pflegedienst hat natürlich alles protokolliert. Deshalb haut mich am Morgen Marie gleich an: „Na, bist du auch wieder da? Das freut mich aber. Wie war deine Nacht?" Marie fragt immer. Sie ist echt ein Schatz für diese Abteilung. Ich erzähle kurz, wie es mir zu Beginn erging. „Oh, das tut mir leid. Und kein Bett ist mehr frei, sonst hätte ich mal für dich geschaut."

„Aber nein", entgegne ich Marie. „Dann war es wenigstens wie immer!" Beide müssen wir daraufhin laut lachen. Mit ihr kann man so schön lachen. In ihrer offenen Art klopft sie mir auf die Schulter. „Du machst das schon, du bist ein starker Mann." Ja, das muss ich auch. Gegen 11.00 Uhr bekomme ich meine erste Chemo. Der Stationsarzt teilt mir mit, dass meine intrathekale Behandlung auch gleich durchgeführt wird. Als er selbst ein paar Minuten später vor meinem Bett steht, bin ich zunächst verwundert. Ich glaube, er hat meinen Blick verstanden und versichert mir: „Herr Peter, ich bin auf dem Gebiet Spezialist. Ich habe von Ihrer Tortur gehört, darf ich es dennoch versuchen?"

„Klar. Sie haben drei Versuche", antworte ich mit einem Lachen. „Aber mal ehrlich, machen Sie ruhig. Ich bin auch froh, wenn wir das heute hinbekommen, dann wäre dieser Eingriff schon erledigt." Das kann er verstehen. Er prüft, sucht, markiert. Dann kommen Desinfektion, Abdeckung, Desinfektion, nochmal prüfen und los. Er probiert es zweimal, aber der zweite Anlauf sitzt bereits. Die drei Zytostatika, wie die Substanzen heißen, sind injiziert. Nun sind es nur noch 3 Behandlungen im Liquor-Raum, die ich bis Ende meiner Therapie überstehen muss. Bei diesem Gedanken bemerke ich, dass ich schon abzähle, immer eins weniger. Eine halbe Stunde darf ich auf dem bekannten Sandsäckchen liegen und ruhen. Als meine Frau heute Abend eintrifft, habe ich bereits am zweiten Tag knapp 5 kg zugelegt, folglich wird Lasix verabreicht. Trotz Routine sagt mir mein Gefühl, dass es mit der Wasseransammlung diesmal früher losgeht. Aber vielleicht täusche ich mich auch. Dafür darf ich mit meiner Frau zusammen in der Küche sitzen und entspannt essen. Die Leute sind echt der Hit hier auf Station.

Es ist der 09. Dezember, eine weitere unruhige Nacht liegt hinter mir. Gegen 03.30 Uhr war nochmal eine Entwässerung vonnöten, die Lauferei war anstrengend, allein die erste Stunde rannte ich 6-mal. Die Waage spiegelt am Morgen zumindest meine nächtliche Tätigkeit wider, 71,4 kg sind es noch! Mein Blutdruck nähert sich wieder den alten, niedrigen Werten von 90/50, Puls 53. Der typische Schluckauf will sich ab heute Vormittag erneut einstellen, ich spüre förmlich den Kampf im Magenbereich. Honig gegen schmerzhaften Schluckauf, der Honig siegt. Die Mukositis beginnt und die Appetitlosigkeit ebenfalls. Es ist der typische Ablauf des dritten Tages. Der 4. Tag zeigt, dass der Schluckauf weiterkämpft ohne Erfolg, dann stellt er schließlich den Kampf ganz ein. Mein Gewicht ist bei 71,8 kg und Blutdruck 100/60. Frühstück und Abendbrot werden erneut von einem starken Sättigungsgefühl begleitet, dafür bekommt mir das Mittagessen richtig gut, auch das wiederholt sich. Obwohl mein Gewicht nur bei 72,2 kg ist, sind meine Tränensäcke unter den Augen größer als die von Horst Tappert. Auch in den Beinen merke ich das Wasser. Ich denke, ich habe weiter abgenommen, denn das Wasser fühlt sich eher wie 5 kg an. Wenn ich diese von den 72 kg abziehe?

Am 12. Dezember beginnt für mich der letzte aktive Tag im 4. Chemoblock. Für den heutigen Tag stehen noch 3 Therapien ins Rückenmark an und 4 Therapien über meinen Portzugang. Diese Mengen sind kaum vorstellbar, gut, dass das nicht jeden Tag so ist. Nach meiner Rückenmarksbehandlung beginnen Kopfschmerzen, auch die Ohren fühlen sich taub an. Meine Konzentration und mein Unwohlsein gehen stündlich Stufe für Stufe in den Keller. Ausgerechnet heute muss sich mein Zustand so negativ verändern, wo sich meine Frau, Martha und Swen angekündigt haben. Trotz meiner Freude auf den Besuch schränkt sich meine Gesprächsteilnahme ziemlich ein. Gerne hätte ich heute mehr von den dreien gehabt.

Obwohl diese Nacht noch ausreichend gespült werden musste, liegt mein Gewicht am kommenden Morgen bei 71,2 kg. Nach dem spärlichen Frühstück gehe ich 2 Stunden spazieren, denn die Infusionen sind abgeschlossen. Mittlerweile laufe ich ausschließlich mit Mütze, Schal und dicker Jacke umher, ja, auch mit Mundschutz. Meine lichter gewordenen Haare und meine dünne Haut halten Kühle und Wind nicht mehr ab. Die Sonne scheint bei knapp über null Grad, es ist ein herrliches Wetter. Heute lohnt sich der frühe Spaziergang total, ich genieße wieder jeden Sonnenstrahl. Manche Blätter hängen noch an den Ästen, die Isar raucht angenehm anzusehen aus ihrem Flussbett. Einige Jogger laufen mir über den Weg. Ich spüre, wie gern ich mitlaufen würde, aber aktuell ist daran kein Gedanke zu verschwenden. Die Beine sind wie nach dem letzten Block wieder richtig matt. Meine Bewegungen sind langsam, die kleinen Steigungen auf dem Weg schwer. Trotzdem gehe ich zufrieden mit nach wie vor leichtem Kopfschmerz auf Station. Der Stationsarzt kommt auch sogleich auf mein Zimmer. Wenn alles klappt, sagt der Stationsarzt, könnte ich bei guten Werten noch morgen nach Hause. *Morgen schon? Ob sie Betten benötigen?*, denke ich so bei mir. Aber dieses Angebot würde ich natürlich nicht ausschlagen.

Ich stecke eilig mein Mobiltelefon in die linke Jackentasche meines Trainingsanzugs, da ich noch schnell auf Toilette muss. Normalerweise liegt das Telefon in meiner Schublade des Patientencontainers neben dem Bett. Und es passiert, wie es passieren muss, wenn man mal von seinen Gewohnheiten abweicht. Kaum stehe ich vom WC-Sitz auf, berührt die beladene Jackentasche unglücklich das Bein, sodass das Telefon im Aufstehen noch nach hinten fällt und es macht plumps. Nie hätte ich das machen dürfen, grob fahrlässig war es, aber ich griff innerhalb von einem Bruchteil einer Sekunde in die Öffnung der Notdurft und zog das Telefon wieder heraus. Anschließend wusch und desinfizierte ich minutenlang meine Hände. Dem Telefon hat es nichts genutzt, selbst einen Tag später probierte meine Tochter noch den Reis-Trick, indem das Telefon in Reis gewickelt trocknen sollte, aber es hatte sein Leben verwirkt. Trauern brauchte ich nun nicht. Wie schon häufiger von mir zitiert: Verschwende deine Zeit nicht für das Geschehene, sondern konzentriere dich auf das, was kommt. Es war vorbei und ich schaute nach vorn, hätte ich auch eine Wahl gehabt?

Meine Kopfschmerzen halten leider den 14. ebenfalls noch an. Der Stationsarzt vermutet inzwischen einen Zusammenhang mit der intrathekalen Behandlung. Diese Symptome können bei einer Differenz der Liquor Flüssigkeit auftreten. Ein weiteres Anzeichen für diese Prognose ist, dass bei total waagrechter Lage die Schmerzen schwinden und dass der Schmerz auf Medikamente keine Reaktion zeigt. So ist es schließlich auch. Ich erfahre, dass dieser Schmerz viele Tage anhalten kann, bis der Körper wieder den Ausgleich herstellen konnte.

Bis zur Visite gehe ich auch heute nochmal für eine Stunde an die Luft, Englischer Garten, Treppensteigen, das brauche ich jetzt. Zurück auf dem Zimmer warte ich nur noch auf meine Papiere. Die Tür geht wieder auf und ein junger, gelockter Mann, Ende 20, steht diesmal im Raum. Es ist ein mir bekannter Physiotherapeut. Zu Beginn meiner Therapie hatte ich nach gezielter, begleitender Bewegung gefragt. Die angebotenen Programme stellten sich für mich als reine Information, eher für einen späteren Zeitpunkt heraus. Jedes Mal, wenn nun dieser junge Physiotherapeut die letzten Monate in unserem Zimmer aufkreuzte, sprach ich ihn an. Er schaute dann grundsätzlich auf seinen Zettel und sagte stets in seinem Berliner Dialekt: „Nee, hier stehen Se nich druff." Jetzt, am 14. Dezember, am Tag meiner Abreise, da kommt er wieder in mein Zimmer. „Herr Peter?" „Ja?", blicke ich in seine Richtung. „Sind se dett?" „Ja!", nicke ich nochmal bestätigend und sage: „Wir kennen uns doch. Seit Ende September habe ich Sie doch schon öfters angesprochen. Sie sind der Physiotherapeut, richtig?" Die Spitze konnte ich mir trotz Kopfschmerz nicht verkneifen. „Wees ick nich. Ja, ick bin der Therapeut. Ick seh, Se sinn uffm Bett. Oder können Se ooch uffstehn?"

„Ja klar kann ich aufstehen. Was haben Sie denn vor?"

„Ja, wenn Se uffstehn können, dann könnt 'mer was im Stehen machen, wa." Meine Freude stieg leicht an. „Gut, ich bin ehrlich, ich freue mich über jede Bewegung. Wo gehen wir hin? Haben Sie einen Kraftraum?" „Nee, nee. Nen Kraftraum gibt's nich. Wir könnten vielleicht een Band ans Bettende spannen und mit den Knien hoch und runter? Ober vielleicht gehn wir ooch uffm Gang?" „Auf den Gang? Und was machen wir dann auf dem Gang?"

„Na, vielleicht gehn mer 4–6-mal hin und her?" Ich lächele freundlich und sage abschließend: „Sie machen ja nur Ihren Job, das ist auch gut so. Aber ich war gerade heute Morgen für über 1 Stunde spazieren im Englischen Garten und bin trotz Kopfschmerzen dreimal die Treppe hoch- und runtergegangen. Aber auf dem Gang 35 Meter 6-mal hin und her Laufen, nein, das brauche ich nicht. Sie haben bestimmt Patienten, die Sie nötiger haben als ich. Aber vielen Dank!"

„Se wolln mich uffn Arm nehmen oder? Über ne Stunde im Englischen Garten bei Ihrer Behandlung?" Doch mein Blick verriet ihm etwas Anderes, er ging verwundert und ohne seine Arbeit zu verrichten in Richtung nächstem Auftrag.

Als ich kurz nach Mittag zu Hause ankomme, lege ich mich zuerst auf die Couch, ganz waagrecht. Und wieder spüre ich, wie die Schmerzen schwinden. Die restlichen Wassereinlagerungen sind am kommenden Morgen auch weg, mein Gewicht beträgt 66 kg. Trotz guter, für meine Umstände intensiver Bewegung schwindet beinahe ausschließlich Muskelmasse. Die Beine werden sichtbar dünner, obwohl ich diesmal nur eine Woche im Krankenhaus lag. Über das Wochenende genießen wir zu zweit unsere Gemeinsamkeit. Der Kopfschmerz begleitet mich weiter. Der Schmerz zieht sich vom Nacken in einem breiten Strang zum Kopf hoch. Die Haut in diesem Bereich fühlt sich fremd und kalt an. Es hilft nur ganz flachliegen. Sobald ich aufstehe, dauert es maximal eine halbe Stunde und der Schmerz beginnt von neuem. Durch meinen Honig habe ich kaum noch die bekannten anderen Nebenwirkungen der ersten Blocks, dennoch kann ich fast nichts unternehmen, nur Kopfschmerzen. Es zerrt an meiner Kraft. Meine Bewegungen laufen ab wie in Zeitlupe. Ich raffe mich nicht einmal auf, in die Firma zu fahren, mein Akku läuft im roten Bereich. Meine restlichen spärlichen Behaarungen fallen nun auch am Kopf, den Augenbrauen, den Wimpern und auch in der Nase aus. Nie hätte ich geglaubt, dass auch die Nasenhaare eine Aufgabe haben. Obwohl ich spüre, dass mir ein Tropfen in der Nase herabläuft, schaffe ich es kaum, mir rechtzeitig ein Taschentuch aus der Hosentasche zu ziehen. Der Tropfen hat bereits unerlaubt die Nase herabtropfend verlassen. Das Gefühl ist sehr unangenehm. Am Montag will ich mit meiner Frau den heimischen Weihnachtsmarkt besuchen, auch diesen Besuch lassen wir, wie auch unsere Spaziergänge, aus.

Die Kopfschmerzen stellen sich bisher als alleinige Nebenwirkung, dafür mit großer Beachtung dar. Einzig etwas Nasenbluten, speziell nach dem Putzen der Nase, tritt ab und zu in Erscheinung. Selbst die Mukositis bricht nicht mehr aus. Nach dem letzten Block dauerte die Mukositis 2,5 Tage, vielleicht auch nur, weil ich den Honig direkt nach dem Krankenhaus abgesetzt hatte. Und diesmal „0" Tage, das bedeutet eine extreme Erleichterung für mich. Aber dann sind die Thrombozyten so niedrig, dass meine Nase nun 2 Tage ununterbrochen blutet. Zur Absicherung kontaktiere ich Fr. Dr. Stiegel. Gut dass sie mir ihre private Nummer für Notfälle vertrauensvoll überließ. Kalte Umschläge, leicht angefrorene Röllchen aus Taschentuch in die Nase und noch ein paar Tipps probiere ich aus. Doch die Nase läuft und läuft. Am kommenden Morgen scheint das Bluten aufgehört zu haben und ich entferne langsam meine über Nacht eingelegte Tamponage. Das Teil, das ich dann zu sehen bekomme, sieht beinahe aus wie ein lebendiger Wurm. Etwa 8 cm lang ist er und wenn er jetzt noch zappeln würde, dann müsste man vielleicht noch draufhauen. Die Nase beginnt erneut leicht zu bluten. Auch die Ruhe über Nacht brachte keine Besserung. Im Laufe des Tages stellen sich viele rote Flecken an den Beinen ein. Es sieht anfangs nach einer Allergie aus, womöglich durch die Behandlungen. Obwohl es vom zeitlichen Ablauf her sowie aufgrund der letzten Blutwerte nicht relevant ist, so bin ich mir dennoch sicher, dass meine Thrombozyten völlig im Keller sind. Geistesgegenwärtig entschließe ich mich ins Klinikum zu fahren und mich untersuchen zu lassen. Es stellt sich heraus, dass nur noch Bluttransfusionen helfen, und zwar unverzüglich. Noch einen Tag und ich hätte innerlich verbluten können, in so großer Gefahr befand ich mich unbewusst. Und noch am selben Tag sitze ich wieder in der Ambulanz auf einem Stuhl. Direkt nach der zweiten Infusion hört die Nase auf zu bluten. Dieses Problem scheint wenigstens gelöst. Mit den Flecken an den Beinen werde ich mich ein paar Tage abfinden müssen.

Inzwischen steht Weihachten vor der Tür, auf die Feiertage freue ich mich sehr. Mein Appetit ist groß, ich kann jede Art von Speisen zu mir nehmen. Meine Kopfschmerzen sind noch präsent und nervig. Notgedrungen arrangiere ich mich mit meiner Situation. Regelmäßig lege ich mich flach auf unsere Couch, anschließend habe ich längere Zeitabschnitte ohne Schmerzen.

Maximilian reist per Bahn ein paar Tage zuvor an und möchte etwas Zeit mit mir verbringen. Wir gehen gemeinsam ein paar Waldwege ab und reden sehr viel miteinander. Es ist seit meiner Erkrankung das erste Mal, dass wir etwas Zeit zu zweit verbringen können, was wir nutzen. Zum einen für die Vater-Sohn-Beziehung, aber auch um Fragen zu beantworten. Mich interessieren sein Studium, seine Lerninhalte, ihn interessieren Dinge, die er über den Krankheitsverlauf vielleicht noch nicht weiß. Während des Gesprächs erinnere ich mich zum Beispiel an Alpträume, die ich im Vorfeld hatte. Nie hatte ich Alpträume, außer, ich war mal als Kind fiebrig. „Ich kann das schlecht beschreiben Maximilian", erzähle ich ihm. „Mitten in der Nacht wachte ich schweißgebadet auf, fast panisch. Zweimal hatte ich solche Angst, dass ich mich nicht mehr traute, einzuschlafen. Kannst du dir das vorstellen?" Natürlich ist das schwer, sich das vorzustellen. Maximilian möchte ebenso die Geschichte hören, als ich unter Schmerzen ohnmächtig im Bad lag. Wie währenddessen der Tag meiner Entlassung wie im Film ablief. Wie stressig meine Monate davor waren. „Papa, ich habe zwar keine Ahnung, aber wenn das nicht alles zusammenhängt, würde ich mich sehr wundern", sagt er noch. „Ja mein Schatz, das kann natürlich sein. Aber der Firma eine Schuld zuzuschieben wäre auch unfair. Vielleicht war es ein Beschleuniger?", mutmaße ich.

Am 2. Weihnachtstag kommen Sebastian mit seiner Roni und Martha mit ihrem Swen. Den Kindern an Weihnachten etwas Gutes tun, macht ja schon riesig Spaß. In diesem Jahr nehme ich das alles noch viel emotionaler wahr. Wendy und ich sind sehr glücklich, dass die Kinder bei uns sind. Wir unterhalten uns wieder über Familienthemen. Jeder hat so seinen eigenen Beitrag und jedem ist die Meinung der anderen auch wichtig. Während einer nötigen Pause auf meiner Couch in waagrechter Lage legen sich Martha und Maximilian neben mich. Martha hat dem digitalen Zeitalter geschuldet die Idee, ein niedliches Dreier-Foto mit ihrem Smartphone von uns zu schießen. Es entsteht ein unvergessliches Bild.

Sebastian erzählt noch am späten Abend, wie er bei der Überbringung der Nachricht meiner Krebserkrankung regungslos im Auto saß und seine Tränen nur so rannen. Er tat mir so leid, diese Geschichte hören Wendy und ich zum ersten Mal.

Martha und Swen steuern am 26. spät abends erneut ihre Münchner Wohnung an. Da mein 5. Block, der Block B2, am 28. Dezember wieder starten wird, bleiben Sebastian, Roni und Maximilian noch einen Tag länger und wir wollen noch etwas zusammen unternehmen. Als wir uns zum Frühstück versammeln, erleben wir

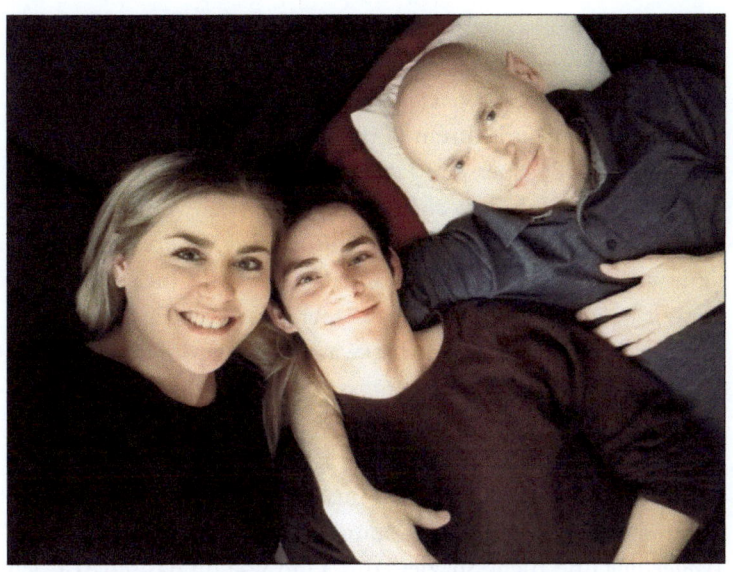

Lachen ist gesund! Mit Martha u. Maximilian

eine kleine Überraschung. Zwei Anrufe vom Klinikum blinken auf unserem Anrufbeantworter. Pflichtbewusst rufe ich zurück. Am anderen Ende der Leitung ist Pfleger Axel: „Mensch Max, das ist gut, dass du dran bist. Wärst du denn enttäuscht, wenn du noch 5 Tage zu Hause bleibst?"

„Du machst Scherze? Der CT fällt aus, weil keiner am 28. Dezember da ist, stimmt's?"

„Nee, mal ehrlich. Wir haben uns, woher auch immer, einen Keim eingefangen. Wir bekommen ihn unter Betrieb nicht los und das wäre gerade für Krebspatienten zu gefährlich. Alles ist nun evakuiert, die komplette Station wird noch 5 Tage streng kontrolliert desinfiziert. Geht das klar, wenn du am 02. Januar wiederkommst?"

„Ja Wahnsinn, Axel. Da bin ich froh, dass es mich nicht erwischt hat. Stell dir mal vor, du kämpfst mit einem schwachen Immunsystem noch gegen Keime? Also wenn ich nichts mehr von dir höre, bin ich am 02. Januar morgens wieder auf Station, richtig? Viel Erfolg mein Lieber, aber die 5 Tage nehme ich gerne an." Ich verabschiede mich noch bei ihm und lege mit einem Gefühl der Freude auf. Meine Frau und ich können es kaum fassen, denn für Silvester hat sich eine langjährige Freundin angemeldet. Sie wird mit ihrem Partner kommen und hatte eigentlich vor, Wendy über den Jahreswechsel zu begleiten. Wendy sollte über den Jahreswechsel nicht allein sein, während ich im Krankenhaus liege. Unsere Freundin wird äußerst überrascht sein, wenn sie mich zu Hause antrifft. Mit noch mehr Lust starten wir heute unseren Ausflug, es geht aufs Hocheck nach Oberaudorf. „Wir gehen lediglich etwas spazieren, knapp 2 km hinauf zum Berggasthof, zu Bergers." So zumindest habe ich den Trip erklärt, als Roni wissen wollte, wohin es gehen soll. Als wir auf dem Weg nach oben sind, irgendwo zwischen Talstation und Hocheck, wundert sich unsere Roni. Mit ihren Kräften am Ende stammelt sie: „Das nennen wir bei uns in der Familie *Wanderung* und nicht Spaziergang. Und wie du das schaffst, ich glaube, ich schäme mich gerade etwas." Sebastian und Maximilian feiern sich bei Ronis Aussage. Die beiden kennen unsere Spaziergänge ja auch. So gehen wunderschöne Tage im Kreise der Familie zu Ende.

Das „Hallo" unserer Freundin und von dessen Partner ist groß, als sie am 29. Dezember gegen Nachmittag eintreffen und ich sie persönlich auf unserem Gehweg in Empfang nehme. Diese Überraschung ist uns gelungen, das kann man deutlich erkennen. Wir haben sogar Glück mit dem Wetter. Es ist dieses Jahr kalt und trocken. Dick eingemummelt bestaunen wir das Feuerwerk zum Neujahr. Diese beiden Tage stellen sich als eine zusätzliche und willkommene Erholung für mich dar. Natürlich begleiten uns auch tiefe, anstrengende Gespräche. Aber wir spüren, dass es den beiden wichtig ist, sich mit uns auszutauschen. Zwischendurch besuche ich immer wieder für 20 Minuten unsere Couch, so schaffe ich das auch.

Kapitel 13

5 kg Gewicht konnte ich mir bis zum 02. Januar erarbeiten. Die Waage zeigt am frühen Morgen wieder über 70 kg an. Dieser Umstand erfreut auch die Ärzte. Das Pflegepersonal begrüßt mich wie einen alten Bekannten, ich überreiche ihnen Celebrations für die Nerven und für zwischendurch. Heute bekomme ich das Zimmer 72 zugeteilt. Kein Klingelzimmer, keine Tram und nur mit einem netten 65-jährigen Selbstständigen aus dem Einzelhandel zusammen. Er ist aus Ottobrunn und findet es toll, wie ich mit den Ärzten spreche und was ich alles an Wissen besitze. Doch ich erwidere, dass es ab und zu besser wäre, ich wüsste weniger und dass er nach 4 Monaten auch mehr wissen würde, wenn er denn überhaupt so lange das Krankenhaus aufsuchen müsste. Mit dem Einzelfachhandel bin ich ja nahezu großgeworden. Ich weiß durch meinen Beruf nur zu gut, wie schwer es ist, an das Geld anderer Leute zu kommen. Dienstleistungen, Beratungen, Kosten und dann kaufen sie im schlimmsten Fall wegen ein paar Euro Preisunterschied günstiger im Netz – ohne Beratung usw. Er findet unsere Gespräche super, wir sind sozusagen beide vom Fach. Meine Frau stellt schnell mit einem Schmunzeln fest: „Na, da haben sie ja die Richtigen zusammengesteckt?" Die Gespräche zwischen uns Fachhandelsspezialisten sind vom ersten Tag angenehm und schwungvoll. Noch am Nachmittag darf ich endlich zum CT, die Portnadel sitzt schon. Obwohl? „Entschuldigung Herr Doktor, wir kennen uns noch nicht. Aber meinen Sie nicht, dass diese Nadel etwas zu groß ist? Ich glaube, ganz so groß waren die bisherigen nicht", werfe ich höflich ein. „Nee, nee. Die passt schon, da bin ich mir sicher. Das täuscht, glauben Sie mir." Da ich mich mittlerweile gut auskenne, gehe ich nach dem Setzen der Nadel zu Fuß und ohne Begleitung zu meinem CT-Termin. Der CT wird mit einer speziellen Flüssigkeit durch-

geführt, damit man in den hochauflösenden Bildern jedes noch so kleine Detail erkennen kann. Strömt die Flüssigkeit durch den Körper, spüre ich jedes weiche Gewebe. Selbst der After wird beinahe heiß. Es ist immer wieder ein komisches Gefühl. Am folgenden Tag hat Frau Dr. Salzkristall Dienst. Freudestrahlend berichtet sie mir, dass das Ergebnis des CT bereits digital vorliegt. „Wenn Sie mögen, dann kommen Sie doch heute gegen Abend mit Ihrer Frau in das Arztzimmer und wir schauen uns Ihr Ergebnis gemeinsam an. Was halten Sie davon?" Da meine Wendy vorhatte gegen 16.00 Uhr im Klinikum zu sein, nehme ich diesen Vorschlag gerne an. Ich erhalte für den heutigen Tag meine erste Therapie. „Herr Peter, sagen Sie mal, was haben Sie denn da für eine Portnadel? Die ist ja viel zu groß? Die muss aber gewechselt werden." Der Stationsleiter schaut unter Stirnrunzeln auf meine Zugangsnadel. „Ach wissen Sie", antworte ich nur. „Es ist rum, wie ich immer so schön sage. So wird es auch nicht langweilig. Stechen wir halt eine neue Nadel." Ich wollte kein unnötiges Öl ins Feuer gießen. Und weil es so schön ist, injizieren wir auch noch die 3 Therapien ins Rückenmark. Aufgrund meiner zurückliegenden Wochen mit extremen Kopfschmerzen weise ich auf den wichtigen Mengenausgleich im Rückenmark hin. Und bereits am frühen Nachmittag habe ich alle unangenehmen Behandlungen hinter mir. Aktuell läuft es auf Station, ich bin mit dem heutigen Tag richtig zufrieden.

Mittlerweile ist meine Frau auf Station eingetroffen und ich zeige ihr mein Zimmer und meinen neuen Bettnachbarn, dann gehen wir ins Arztzimmer. Frau Dr. Salzkristall empfängt uns freudig und ist offenbar genauso gespannt wie wir, die Bilder auf dem PC zu beurteilen. Der Bildschirm leuchtet hell auf und mein Name erscheint am unteren Rand eines Objektes. Die Bilder sind sensationell, zeigen auf den ersten Blick ein ganz normales Bild eines Halses auf. Frau Dr. Salzkristall schaut nochmal genauer hin und sagt schließlich: „Ja was soll ich sagen. Aber es ist absolut nichts mehr vom Tumorgewebe zu sehen. Und das bei der ursprünglichen Größe des Restgewebes, es ist unglaublich." Parallel zu ihren Ausführungen ist sie weiterhin am Suchen und am Staunen. Dabei bewegt sie kontrollierend unbemerkt immer wieder ihren Kopf hin und her. „Und stimmt es Herr Peter, was mir Frau Dr. Stiegel erzählte, dass Sie wirklich gesagt haben, dass sich bis Anfang Januar alles an Restgewebe aufgelöst hat? Ich kann es kaum glauben, sensationell." Ja was antwortet man auf solch eine Frage, wenn man erleichtert und glücklich ist? Wenn einem ein Kloß im Halse steckt. Trotz meiner Prognose, meiner Zuversicht im Herbst sind wir total geplättet. Meiner Frau und mir steigen vor Rührung Tränen in die Augen. Von Anfang an bestand diese Sicherheit des Gesundwerdens in mir, ich habe es gefühlt, nicht gehofft. Dass ich es nicht schaffen könnte, war für mich niemals eine Option. Niemals! Die Ärztin klärt abschließend noch auf, dass natürlich minimalste Restpunkte vorhanden sein könnten, Restpunkte, die auf einem normalen CT nicht zu sehen sind. Daraufhin wiederhole ich den 2. Satz meiner damaligen Aussage: „... und wenn dann Anfang Januar alles weg ist, dann ziehen wir die letzten beiden Blöcke auch noch durch. Dann kann ja eigentlich gar nichts mehr passieren?" Genau in diesem Moment, als ich vom Durchziehen der letzten beiden Blöcke spreche, fühle ich, wie meiner Frau eine Betonplatte von den Schultern purzelt. Hatte sie vielleicht Angst und dachte, dass ich nach so einem tollen Ergebnis die strapazierende Therapie abbrechen würde? Dass ich das Risiko von minimalem Restgewebe eingehen würde? Sie hatte bisher von uns beiden am meisten gelitten, das weiß ich nur zu gut. Intuitiv nehme ich sie ganz fest in meine Arme und signalisiere: *Ich bin für dich da, mach dir keine Sorgen!* So viel, wie nach diesem Gespräch, wurde in diesem Büro lange nicht gelacht. Das Leben ist schön!

Die Nacht naht, über diesen Tag hinweg habe ich viele Therapien und viel Wasser erhalten ... richtig: Lasix! Sie kennen das nun auch schon?! Meine letzte Dosis bekomme ich gegen 04.00 Uhr, die Toilette wird über Nacht wieder einmal mein Freund. Mein Darm bemerkt jetzt auch, dass ich schon länger wach bin, möchte ebenfalls seine Aufmerksamkeit bekommen. Und so überlege ich mir um kurz vor 05.00 Uhr, ob ich überhaupt noch versuchen sollte zu schlafen. Immerhin bringt das nächtliche Treiben am Morgen 3 kg weniger auf die Waage. Auch heute habe ich kein Fieber, Puls und Blutdruck bewegen sich auf dem Level der letzten Monate.

Als Axel gegen 08.15 Uhr das Frühstück austeilt, unterhalten wir uns kurz über die klassischen Verläufe und Kurven bei Krebspatienten. Er hatte definitiv noch nie einen Patienten, der stationäre Chemobehandlungen ohne Fieber überstanden hätte. „Wie machst du das nur bei dieser Hochdosis ohne Fieber? Das ist ja irre, was du alles bekommst." Dass ich irgendeine andere Dosis bekommen sollte als andere Chemopatienten, habe ich des Öfteren gehört. „Das mit dem Fieber kann ich dir versprechen, ich bekomme keins. Aber falls ich wirklich der Erste wäre, der das schaffen sollte, dann möchte ich auch eine Urkunde bekommen! Aber was meinst du mit spezieller Hochdosis? Bekommen nicht alle Krebspatienten diese Zytostatika?" Axel lacht noch und sagt: „Also die Urkunde bekommst du, versprochen. Aber es sind ja noch 2 Blöcke, warten wir ab. Aber mal ehrlich, das, was man dir alles verabreicht, das ist schon ein Wahnsinn. Das bekommt hier ansonsten kein Patient, wirklich. Zum Glück bist du so gut drauf." Er gehört zu vielen Menschen, die grundsätzlich denken, ich sei gut drauf. Aber ich habe genug Probleme, das ist ebenfalls nicht von der Hand zu weisen. Anders als andere Menschen hake ich viele Gegebenheiten schneller ab und bleibe trotzdem positiv und freundlich, meistens zumindest.

Meine Nachuntersuchung der Thrombose steht heute an. In diesem Fall stellt sich ebenfalls heraus, dass sich diese aufgelöst hat. Diese Baustelle ist hiermit abgeschlossen, zumindest fast abgeschlossen. Zwei Spritzen am Tag werden mir noch ein paar Wochen bleiben, rein präventiv. Nach einem langen Besuch mit intensiven Gesprächen eines Verkaufsleiterkollegen geht es am Abend mit viel Übergewicht wieder ins Bett. Mir schwirren noch ein paar Gedanken durch den Kopf. Mein Kollege war von meiner Ausstrahlung positiv überrascht. Jedoch war er von meinem Äußeren zu Beginn des Gesprächs erschrocken, das war nicht zu übersehen. Allerdings nur im ersten Moment, bis er merkte, dass ich mich innerlich recht gut fühle. Ich war froh, dass er heute noch da war, denn morgen beginnt mal wieder der Tag 3 mit der üblichen Appetit- und Motivationslosigkeit. Und so wird es dann auch. Frühstück ohne großen Hunger, dafür noch immer 3 kg on top. Mein Gesicht betrachte ich im Spiegel, ich sehe wieder aus wie Fantomas in seinen besten Zeiten. Und abschließend an diesem Morgen kommt noch der Stationsarzt mit der Botschaft, dass im letzten Laborbefund 7 Zellen, ja ganze 7, gefunden wurden. Zellen, die zumindest nicht ganz rein waren. Ab 4 Zellen wird man zumindest aufmerksam. Diese Nachricht erzeugt natürlich kein Wohlbefinden, obwohl ich mir sicher bin, dass das vielleicht auch von einer minimalen Unsauberkeit bei den Proben kommen konnte? Zumindest versichere ich meiner Frau beim Nachmittagsspaziergang: „Bisher gab es noch nie irgendeine Streuung von den Tumorzellen, schon gar nicht im Rückenmark. Und gerade jetzt, während dieser hochdosierten Chemotherapie und im jetzigen Zustand der Heilung, sollten dort, wo noch nie etwas zu finden war, verdächtige Zellen auftauchen? Schatz, da ist nichts, da bin ich mir absolut sicher!"

Am 06. Januar freue ich mich auf Sport im Fernsehen. Biathlon, Skispringen, ich liebe Wintersport. Als Krebspatient darf ich auch Sonderwünsche äußern. Für den Abend nehme ich diese Möglichkeit zum ersten Mal wahr und bestelle mir ein Omelett auf den Feiertag. Mal sehen, was mein Magen davon hält. Ich möchte probieren, wie es ist, wenn ich ähnlich dem Mittagessen etwas für die Nase bekomme, etwas, das mich mehr anregt als Brot. Als meine Frau zum Abend im Krankenhaus eintrifft, darf sie von meinem Omelett kosten. Es ist lecker, aber mehr als eine Hälfte schaffe ich dann doch nicht. Anschließend lasse ich mich für eine Stunde abkoppeln und wir gehen durch die Klinik und reden und probieren dabei immer wieder mal andere Sitzgelegenheiten in anderen Gängen der Einrichtung aus. Auch in der Kapelle sitzen wir für einige Minuten. Unser Gespräch führt uns dabei unbewusst auf die Therapie und meine zu hohen Ansprüche an mich selbst. „Also die Ärzte erklären mir ja immer, welche Hoch-Dosis ich erhalte", fange ich an. „Diese erhalte ich, weil ich körperlich in einem sehr guten Zustand bin und auch ansonsten keinen Risiken wie Alkohol usw. ausgesetzt bin. Meine psychische Stabilität ist auch wichtig. Richtig?"

„Richtig", bestätigt meine Frau. „Und wenn ich die hohe Aggressivität der Wirkstoffe sehe, und ich keinerlei Erbrechen, große Übelkeit und keinen Tag habe, an dem ich nur im Bett liege, so müsste ich schon mit meiner Situation sehr zufrieden sein? Das ist doch, was du meinst?"

„Ja, das meine ich", bestätigt mir Wendy. „Aber warum, du bist unzufrieden und denkst grundsätzlich, es müsste immer besser sein? Weil du diesen guten Zustand nicht akzeptierst und zu hohe Ansprüche an dich selbst hast! Deine körperliche Fitness und deine positive Lebenseinstellung, das sagt Fr. Dr. Stiegel auch immer wieder, sind der Grundstein für deinen Zustand. Und genau daran sollten wir festhalten und nicht ungeduldig sein und jammern, weil es aus deiner Sicht besser und schneller vonstattengehen müsste. Ich denke, sie hat Recht!" Wieder erkenne ich: *Ist sie nicht toll meine Frau?* Ich liebe sie so sehr, für so vieles.

Es ist der 07. Januar. Heute Morgen wiege ich 72,4 kg, der Blutdruck liegt bei 100/60 und 52 ist mein Puls, pH-Wert passt auch. Seit der Nacht vom 04. habe ich keinen Stuhlgang mehr gehabt, das fällt mir nun wieder bei der morgendlichen Abfrage auf. Dennoch ist das noch nichts zur Beunruhigung. Etwas fiebere ich trotz den wenigen Tagen dem Ende des stationären Aufenthalts zu. Jetzt stehen nur noch zwei Behandlungen an, inklusive der morgigen Intrathekal-Spritzen. Wenn ich das hinter mir habe, diesmal ohne Kopfschmerzen, sehne ich dem letzten Block, dem Block C2, entgegen. Zum Abend esse ich heute mal Nudelsuppe. Auch wenn diese fast kalt ist, ist es bei meinem schlechten Appetit eine bessere Alternative als Brot. Die Spülungen für die Chemotherapien werden zum Abend hin reduziert, so dass ich am 08. noch 70,4 kg an Gewicht auf die Waage bringe. Mein Frühstück kann ich an diesem Morgen kaum noch bewältigen. Alles im Magen erzeugt ein Gefühl des Sattseins, und das bei knurrendem Magen. Das ist eine seltsame Situation, die ich immer überwinden darf. Meine Kinder werden beim Lesen dieser Zeilen enttäuscht sein, selbst meinen geliebten Naturjoghurt muss ich diesen Morgen stehen lassen. Und heute direkt nach dem Frühstück ist Visite, heute mit Chefarzt. Ich äußere den Wunsch, dass meine Harnsäure- und meine Schilddrüsenwerte geprüft werden. Auch wenn ich eine Krebstherapie durchstehe, so möchte ich diese Werte mal wieder aktuell überprüft haben. Die Visite wird von Schwester Marie begleitet, die alles fein säuberlich notiert. Auch meinen letzten Wunsch: „Und", sage ich noch zum Abschluss. „Ich denke, der Hämoglobinwert liegt gut unter 8, ich denke bei 7,6. Ich spüre das. Vielleicht schauen wir da auch nochmal nach, bevor ich bald nach Hause komme. Nicht dass ich dann zwei Tage später die Ambulanz belästigen muss!"

„Und Herr Peter, mal wieder so eine Vorahnung?", witzelt der Chefarzt noch. „Wir werden sehen." Kurz vor dem Mittag kommt Schwester Marie mit einem Beutel in dunkelroter Farbe zu mir. Sie lächelt und sagt: „Na Max? Da haben sie mal nicht schlecht geschaut im Arztzimmer. Dein Wert liegt bei 7,5, fast Volltreffer. So da hast du deine Transfusion, mein Lieber." Und sie streichelt mir den Arm und schaut mich fast respektvoll und voller Mitgefühl an. „So ein starker Mann und so eine schwere Behandlung und doch fast immer gut gelaunt." Eine Antwort hat sie nicht abgewartet, sie hat es mehr zu sich selbst gesagt, meine Schwester Marie mit ihrem dezent süßen Dialekt. Ich lasse mir den späten Abend noch etwas für meinen Stuhlgang geben, ich glaube, jetzt wird es Zeit. Diese Therapien führen regelmäßig zu einem größeren Durcheinander im Verdauungstrakt. Erleichtert lege ich mich in mein Bett. Meine Herzfrequenz höre ich nun bis ins Ohr. Doch ich habe Hoffnung, dass der sich andeutende Schmerz nicht von der Rückenmarkbehandlung kommt und sich wieder verflüchtigt.

An diesem Morgen fühle ich mich ziemlich gut. Vielleicht kommt es von weniger Laufeinheiten in der Nacht ins Bad, vielleicht auch von dem Gefühl, nach Hause zu dürfen. Der Kopfschmerz hat sich nicht bewahrheitet, das beruhigt mich sehr. Mit Abschluss des 5. Blocks habe ich sämtliche Behandlungen des Liquorbereichs hinter mir, ich kann es immer noch nicht fassen. Mein Gewicht ist heute Morgen auf 68 kg abgefallen. Da alle relevanten Werte sehr positiv aussehen – der Hämoglobinwert hat sich ebenfalls erholt – darf ich an diesem Tag nach Hause. Noch immer denke ich an meinen ersten Block zurück, an die zusätzlichen 10 Tage Beobachtung und meine Sehnsucht endlich mal nach Hause zu kommen. Es ist beinahe schon eine Ewigkeit her, damals, Anfang Oktober '17.

Analog zu allen bisherigen Aufenthalten beginnt sich zu Hause die gewohnte Routine einzustellen. Die ersten beiden Nächte laufe ich meist 5-mal ins Bad. Es ist schwer zu beurteilen, ob dies aus Gewohnheit oder Unruhe geschieht. Oder ob es das Restwasser im Körper ist, das erst langsam der Umwelt wieder zugeführt wird? Auf alle Fälle erfahre ich nach diesen ersten Tagen mein echtes Nettogewicht. Die Waage zeigt keine 66 kg an. Mein Tagesablauf ist zu Beginn ebenfalls identisch. Alle Arbeiten fallen mir schwer, sind langsam, beinahe wie in Zeitlupe: Bad, anziehen, frühstücken, Post erledigen, ab und zu Wäsche machen, Geschirrspüler ein- und aussortieren oder ganz selten rasieren. Teils benötige ich bis zu 2,5 Stunden, bis ich meinen selbstauferlegten Pflichten nachkomme. Heute scheint zum Glück die Sonne. Das spornt mich zusätzlich an, die frische Luft zu genießen. Ich bewaffne mich mit Mütze, Schal und Jacke und laufe mal einen ganz anderen Weg als sonst. Es kommen ungefähr 5 km auf meiner Runde zusammen. Als ich bei der Rückkehr am Waldspielplatz vorbeikomme, überkommt mich die Lust, meine Beine, insbesondere die Oberschenkel, zu belasten. Bei gleichbleibendem Tempo gehe ich zügig über alte Reifen einen Anstieg von 15 m hinauf und gemütlich am hinteren Ende wieder hinunter. Diesen Ablauf wiederhole ich 5-mal, dann bin ich mit meiner Kraft am Ende und irgendwie auch zufrieden mit mir.

„Andere ruhen sich erstmal aus, wenn sie aus dem Krankenhaus kommen, warum du nicht?", fragt mich meine Frau, als ich ihr von meinem Tag berichte.

„Ja, weil ich diesen Antrieb spüre, einfach, weil ich will!" Mehr kann ich zu diesem Thema nicht sagen. Ich will! Die nächsten beiden Tage entwickelt sich immer wieder Druck auf beiden Ohren. Sie gehen in mancher Sitzposition auch mal zu, sodass ich weniger höre. Sobald ich wieder stehe, geht das Druckgefühl zurück. Kopfschmerzen stellen sich zu meiner Freude nicht ein. Und noch etwas kann ich erneut mit Freude feststellen, obwohl sich meine Zunge optisch verändert und an beiden Seiten weiß, leicht verbrüht aussehen: Die heimtückische Mukositis bricht aber auch dieses Mal nicht aus. Selbst beim Essen erfahre ich keinerlei Einschränkungen. Ich habe meine Basis mit der Therapie gefunden. Mit meiner Frau spreche ich meist abends die Einkaufsliste durch und fahre mit Mundschutz am nächsten Tag Einkaufen. Meist besuche ich noch einen Metzger in Siegertsbrunn, ob es nun nötig ist oder nicht. Die nette Mutter des Metzgermeisters freut sich immer, wenn sie mich sieht. Lauter Kleinigkeiten übernehme ich über den Tag im Haushalt, in aller Ruhe. Dabei entlaste ich meine Frau und erarbeite auf diese Weise mehr Zeit zu zweit. Diese gewonnene Zeit nutzen wir zu gemeinsamen Spaziergängen, zum Spielen oder einfach nur Fernsehen.

An den folgenden Tagen besucht uns ein Freund mit Frau und Kind. Seit Kindheitstagen sind wir eng befreundet, ich war sein Trauzeuge. Er verpasste mir meinen Spitznamen, den man ja bekanntlich nicht mehr loswird. Die 9 Stunden Autofahrt, die Übernachtung, das ist alles kein Problem für sie. Wir essen in einem gemütlichen bayerischen Gasthof im Nachbarort. Beim Lesen der Speisekarte bleibe ich mal wieder bei den Suppen hängen. Ich liebe so ein Vorsüppchen sehr, doch diesmal lasse ich sie aus. Auch wenn ich alles essen kann, vor der Menge habe ich in Verbindung mit dem Hauptgericht Respekt. Es stellt sich als die richtige Entscheidung heraus. Der Hauptgang ist wie üblich in bayerischen Gasthöfen üppig.

Nach dem Motto: *Wer rastet, der rostet* gehe ich in der kommenden Woche wieder raus. Es hat frisch geschneit. Gerade habe ich meinen Muskelkater durch den Aufbau der Leukozyten hinter mir. Nicht nur, dass mich jede Schneeflocke inspiriert, jeder schneebehangene Baum, die klare Luft. Nein, auch mein innerer Antrieb schiebt und schiebt. So kommen heute über 3 Stunden an der Luft zusammen. Ich darf an dieser Stelle zugeben, dass ich meinen Spaziergang so lang nicht geplant hatte. Nach 2 Stunden war ich zu Hause und bemerkte so ganz zufällig vor der Haustür stehend, dass ich meinen Schlüssel entweder verloren oder ihn erst gar nicht dabeihatte. Zur Rettung wusste ich, dass heute meine Frau eine Weiterbildung zum Thema Erste Hilfe im Nachbarort besucht. Also entfernte ich mich wieder von meiner Wohnung und klopfte eine halbe Stunde später im besagten Schulungsraum an. „Hallo? Ist hier die erste Hilfe?", rief ich einem jungen Ausbilder zu. Er schaute mich völlig verdutzt an und überlegte vermutlich, ob ich in meinem Zustand nun ein Opfer spielen sollte oder ob ich ein anderes Anliegen hätte. „Äh, ja. Und worum geht es?" Ganz spontan fragte ich ihn: „Ja, kann ich denn noch mitmachen? Oder haben Sie keinen Platz für mich?" Die Versammlung war innerhalb zwei Sätze aufgelockert, aufgemischt. Erst jetzt erkannte mich meine Frau, nie hätte sie im Geringsten damit gerechnet mich hier zu sehen. Alle Teilnehmerinnen lachten jetzt, denn es war der Mann von der „Neuen". Mein spontaner Besuch stellte sich als willkommene Abwechslung heraus. „Schatz, ich habe keinen Schlüssel und mir ist mittlerweile kalt. Du musst mir helfen und mir deinen mal mitgeben. Geht das?"

„Was? Ohne Schlüssel? Wie lange bist du denn schon unterwegs? Meine Güte, wenn ich dich mal suchen müsste, wo du in deinem Zustand überall herumläufst, du machst Sachen", sagte sie noch und schüttelte der Zeit geschuldet nur noch ihren Kopf.

Am Abend erzählt sie mir dennoch stolz, dass sich alle gefreut haben mich zu sehen. „Und der ist ja cool", sagten auch einige. „Da hast du dich ja mal wieder von deiner besten Seite gezeigt mein Schatz." Allerdings bin ich heute Abend ziemlich kaputt.

Das kommende Wochenende geht es mir bereits wieder absolut top. Wir essen beim Asiaten und ich bediene mich ohne jegliche Einschränkungen am Buffet. Wir gehen im Schnee im Wald spazieren und lassen uns anschließend den Kaffee so richtig gut schmecken. Wendy verspürt am folgenden Tag etwas Muskelkater, ich nicht. Noch einen Tag, dann beginne ich den Block C2, den letzten Block nach Plan. Hand aufs Herz, ich hätte im September nie gedacht, dass die Wochen so dahinfliegen. Der Berg der unzähligen Anwendungen, die extrem lange Zeit der Therapie, der riesige Respekt vor den Nebenwirkungen, alles das geht nun in die letzte Runde. Unvorstellbare 85 Chemotherapien liegen hinter mir, die nächsten bis Nummer 97 nehme ich letztendlich in Angriff. Es fühlt sich für mich final an, selbst wenn bis Mitte März noch zwei ambulante Infusionen anstehen. Der Mensch ist sehr belastbar, das habe ich gelernt. Stolz ist das richtige Gefühl, das mich gerade umgibt.

Kapitel 14

Am 23. Januar startet mein Block C2. Ich habe wieder ein Kampfgewicht von 70,5 kg, das sind zumindest knapp 5 kg mehr als nach dem letzten Aufenthalt. Zum Abschluss liege ich stationär noch einmal auf der 74, meinem Klingelzimmer. Hier schließt sich der Kreis. Allerdings bin ich erstaunt, dass ich einen Patienten vom 4. Block wieder antreffe. Es ist der Patient, der schon mit mir und Georg gemeinsam auf dem Zimmer lag. Der arme Kerl liegt immer noch hier und das seit Anfang Dezember, er tut mir leid. Bis 14.30 Uhr passiert nicht viel. Die Portnadel wird gesetzt, ich werde ein paar meiner ungeduldigen Fragen bezüglich REHA los, die Blutwerte werden ermittelt. Als mich diesen Nachmittag ein Arzt aufsucht, erhalte ich die Information zum Nierenspülen. Mal wieder ist mein Nierenwert zu hoch. Es ist natürlich wichtig, dass die Niere gut arbeiten kann. Dementsprechend beginne ich wiederum mit Spülungen. Am 24. beginnt dann auch die Therapie, es ist 16.00 Uhr ... wie schnell so ein Tag rumgeht? So empfange ich meine Frau und Martha gemeinsam mit meinem „Bruder", wie ich meinem 4-rädrigen Freund stets nenne. Durch die Spülungen vom Vortag und der ersten Behandlung ist mein Gewicht bereits bei 75,1 kg. Genauso war es mir während des letzten Aufenthalts vorgekommen, mein Körper lagert das Wasser immer schneller ein. Was das wieder bedeutet, weiß ich bereits: laufen, laufen, laufen. Zwischendurch führen wir Familiengespräche, so gut es geht.

Meine neuen Zimmerkollegen sind das Gegenteil von allen bisherigen Kollegen aus Zimmer 74. Sie klingeln überhaupt nicht mehr. Auch nicht, wenn ihre Fusionen durch sind. Der B. Braun Infusionsapparat alarmiert zwar ständig, das Signal scheint aber die Ohren der Patienten nicht zu erreichen. So nach 20 x Piepen geht einem das Geräusch gerade in der Nacht an die Substanz. Ich übernehme das Drücken, ohne ein Wort zu verlieren, ich bin zu müde.

Am nächsten Tag schaffe ich sogar 77,8 kg auf die Waage. Und wirklich, so sehe ich auch aus. Mein Gesicht ist geschwollen, die Beine kann ich kaum noch beugen. Mein Puls liegt dem Wasser geschuldet bei 43, der Blutdruck ist bei 95/60, aber Fieber habe ich auch diesmal nicht. Der Mund- und Rachenraum beginnt sich anzuspannen, die Appetitlosigkeit ist ab heute Morgen wieder gänzlich präsent. Und den Blutwerten folgend sind heute bereits zwei Bluttransfusionen fällig. Das ist in einer sehr frühen Phase der Behandlung. Bis zum 28. bewegt sich mein Gewicht zwischen 73 kg und 75 kg und die Tage verhalten sich ähnlich den letzten Blöcken. Aber heute sind die letzten 3 Chemotherapien fällig. Diesen Tag empfinde ich als echten Meilenstein. Wenn es nach der Logik der letzten Blöcke verlaufen sollte, also keinerlei Komplikationen auftreten sollten, dann steht morgen mein letzter stationärer Entlassungstag an. Ich hoffe, dass die Mitarbeiter vom Sozialdienst meine REHA-Maßnahmen in die Wege leiten konnten, dass ich bis morgen noch etwas erfahren werde. Mein Gefühl sagt mir, dass das eher nicht klappen wird. Dann erledige ich das von zu Hause, auch wenn ich dann etwas mehr Lauferei haben werde.

Und exakt heute am 29. Januar werde ich tatsächlich entlassen. Nach 5 Monaten Behandlung ist es ein sehr emotionaler Moment und ich bin echt stolz, das geschafft zu haben. Natürlich weiß ich um die Besonderheit der nächsten 7–10 Tage mit Nachsorge und Regeneration für den Körper. Alle Diensthabenden drücken mich nochmal, wünschen mir viel Glück und alles erdenklich Gute. Es ist rührend, so sehr sind wir uns ans Herz gewachsen. „Komme bald wieder lieber Max", gibt mir Marie mit auf den Weg. „Aber bitte nur als Besucher", fügt sie schnell mit ihrem charmanten Lächeln an. Dem Wunsch kann ich nur beipflichten. Und an Axel habe ich natürlich ebenfalls eine wichtige Frage: „Und Axel, habe ich Dir nicht versprochen ohne Fieber diesen Marathon durchzustehen? Was ist nun mit meiner Urkunde?" Wir beide müssen lachen. Es macht nicht wirklich etwas aus, dass er sie vergessen hat. Ich habe genug Grund zur Freude.

Dieses Mal ist meine Wahrnehmung anders, als ich zu Hause ankommend aus dem Taxi steige. Ich bewundere die Bäume, die Sträucher im Vorgarten, selbst die Hauswand. Es ist ein wunderbares Gefühl, ein finales Gefühl. Fertig, geschafft. Mir kommt unweigerlich eine Träne die Wange herabgerollt.

Dennoch: Obwohl ich ein gutes Gefühl für den letzten Block hatte, stelle ich zu Hause fest, dass nun die berühmte Mukositis erneut anklopft. Es fühlt sich anders an, als schreit sie von innen heraus, dass sie betrogen wurde und jetzt mit allen Mitteln sich zeigen möchte. Und noch etwas zeigt sich seit langer Zeit wieder. Eine geringe Lichtempfindlichkeit stelle ich fest. Gut, dass ich meinen Honig regelmäßig einnehme. Dass die ersten Tage zu Hause wieder ein großes Stück Arbeit darstellen, war mir klar, diesen Kampf musst du immer führen. Akzeptiert habe ich das bis heute nicht. Beim Essen bin ich wegen der anbahnenden Probleme auf der Hut. Ich achte darauf, was ich esse, wie ich es esse. Einen leichten Kopfdruck verspüre ich ebenfalls, dieser wird am 2. Tag wieder weniger und mein Geschmack stellt sich ebenfalls ein. Ich bin echt optimistisch.

Heute Vormittag habe ich für Wendy einen Kuchen gebacken. „Mensch Schatz, der ist dir super gelungen", lobt mich meine Frau. Es ist ein Blaubeerkuchen aus dem Simply Yummi Rezept. *Doch wenn du denkst, du hättest das Glück, dann …!* Diesen Spruch eines ehemaligen Arbeitskollegen aus Großhandelszeiten habe ich gerade im Kopf, als ich beinahe zusehen kann, wie sich mein Zustand verschlechtert. Meine angedeuteten Blasen an der Zungenwurzel sind innerhalb von wenigen Stunden trotz Honigs so stark entzündet, dass an Essen kaum noch zu denken ist. Selbst das Sprechen quält mich wieder. Und am Abend ist endgültig alles vorbei. Keine Chance mehr auch nur irgendetwas in den Mund zu stecken. Die Mukositis ist so extrem, wie es nach dem 2. Block im letzten Oktober war. Diese Höllenqualen halten bis Dienstagabend, den 06. Februar, an. Brei, Joghurt und eingeweichter Zwieback begleiten mich nun erneut ein letztes Mal. Es gibt aber Abwechslung: Grießbrei, Haferbrei, Kartoffelbrei (Püree)! Dazwischen viel lauwarmes Wasser mit Geschmack von irgendeiner Brühe. Am Montag entdecke ich auf meiner Hand rote Flecken. Ich versuche einen Termin im Tumorzentrum zu bekommen, die Thrombozyten werden mal wieder ganz unten sein. Der neue Stationsarzt beschafft mir einen Platz in der Ambulanz und es stellt sich heraus, dass es mal wieder höchste Zeit war, um nicht Gefahr zu laufen, zu verbluten. Nachdem wieder alles in Ordnung ist, erstaunt mich immer, wie schnell sich mein Körper erholt. Innerhalb eines Tages ohne Schmerzen mit einem geregelten Ablauf schießt mir die Kraft durch den Körper. Ich beginne meine Bauchmuskeln, meine Oberschenkel zu trainieren. Alles natürlich sehr angepasst und im Rahmen. Ich bin mir sicher, dass neben Optimismus und Freude die Bewegung das „A" und „O" für mich sind. Mein Gewicht nach dieser Woche liegt noch bei knapp 64 kg.

Kaiserwetter, da muss man raus! Februar 2018

Kapitel 15

Pünktlich vor dem Wochenende des 09. Februars habe ich meine Tiefphase vollends überwunden. Meine Kraft ist zurück, essen kann ich auch wieder und andere Nebenwirkungen stelle ich auch nicht mehr fest. Das war echt knapp, denn Besuch aus der Heimat hat sich angemeldet. Mein Laufkumpel Mike und seine tolle Frau Marina kommen nach Hohenbrunn. Mit Mike laufe ich seit über 20 Jahren. Wir liefen im Einklang, wir liefen im Team. Mike hatte sich im letzten Jahr sofort angeboten, falls wir Hilfe benötigen sollten. Und er wäre auch sofort gekommen, das wissen meine Wendy und ich. Auch wenn wir diese Hilfe nicht annahmen. Es war schon eine Hilfe, zu wissen, dass jemand da sein würde, im Falle eines Falles. „Laufsachen brauchen wir noch nicht", sagte ich noch am Telefon. „Aber wir freuen uns riesig auf euch." Die Begrüßung wird sehr emotional, aber das hatte ich erwartet. Denn als Marina in der Tür steht und mich so anschaut, ist es mit der Freude bereits aus. Zumindest äußerlich ist die Freude fort, es laufen nur noch Tränen. Tränen des Wiedersehens, Tränen wegen meiner schweren Krankheit und körperlichen Belastung, also vielleicht doch auch Tränen der Freude. Man kann es beim ersten direkten Treffen einfach nicht aufhalten, wenn man so eng befreundet ist. Allerdings bewegt mich Mike am meisten. Männer weinen eher weniger, weinen heimlich. Doch er kann seine roten, nassen Augen nicht kontrollieren. Mike ist glücklich mich wiederzusehen. Und mir geht es nicht anders. Zur Stärkung bringen die beiden „Ahle Worscht", eine echte hessische Spezialität, selbstgemachte Marmelade und noch ein paar Dinge mit. „Na, jetzt kann es doch nur noch aufwärtsgehen oder?", sage ich noch. Wendy wischt sich noch nach einer Stunde ihre Tränen von den Wangen. Wir reden viel bis in den späten Abend, machen einen Ausflug an den Starnberger See, wir arbeiten so alles Mögliche auf. „Und endlich erfahre ich auch mal wieder etwas aus der Heimat. Das freut mich so richtig", ergänzt mein Schatz noch am Sonntag vor der Abreise.

Die Woche vom 19.–22. Februar glich vom Pensum her eher einer Arbeitswoche. Blutkontrollen, Dienstag großer CT im Klinikum, Mittwoch die 98 Chemotherapie mit Rituximab in der ambulanten Tagesklinik, Donnerstag gleich um 08.00 Uhr Kontrolle der Thrombose in der Gefäßchirurgie. Inzwischen laufe ich ins Tumorzentrum, um meinen anschließenden Termin bei Frau Dr. Stiegel wahrzunehmen. Sie kommt mir bereits auf dem Gang entgegen und ich darf mich schon vor ihrer Tür platzieren, an der Anmeldung und dem Wartezimmer vorbei. Kaum eine Minute später öffnet sie ihre Tür erneut und ich darf mich auf einem Stuhl vor ihrem Schreibtisch platzieren. Sie ist stets wuselig, am Telefonieren, am Notizen machen, schnell nochmal raus, um jemandem irgendetwas zu sagen. Sie macht einen zerstreuten Eindruck, obwohl sie nicht zerstreut ist. Es ist einfach ihre ganz eigene Art alles zu koordinieren. Definitiv hat sie die Qualität eines Oberarztes, wenn denn nur eine Planstelle frei wäre. Zumindest würde ich das exakt so beurteilen. An diesem Morgen stehen zwei wichtige Themen an. Sie möchte mit mir das Ergebnis des CT besprechen, ich habe noch Fragen zur zukünftigen Medikation sowie zur Reha. Bezüglich der Medikamente möchte ich vermeiden, dass ich längere Zeit Dinge zu mir nehme, die eventuell nun nicht mehr nötig sind. Und in Richtung Rehabilitation hätte ich den Stand des Prozesses gerne gewusst. Zumindest ein Zeitplan der Maßnahme wäre hilfreich. Diesen könnte ich anschließend mit meinem Arbeitgeber besprechen. Leider erfahre ich jetzt, dass ich mich um meine Rehabilitation selbst kümmern darf. Es stellt sich nach zwei weiteren Telefonaten heraus, dass es vom sozialen Dienst keinen Anstoß für meine Reha gab. Ich hake das Thema schnell ab. Ob ich mich nun ärgern würde oder nicht, es ist, wie es ist. Als letztes Thema besprechen wir gemeinsam das Abschlussergebnis des CT. Obwohl mir klar ist, dass nach dem Ergebnis von Anfang Januar kein bösartiges Gewebe mehr zu finden ist, so warte ich dennoch mit etwas Spannung auf das Ergebnis. Ich meine, wo sollte von Anfang Januar nochmals irgendetwas auftauchen? Nachdem keine Restgewebe zu finden war und ich anschließend noch zwei weitere hochdosierte Blocks hinter mich bringen durfte? Und obwohl das Ergebnis auf der Hand lag, freue ich mich riesig über Frau Doktors Erläuterungen meines positiven Ergebnisses.

Nachdem wir alle Themen abgearbeitet haben und ich sogleich einen neuen Termin zur Nachsorge für April bekomme, begebe ich mich auf den Heimweg. In der U-Bahn suche ich mir einen Platz am Fenster am Ende des Wagons. Die U 5 setzt sich in Bewegung Richtung Heimat und ich denke nach. Jetzt wird mir so richtig bewusst, was ich im letzten halben Jahr alles über mich habe ergehen lassen müssen. Während ich durch das Fenster starre mit Blick auf die schwarzen Ränder des U-Bahn-Tunnels, wird mir klar, welch große Belastung das für meine Familie und für mich war. Und mir wird bewusst, was für ein riesen Glück ich hatte, dass alles genau so eintrat. Während ich so anonym dasitze, kommen mir bei all diesen Gedanken Tränen der Erleichterung. Ich kann nicht sagen, welche Last von mir in diesem Moment abfällt. Und es ist mir egal, ob irgendjemand das überhaupt interessieren würde, ob vielleicht irgendein Fahrgast mich seltsam ansehen sollte, ich lasse es einfach laufen. Genau dieses Gefühl der Erleichterung teile ich nun in der WhatsApp-Familiengruppe. Sie alle sollen es zuerst hören, von mir persönlich: „Hallo liebe Familie. Ich komme gerade vom Arzt mit dem Ergebnis der CT Untersuchung. Es ist absolut kein Restgewebe mehr zu erkennen. Man kann sagen, nein man darf sagen, dass ich komplett geheilt bin. Ich sitze zurzeit in der U-Bahn Richtung Heimat, aber ich konnte nicht länger mit dieser Nachricht warten, ich bin völlig gerührt. Jetzt schauen wir gemeinsam nach vorn und dann feiern wir am 01. April meinen 50. Geburtstag. Wir wollen einfach noch viele glückliche Zeiten erleben, ich liebe euch so sehr. Bis dann!" Zu Hause eingetroffen wasche ich mir erst einmal mein Gesicht. Ich schaue in den Spiegel und sehe einen alten, fahlen und krank aussehenden Mann, der keine Haare, Augenbrauen und keine Wimpern hat. Doch dann fange ich an zu lächeln. Es ist das Lächeln, das mir schon oft im Leben half. Es ist das Lächeln, das von innen kommt und mein wahres Ich nach außen bringt. Es ist ein Lächeln, das mich anspornt und das mich auf meinem weiteren Weg begleiten wird. Meine letzte Februar-Woche wird schließlich von Sport und kleinen Arbeiten geprägt. Meine kleine Joggingrunde dehnt sich so ganz nebenbei auf 3 km aus. Im Großen und Ganzen entwickeln sich meine körperliche Fitness und meine Gesundheit in die richtige Richtung. Lediglich bei hoher Konzentration beim Lesen, Telefonieren, selbst bei inhaltlosen Gesprächen schwitze ich unkontrolliert, teils sehr stark. Mit meinem Chef Alex treffe ich mich und bespreche den möglichen Ablauf bis zum Start meines Berufslebens. „Stell dir mal vor", erzähle ich Alex während des Essens. „Ich soll mich erst einmal zu Hause erholen. Schließlich hatte ich doch eine so lange und schwere Krebserkrankung. Einen REHA-Antrag könne ich doch immer noch stellen, bekomme ich zu hören. Und das nur, weil ich mit der REHA Druck mache. Ich kann doch nicht ein halbes Jahr zu Hause bleiben, wenn ich jetzt schon merke, dass ich von Tag zu Tag fitter werde? Soll ich den Sozialkassen in solch einem Zeitraum unnötig auf der Tasche liegen? Nein! Das will ich nicht!"

„Mensch, du hast Luxusprobleme, wirklich Max", sagt Alex. Meine Frau stimmt Alex bei diesem Satz nickend zu. Ich erkläre Alex meinen Plan. „Nach der letzten ambulanten Therapie im März, vielleicht im April möchte ich gerne meine REHA antreten können und im Mai würde ich schließlich zur Wiedereingliederung an der Arbeit erscheinen."

„Es ist wichtig, dass du dich erstmal um dich kümmerst, Max. Bei der Arbeit nimmt nach wenigen Tagen doch keiner mehr Rücksicht auf dich. Mach dir bitte keinen Stress."

„Nein, für mich ist es Stress, wenn ich mich gut fühle und mir noch ein halbes Jahr zu Hause die Zeit vertreiben soll. Das will ich nicht. Wenn ich mich schlapp und krank fühle, würde ich doch alles genauso akzeptieren. Aber zum Glück ist es anders. Versteht das denn keiner?" Klar, die Blicke von Alex sind nachdenklich, betroffen. Er spürt nur zu gut, was ich empfinde und dass ich unbedingt will. Dennoch muss ich bezüglich der REHA auf eine Antwort der Rentenkasse warten. Meine Haut ist nach den vielen Zytostatika sehr trocken und muss mehrmals am Tag gecremt werden. Und noch etwas ist mit meiner Haut. Meine Frau hat sich zuerst nicht getraut, es mir zu erklären, nicht, dass sie missverstanden würde. Aber dann sagt sie es mir doch. Meine Haut ist seit Wochen zu einer fremden Hülle geworden. Sie hat einen anderen Geruch und fühlt sich wie ein transplantiertes Fremdgewebe an, nicht mehr wie „Max". Oh die Arme. Ich kann mir gut vorstellen, was sie alles ertragen muss. Diese Chemie richtet mehr an, als man sich denken kann. Dennoch bin ich froh, dass sie sich durchringt, mir zu erzählen, wie sich mein körperlicher Zustand für sie anfühlt. Wenn es sich im ersten Moment auch nicht toll anhören mag. Inzwischen bin ich wenigstens wieder bei 70 kg Gewicht. Nicht alle neuen Kilos sind wieder aufgebaute Muskelmasse, ein paar ungewollte Fettpölsterchen haben sich ebenfalls angesammelt.

Die Tage rinnen dahin. Inzwischen hat der März begonnen. Ich habe große Lust für meine Arbeitskollegen einen Kuchen zu backen. Es sollte eine nette Aufmerksamkeit werden, ein kleines Dankeschön. Alex erzählte mir, dass die Freude im Büro über die Nachricht meiner überstandenen Krankheit sehr groß war. Alle Kollegen haben seit meinem Ausfall ohne ein Murren sämtliche Aufgaben übernommen. Das allein ist es mir schon wert, mal überraschend mit einem Kuchen vorbeizukommen. Zwei dieser tollen Kollegen haben uns letzten November nach Feierabend geholfen, Großgeräte umherzutragen, weil diese Arbeiten für mich nicht mehr möglich waren. Das war echt klasse. Unser Team funktioniert, was nicht nur an den Mitarbeitern liegt. Alex hat hier einen großen Anteil, das ist nicht von der Hand zu weisen. Folglich wäre jeder andere Kuchen vom Namen her passender, dennoch nennt man den Kuchen, den ich backe, „Tränchenkuchen". Dafür schmeckt dieser Kuchen sensationell gut und ich möchte ja schließlich auch ein Stück mitessen. Die Eiweißdecke verläuft bei diesem Kuchen beim Abkühlen

Tränchenkuchen für meine Arbeitskollegen

zu optischen Tränen, daher kommt der Name. Nach Fertigstellung muss ich feststellen, dass ich an der Eiweißdecke noch arbeiten könnte, dafür überzeugt der Geschmack letztendlich sehr.

Mein Gesundheitszustand bessert sich nun von Woche zu Woche zusehends. Körper und Geist suchen sich Beschäftigung, das ist gut so. Bis zur 99. und letzten Behandlung mit Chemotherapie laufe ich mittlerweile knapp 5 km. Zwar laufe ich diese Stecke bedacht, immer auf den Körper hörend, aber ich laufe. Einzig meine starken Schweißattacken nehmen störend zu, dabei fühle ich mich unwohl. Sitze ich im Gespräch mit meinem Hausarzt, bin ich anschließend bis auf die Unterhose nassgeschwitzt, als hätte ich einen 10 km-Lauf hinter mir. Meinen Portschlauch in der Oberarmvene spüre ich ebenfalls von Zeit zu Zeit. Und strenge ich meinen linken Arm zu sehr an, beispielsweise durch schweres Heben, drücken meine Muskeln den Portzugang nach außen, dass ich manchmal hoffe, die Haut hält das alles aus.

Aufgrund meiner Krankheit bin ich natürlich seit längerem erwerbsunfähig. Diese Situation ist nun mal nicht zu ändern. Jedoch habe ich mich für den Fall, der ja in der Hoffnung jedes Versicherten niemals eintreten sollte, dennoch gegen einen solchen Totalausfall abgesichert. Schließlich hat man Kinder, die studieren, vielleicht etwas für die Vorsorge am Laufen oder auch andere fixe Kosten. Wendy hatte auf meinen Wunsch bereits vor 2 Monaten mit unserem Versicherungsberater meine Situation besprochen. Er wollte höflich sein und die Arbeitsunfähigkeitsbescheinigungen für uns sammeln. Seine Aussage war allerdings wenig hoffnungsvoll: „Mit der Versicherung hat das alles aber nichts zu tun, nur, weil Max krank ist. Dafür gibt es kein Geld, das kannst du vergessen!" Aus diesem Grund hatten wir das Thema ruhen lassen und ich hatte mich einfach nur um mich gekümmert. Aktuell habe ich etwas Zeit, um mir den Vertrag in Ruhe nochmal anzusehen. Wozu habe ich mich denn überhaupt so teuer gegen einen Ausfall abgesichert? Habe ich meinen Vertrag völlig falsch in meinem Kopf abgespeichert? Ich studiere und studiere, ich schwitze und schwitze. Der Abschluss der Versicherung war damals relativ leicht. Wenn ich aber als Versicherungsnehmer eine Leistung erhalten möchte, so wächst ein Bürokratiemonster wie ein Hochhaus in die Höhe. Die Fragezeichen und dehnbaren Fremdwörter wechseln sich im Kleingedruckten nur so ab. Dennoch erkenne ich einen Leistungsanspruch, der über viele Formulare und Nachweise zu erbringen wäre. Die Arbeit bis zum fertigen DIN A 4-Umschlag ist sehr aufwendig und dauert einige Tage. Meine Frau schimpft noch mit mir, ich würde mir viel zu viel Arbeit machen, es kommt letztendlich nichts dabei heraus. Aber das ist es mir wert, einfach aus Prinzip möchte ich die Reaktionen auf meine Unterlagen erfahren. Bereits nach 3 Wochen sollte ein Brief mit einem Ergebnis eintrudeln. Exakt die Summe, die ich pro Monat absicherte, wurde rückwirkend anstandslos bestätigt und fand kurz darauf den Weg auf unser Bankkonto. Am Ende hat sich dieser Aufwand doch noch gelohnt.

Kapitel 16

Pünktlich zum 01. April, meinem 1. Geburtstag nach überstandener Krankheit und dem 50. insgesamt, schaffe ich meine ersten 10 km in 50 Minuten. Mein Gewicht ist noch etwas unter dem Gewicht, das ich vor der Krankheit hatte, meine Beinmuskulatur aber ist wieder die alte. Es fühlt sich wie ein Start in ein zweites Leben an. Damit der Aufbruch in ein neues Leben richtig schön wird, planten wir im Vorfeld eine Überraschung für unsere Kinder. Die Familie sollte an meinem Geburtstag im Mittelpunkt stehen. Für mich sind meine Frau und meine Kinder die größten Geschenke in meinem Leben und mit ihnen wollte ich meinen Tag verbringen. Und heute ist es endlich so weit. Wir wollten früh aufstehen, denn ich habe für uns einen 9-Sitzer-Bus angemietet. Den möchte ich noch abholen und dann gleich frische Semmeln mitbringen. Zum Frühstück werden Martha und Swen sowie Sebastian und Roni eingetroffen sein. Maximilian sollte dann ebenfalls aufgestanden sein, er schläft bei uns. Wendy wacht, wie so oft, als Erste auf. Sie rutscht auf meine Bettseite und drückt mich gaaanz fest, gaaanz lang und gaaanz innig. Ihre Freude, ihre Liebe und vielleicht auch ihre Erleichterung, dass ich so selbstverständlich neben ihr liege, das ist es, was ich in diesem Moment spüre. Schnell gehe ich ins Bad und bin auch schon unterwegs zum Abholen des Mietwagens. Alle Kinder stehen quasi Spalier, als ich zurück bin. Bei der Überbringung der herzlichsten Wünsche meiner Kinder ist jedem einzelnen die Besonderheit des Tages anzumerken. Es ist nicht unbedingt die Besonderheit des Geburtstages an und für sich. Es ist die Besonderheit, dass wir uns noch haben. Das Bewusstsein, dass das Leben nicht selbstverständlich ist. Alle sind so froh über diesen Tag und es werden ausschließlich Freudentränen vergossen. Wir starten mit dem Frühstück. Alles ist fein gedeckt mit frischen Brötchen,

Marmelade, Wurst und Käse und was das Herz begehrt. Es ist unglaublich, mit welcher Selbstverständlichkeit ich eine knusprige Semmel esse oder andere Dinge tue. Und es ist noch unglaublicher, wie schnell man auch wieder vergisst! Deshalb muss ich mich nach wie vor kneifen. Ich bin schon aufgeregt und frage mich, ob den Kindern der Tag gefallen wird. „Papa, was hast du denn heute vor?" Martha ist natürlich die Erste, die die Neugierde packt. Alle sind neugierig, aber sie, sie fragt halt. „Soll ich es dir sagen?", frage ich. „Oh nee. Dann sagst du nur wieder *etwas Schönes*, das kenne ich bereits", kommt prompt leicht kauend zurück. Die Jungs lachen sogleich auf. Und die anwesenden NEUEN, also die Partner von Martha und Sebastian, suchen mit ihren Augen nach der Stelle, die zum Lachen führte. Ganz nebenbei werden sie aufgeklärt. Den Satz *etwas Schönes*, den kennen die Kinder zur Genüge. Diesen Satz haben sie sich vermutlich viele Male bei zu großer Neugier anhören müssen. „Ja aber, wenigstens ein bisschen kannst du doch verraten. Los sag uns zumindest mal die Richtung Papa", bettelt sie weiter. „Okay, Bayern! So, nun weißt du es", schließe ich ab. Die Bande am Tisch ringelt sich weg. So viel haben sich das alle wohl schon gedacht, von Hohenbrunn aus startend. Wir räumen gemeinsam den Tisch ab, dabei wird sich viel und durcheinander unterhalten. Ja, nicht ich allein rede viel in der Familie. Ich frage mich öfters, von wem die Kinder das nur haben?

Endlich geht es los. Es dauert nicht lange, bis jeder seinen Platz gefunden hat und schon beginnt wieder das allgemeine lustige Plaudern. Der Diesel startet und der Chef am Steuer, in diesem Fall natürlich ich, signalisiert: „Anschnallen, es geht los!"

„Papa, mir kannst du es doch sagen, wo geht es denn nun hin?" Ja auch Maximilian probiert sein Glück vom Beifahrersitz aus. Aber ich schüttele lediglich mit einem breiten Grinsen meinen Kopf. „Das kannst du vergessen", mischt sich Sebastian ein. „Wenn, dann kommt eh wieder sein Lieblingssatz. Ich habe das schon lange aufgegeben. Frage doch mal die Mutti, die weiß es bestimmt", stachelt er sogleich in Richtung Wendy. „Nee, das ist ja genauso vergebens, die sprechen sich doch sowieso immer ab!" Da haben die Kinder wohl Recht, denkt sich meine Wendy, das haben sie schon gelernt. Und sie lächelt zufrieden in sich hinein, meine Erzieherin. Schließlich kommen wir nach knapp über einer Stunde in Bad Reichenhall an und halten vor dem Bergwerk. Jetzt kommt langsam Stimmung in den Bus. „Oh wie schön", schwärmt Martha gleich. „Papa, das ist ja genial. Hier waren wir doch früher auch schon, oh da freue ich mich." Sie schwärmt und zehrt von solchen Erinnerungen mehr als die anderen beiden. Im Jugendalter war das natürlich alles langweilig. Als sie erwachsen wurde, erschienen ihre Erinnerungen immer angenehmer und immer schöner. „Und hier haben wir doch diese komischen Sachen anziehen müssen, stimmt's?", erzählt Sebastian. „Ja, stimmt", bestätige ich. „Wir waren in 2006 schon einmal hier, erinnert ihr euch noch an das schöne Familienbild? Das, welches auf dem Wohnzimmerschrank steht? Und das ist mein 1. Wunsch für heute. Ich wünsche mir als Geburtstagsgeschenk ein Familienbild, identisch zu dem von damals. Und …", ergänze ich noch schnell, „… das bitte in der richtigen Reihenfolge! Das Neue aus 2018 kommt dann neben das aus 2006. Das wird ein Hingucker, glaubt mir." Der einzige kleine Wermutstropfen an der Sache, die zwei neuen Familienmitglieder müssen auf der Bergmannsrutsche, da wo das Bild geschossen wird, mal ohne ihre Partner hinunter. Aber das machen Swen und Roni gern für mich. „Ich weiß noch genau, wie ich auf dem Bild meine Hände wie zum Gebet faltete", wirft Maximilian ein. Und klar, die Reihenfolge steht ebenfalls fest. Also ab geht's hinunter zum Bergsee tief ins Innere der Berchtesgadener Alpen. Es wird ein ebenso schöner Ausflug wie in 2006. Und schon wieder umgezogen und draußen denken alle, das war es wohl nun für heute. Die Überraschung war ja auch schön. Doch das war es noch nicht. Es ist ungefähr 13.30 Uhr. Der Hunger stellt sich so langsam schleichend bei dem einen oder anderen ein. „Wisst ihr was", erzähle ich wieder am Steuer sitzend. „Wir haben ja noch Zeit. Was haltet ihr davon, wenn wir die Alpenstraße noch etwas entlangfahren. So können wir noch ein wenig von den Bergen sehen." Natürlich hat da keiner der Anwesenden etwas dagegen. So fahren wir über Inzell Richtung Ruhpolding, eine Kurve nach der anderen nehmend. Und selbstverständlich war es wieder unsere Martha, die irgendetwas vermutete und mich stocherte. „Du fährst doch bestimmt noch wohin mit uns und nicht umsonst hierher oder?" „Nein, ich suche nur etwas zum Essen, eine Kleinigkeit. Ihr schafft es ja eh nicht bis heute Abend", erwidere ich. „Oh, ich kenne dich doch. Du fährst nach Oberaudorf, stimmt's?" Ich lächele nur. „Oder zu diesem Wasserfall, wie heißt der noch?" „Tatzelwurm", kommt von mir. „Ja genau. Ah, jetzt habe ich dich, du fährst zum Tatzelwurm." „Nein", antworte ich ruhig. Und als ich in Ruhpolding anstatt Richtung Reit im Winkel nach rechts abbiege und Ruhpolding ansteuere, beginnt sie plötzlich vor Freude wieder an zu heulen. „Jetzt habe ich es: Du fährst zur Windbeutel Gräfin! Oh, ich freue mich so Papa, du bist klasse." Die Windbeutel Gräfin steuerten wir nahezu in jedem Urlaub einmal an, wenn wir in Oberaudorf auf dem Hocheck verbrachten. Hier gibt es die berühmten Lohengrin Windbeutel. Diese sind je nach Jahreszeit unter anderem gefüllt mit Ananas, Kirschen, Erdbeeren, Heidelbeeren. Hinzu eine Kugel Vanilleeis und einen Liter Schlagsahne. Es ist der Hit, ehrlich. Vielleicht ist es auch weniger Sahne, ich glaube aber, dass es nicht viel weniger ist. Ich habe aufgrund der meist vollbesetzten Gasträume im Vorfeld einen Tisch für uns reserviert. Swen und Roni können ihren Augen kaum trauen, so groß sind die Windbeutel, die uns anschließend serviert werden. Schnell entsteht ein nettes Bild mit riesen Windbeuteln an einem vollbesetzten Tisch. Das ist definitiv ein weiteres Highlight an diesem Tag. Wir lassen den Tag abends bei einer gemütlichen Brotzeit zu Hause ausklingen. Selten empfand ich einen Geburtstag so schön wie den heutigen.

Für den 12. 04. Ist eine große Abschlussbesprechung mit Frau Dr. Stiegel angesetzt worden. Bis dahin beschäftige ich mich mit Hausarbeit, Sport und Telefonieren. So wie ich mich bereits fühle, habe ich wirklich ein schlechtes Gewissen gegenüber meinen

Windbeutelgräfin in Ruhpolding zu meinem Geburtstag

Arbeitskollegen. Und auf eine Information über meinen REHA-Bescheid warte ich ebenfalls ungeduldig. Schließlich rufe ich an. Der erste Gesprächspartner der Krankenkasse weiß von gar nichts, eine andere Frau kann sich an ein Gespräch mit mir vor Monaten erinnern, aber auch sie findet keinerlei Unterlagen und bei der Rentenversicherung warte ich 58 Minuten in der Warteschleife und gebe entnervt auf. Ich bin mal wieder so nassgeschwitzt wie nach einem 10 km-Lauf. Mir laufen die Schweißperlen aus allen Poren, als schließlich meine Frau nach Hause kommt. Sie bekommt zuerst einen Schrecken beim Anblick auf meine körperliche Verfassung. Doch ich kläre sie auf. „Sei doch nicht so ungeduldig. Andere wären froh, wenn sie jetzt noch zu Hause bleiben könnten und sich erholen könnten. Und sieh, wie du aussiehst. Du bist auch noch nicht ganz gesund, auch wenn du es nicht glauben magst", tadelt mich meine Frau. Natürlich stimmt es, was sie sagt. Aber ich möchte nicht herumsitzen und warten. Die Firma hat mir so viel geholfen, ich möchte das auch wieder zurückgeben.

Und wie im Flug ist heute bereits der 10. April. Für heute steht ein geplanter PET-CT an, der dann am 12. für das Abschlussgespräch zur Verfügung stehen soll. Auf diesem CT würde man durch hochauflösende Bilder die kleinsten Auffälligkeiten erkennen, mehr als bei einem Standard-CT. Die Daten werden im Anschluss der Untersuchung ausgewertet und an das Tumorzentrum weitergeleitet. Erst nach dieser detaillierten Untersuchung wird das aktive Kapitel Chemotherapie abgeschlossen. Falls keinerlei Spuren entdeckt werden, falls sich in den Wochen ohne Therapie kein Rezidiv bilden konnte, dann geht es in die Zeit der Nachsorge. Die Nachsorgezeit würde dann nochmals 5 Jahre in Anspruch nehmen. Obwohl ich mir zu 100 Prozent über meine Gesundheit im Klaren bin, obwohl ich bereits am 22. Februar mit der Krankheit innerlich abgeschlossen habe, so würde ich den Abschluss der aktiven Zeit sehr gerne unterschreiben! Meine Wege im Klinikum habe ich hinter mir und warte mit Freude auf den Freitag.

Frau Dr. Stiegel wartet am Freitag mit einer inneren Zufriedenheit auf mich. Die paar Telefonate, die sie dennoch zwischendurch zu erledigen hat, warte ich geduldig ab. Doch nun widmen wir beide uns dem Bildschirm auf ihrem Schreibtisch zu. Wir gehen gemeinsam die Bilder durch und sie erklärt mir so ganz nebenbei: „Ich darf mit Stolz sagen: Sie sind geheilt Herr Peter. Nichts, nicht die kleinste Spur ist noch zu erkennen! Sie glauben ja nicht, wie froh ich bin und wie sehr ich mich für Sie und Ihre liebe Frau freue!" Ja, das sind echt super Nachrichten und wie sehr sich meine Frau Doktor freut, das ist wirklich klasse. Zu Hause berichte ich kurz über das Ergebnis und erzähle Wendy noch vom Termin bei Frau Dr. Stiegel. Für Montag nehme ich einen neuen Anlauf, um mit meiner Krankenkasse bezüglich der REHA-Maßnahme in Verbindung zu treten. Inzwischen konnte ich herausfinden, dass für REHA-Maßnahmen eine andere Stelle der Kasse in Regensburg zuständig ist. Die nette Frau am Telefon ist entgegen ihren Kollegen sofort am Telefon. Ich schildere ihr nochmal meine Situation, erzähle, dass es mir körperlich und seelisch gut geht und dass ich nicht mehr unnötig lange dem Sozialsystem auf der Tasche liegen möchte. Sie versteht meine Situation. Natürlich ist sie ebenfalls daran interessiert, dass ich wieder arbeite, obwohl sie mir noch den Rat gibt, mich zu Hause ruhig zu erholen. Das ist nach solch einer schweren und langen Behandlung mehr als in Ordnung. Nach einigen Recherchen und Telefonaten ihrerseits habe ich sie dann einen Tag später wieder am Telefon. Sie hat letztendlich herausgefunden, dass mein Antrag nun aufgetaucht ist. Er war zwischen München, Berlin und Regensburg etwas hin- und hergereist. Innerhalb der nächsten 10 Tage werde ich eine Information bekommen.

Mit diesem guten Gefühl fahre ich nach über 7 Monaten das erste Mal übers Wochenende mit meiner Frau in die Heimat. Diese Reise hätte ich nicht früher auf mich nehmen können, aber nun war es an der Zeit. Unsere Familien sind in vielerlei Hinsicht nicht so mobil, dadurch haben wir sowohl meine Mutter als auch Wendys Eltern seit dieser Zeit nicht mehr gesehen. Und ich bin ehrlich, ich wollte auch mal wieder in die Heimat. Ich bin wirklich neugierig, alles wiederzusehen. Ich bin neugierig, wie das alles auf mich wirkt. Mein eigener Blickwinkel ist nach meiner Krankheit nicht mehr der gleiche.

Das Trusetal steuern wir zuerst an, so ist die erste Fahrt nicht ganz so lang. Es ist schon ein anderes Gefühl, nach dieser langen und sehr schwierigen Zeit auf den mit Gras bewachsenen Platz unter der Linde das Auto abzustellen. Die Truse, ein schöner schneller Fluss gleich nebenan, begrüßt uns mit dem gewohnten Rauschen. Sie hat von alldem nichts mitbekommen, schwirrt mir sogleich durch den Kopf. Aber meine Schwiegereltern natürlich mussten alles per Telefon in Angst und Sorgen durchstehen. Mein Schwiegervater ist ein Mensch, der gerne auf den Punkt kommt, benötigt keine Details, ist das Alphatier im Haus. Dementsprechend kommt er meist kurz und bestimmend rüber. Die Schwiegermutter ist eine fürsorgliche und praktische Frau, die sich im Hintergrund um das Familienleben kümmert. Nun wächst unsere Spannung, als wir über das kleine Brückchen gehen und den Weg zur Haustür einschlagen. Als das Alphatier mich nach 7 Monaten wiedersieht, brechen alle Dämme, so erleichtert ist er. Er wischt sich verlegen mit seinem großen Taschentuch die Augen aus und kämmt sich seine Haare wieder in Form. Diese Reaktion macht mich schon stolz. Er hängt doch mehr an uns, an mir, als er zugeben würde. Sein Herz gibt es preis, ob er das möchte oder nicht. Meine liebe Schwiegermutter und meine Schwägerin fangen erst gar nicht an, sich zu fassen. Das ist ja jetzt auch egal. Es war eine lange Zeit und ich spüre, die Unsicherheit und die Sorgen nagten an den beiden. Umso größer ist nun die Erleichterung, als ich ihnen beinahe wie immer begegne. Und meine Schwägerin schaut mich ungläubig an: „Das gibt es doch nicht, wenn ich es nicht besser wüsste und euch auch nicht letztes Jahr besucht hätte, ich würde es nicht glauben. Toll siehst du aus mein Lieber!"

Am späten Abend fahren wir weiter zu meiner Schwester. Hier haben wir die Möglichkeit in einem Gästezimmer zu übernachten. Nach einem langen späten Abend mit Schwager, Patenkind, mit Nichte und Freund sowie langen Gesprächen fallen wir endlich ins wohlgemachte Bett. Die Reaktion ist hier eine ähnliche wie in Trusetal. Keiner kann es wirklich fassen, wie erholt und gesund ich aussehe. Natürlich haben alle Bilder im Kopf, haben Bilder geschickt bekommen und erwarten nun einen kranken Mann. Doch diesen Gefallen kann ich ihnen nicht tun.

Nach einem ausgiebigen Frühstück mit noch weiteren langen Gesprächen fahren wir über den Eisenberg zu meinem Elternhaus. Mit meiner Frau unterhalte ich mich viel über meine Mutter. Sie hat es im Leben am schwersten von allen gehabt. Sie hat alle 8 Kinder nahezu allein großgezogen und versorgt. Mein Vater hat bis zu seinem Tod eher andere Dinge priorisiert, er war eher ein Lebemann. Auch wenn das dem Familienleben nicht immer guttat, so tat es der Liebe meiner Eltern keinen Abbruch. Vielleicht durch diese Jahre, durch viele erlebte Dinge, verbirgt sie eher ihre Gefühle oder zeigt sie etwas neutraler.

Unter anderem hat sie der Tod meiner ältesten Schwester 1991 stark mitgenommen. Meine Schwester war ebenfalls an Krebs schwer erkrankt und lag die letzten Tage in unserem Elternhaus, bis sie starb. Und nun war ich an Krebs erkrankt. Meine

Mutter brachte es anfangs nicht über ihr Herz, mich anzurufen, sich nach mir zu erkundigen, obwohl unser Verhältnis ein sehr tiefes, geliebtes Mutter-Sohn-Verhältnis ist. Sie ist sehr stolz auf mich, ihren jüngsten der 5 Söhne. Dass sie sich nicht meldete, hatte mich zuerst verärgert, aber Wendy versuchte mir ihre Situation klarzumachen. Was sie alles durchhatte und jetzt ist ihr Jüngster auch noch schwer krank. Wendy hatte das richtige Gefühl. Erst als meine kleine Schwester unsere Mutter nach einem Telefonat wachrüttelte, nahm sie sich ein Herz und rief bei mir an. Sie konnte nicht alles verstehen, denn zu dieser Zeit hatte ich noch große Schwierigkeiten mit dem Sprechen. Aber wir unterhielten uns. „Na ja, das wird schon. Gell?" Das in etwa waren ihre hoffnungsvollen Worte. Und nun fahre ich hin und bin auf unser Wiedersehen gespannt. Zwei meiner vier Brüder wohnen noch im Haus. Ich gehe die alte, gefliese Steintreppe hoch und klingele. Es ist nicht mehr mein Zuhause, das wird mir bei diesen paar Stufen bewusst. Einer meiner Brüder begrüßt mich beim Öffnen der Haustür nur, als wäre ich gerade vom Äpfelpflücken zurück. „Hey, na wie geht's? Ich muss leider weg, bist du noch länger da?"

„Nein, nein. Aber kein Problem. Tschüss!" Mehr wollte ich in dieser seltsamen Situation nicht sagen. Er hatte null Gespür für Situationen, früher schon nicht, vielleicht hatte er auch nur Angst vor der Situation. Obwohl wir als Kinder viel zusammen waren, kam er nicht mal auf die Idee, mir zumindest 10 Minuten zu schenken. Im letzten Jahr gab es eine zufällige Begegnung zwischen meinem Bruder und einem alten Freund. Es war mein langjähriger Freund, der mich ein paar Tage später mit Frau und Sohn in Hohenbrunn besuchen sollte. Nun sprach mein Freund ihn auf mich an. Er wollte von meinem Bruder wissen, wie es mir ginge. Darauf bekam er die beste Antwort aller Zeiten und staunte nicht schlecht. „Keine Ahnung. Der meldet sich doch nicht bei mir." Mein Freund hatte sich noch im Gespräch geschämt und schüttelte nur den Kopf. Als ob sich ein krebskranker Mensch jedem erklären müsste. „Meinst du nicht, dass es besser wäre, wenn du mal anrufst, zumindest dich bei Wendy erkundigst?" Diese Antennen hat mein Bruder leider nicht. Deshalb finde ich es schade, dass er schon wieder auf der Flucht ist, aber es überrascht mich nicht.

Dafür ist mein ältester Bruder da und begleitet uns den bekannten Weg in die Küche. Den Raum, wo eigentlich alles stattfindet, immer! Wir führten viele Gespräche miteinander und besitzen ein großes Vertrauensverhältnis. Er ist da und nimmt sich Zeit. Und er freut sich so richtig uns zu sehen, das ist ein schönes Gefühl. In der Küche angekommen läuft wie gewohnt der Fernseher. „So Mama, nun mach aber mal den Fernseher aus", sagt mein Bruder sogleich. „Jaja. Den hätte ich doch eh gleich ausgemacht", kommt von meiner Mutter. Und ich sehe, wie sie sich ablenkt, wie sie ausweicht. Ich sehe, was ihr so alles einfällt noch schnell tun zu müssen. Hauptsache, alles so normal wie möglich erscheinen zu lassen, noch Gründe zu suchen, Zeit zu schinden, mich nicht sofort ansehen zu müssen. Hat sie Angst, sich mit der Materie Krankheit zu beschäftigen? Hat sie Angst etwas Schlimmes sehen zu müssen? Sie bringt es nicht über ihr Herz. Sie kämpft einen inneren Kampf. Ich nehme ihr die Sorgen. Ich nehme sie einfach in meinen Arm und lasse sie spüren, dass alles, wirklich alles gut ist. Das hat sie gebraucht. Ich halte unser Gespräch allgemein und unkompliziert, weit weg von meinen letzten Monaten. So sprechen wir über ihre Sorgen, was mal wieder wer im Einkaufsladen erzählte oder was eine Nachbarin so behauptete oder wie schlimm die Menschen sind, die nur an sich denken. Das ganze Dorf, ein bisschen auch die Welt, das sind die Probleme und Themen, die sie beschäftigen. Gerne hätte ich meine Mutter auch an meinen letzten Monaten teilhaben lassen. Gegen Nachmittag nach einer Tasse Kaffee fahren Wendy und ich wieder Richtung Heimat. Im Auto stellen wir wieder einmal fest, wie schön es ist, dass wir uns haben! „Mach dir keine Sorgen Schatz", sagt Wendy noch zu mir. Sie spürt wie keine andere, dass ich trotzdem traurig bin, traurig über meine Mutter. „Sie meint es nicht so, sie liebt dich." Ja, das tut sie, das weiß ich auch. Eine Träne rinnt mir bei diesem Satz dennoch über die Wange.

Ende April steht ein weiteres Reisewochenende an. Wir fahren zu Maximilian nach Karlsruhe. Er hatte am 19. April Geburtstag und weil wir uns seit meinem Geburtstag nicht mehr sehen konnten, steht sein Geschenk noch aus. Als riesigem Bayern Fan war es mir ein Bedürfnis ihm unter anderem die goldene Triple Medaille aus 2013 zu schenken. Wir schlendern über die Genuss-Tage und füttern uns am Nachmittag an den vielen Genussständen durch. Das macht schon Spaß mit ihm. Es schön zu sehen, wie er sich in seiner neuen Heimat zurechtfindet und uns mit Stolz das Schloss, den Park und das Studentenleben zeigt. Wir entdecken einen alten riesigen Baum, an dem die Äste bis auf den Boden wachsen. Er klettert natürlich mit seinem Papa hoch, damit Wendy ein Foto machen kann.

Als ich dann die kommenden Tage wieder zu Hause bin, bereite ich mich auf meine REHA vor. Jeden Tag schaue ich nach der Post, trainiere mit Freude, schaue nach der Post, aber eine Benachrichtigung erhalte ich nicht. Und mein Antrag Ende Februar ist schon so lang her. Weil mein Chef weiß, dass ich mit den Hufen scharre, lädt er mich zu einem Strategietreffen für den 23. Mai ein. Ich bin von dem Angebot begeistert und fühle mich allein bei dem Gedanken, mit meinen Arbeitskollegen die zukünftige Ausrichtung zu besprechen, sehr wohl. Meine Freude wird allerdings auch von Respekt begleitet. Denn, obwohl ich mich riesig freue und auf jeden Fall an dem Treffen teilnehmen möchte, so weiß ich ebenso, dass ich mit der kognitiven Belastung meine Probleme habe.

Ich sitze mittlerweile des Öfteren an der Korrektur meines zweiten Buches. Es wird den Titel „Freigestellt" tragen. Bei dieser Arbeit bin ich teils schon nach einer Stunde durch. Ich bin nassgeschwitzt und muss eine Pause einlegen. Meine geistige Fitness ist mit meiner physischen Fitness nicht annähernd vergleichbar. Am 04. Mai liegt der Bescheid der Rentenversicherung im Briefkasten. Endlich! Ungeduldig öffne ich den großen Briefumschlag. Beim Lesen gehe ich teils zwei- bis dreimal zurück. Die Sätze sind so formuliert, dass ich mich beinahe nachträglich für meinen Antrag entschuldigen möchte. Ebenso sind Sätze integriert, die auf mich wirken, als wäre ich ein Bittsteller. Es ist viel Geschwafel dabei, doch bald gelange ich zum Ende der vielen Seiten. Hier steht es nun schwarz auf weiß, nämlich nichts! Ich lese und lese, aber ein Datum kann ich einfach nicht entdecken. Ja was denn jetzt? Im letzten Satz ist es dann klar: „Die Einrichtung teilt Ihnen den Termin noch mit, aber Sie werden aufgrund Ihres persönlichen Wunschs bald arbeiten zu dürfen, bevorzugt behandelt." Ab jetzt schaue ich mehrmals täglich in den Briefkasten, sodass meine Frau mir mal wiederholt meine berühmte Ungeduld vorhält. Am 09. Mai ist es endlich so weit. Der Brief der REHA-Einrichtung flattert ein. REHA-Beginn soll der 25. September sein. Diese Nachricht wirkt auf mich wie ein Schock. Es benötigt einige Stunden, bis ich mich ans Telefon setzen kann, so erschrocken bin ich. In gut oberbayerischem Dialekt meldet sich die Einrichtung am Chiemsee: „Grüß Gott, Sie sprechen mit ...", höre ich am anderen Ende der Leitung. „Guten Tag. Mein Name ist Max Peter. Ich habe hier einen Bescheid aus Ihrem Haus. Darauf ist ein Starttermin meiner REHA-Maßnahmen für den 25. September angegeben."

„Ja das ist richtig, früher geht das nicht. Sie sind halt bei der Rentenversicherung, da dauert es so lange und sie hatten ja auch eine schwere Erkrankung." In diesem Moment schießt mir ein Gedanke durch den Kopf. Habe ich richtig gehört. ... *Sie sind halt bei der Rentenversicherung? ... Da dauert es so lange?* „Liebe Frau, Entschuldigung. Habe ich den Satz mit der Rentenversicherung soeben falsch verstanden? Sie ist doch Träger bei Ihnen oder? Vergeben Sie nun Ihre Plätze nach Kostenträger oder nach freien Plätzen in Ihrer Einrichtung? Wenn ich Sie richtig verstehe, hätten Sie also für andere Kostenträger auch früher einen Platz oder? Wissen Sie, ich möchte nicht unhöflich sein, aber ich möchte wieder arbeiten. Und so, wie ich mich fühle, warte ich bestimmt keine 5 Monate auf meine REHA. Irgendetwas geht doch immer oder nicht?" Sie überlegt, das ist selbst durchs Telefon unüberhörbar. „Äh, ja schon. Aber ich sage Ihnen gleich eines. Dann müssen Sie auf die Warteliste und das könnte dann aber auch ganz schnell gehen." Nun kam der Ton wie eine kleine versteckte Warnung an. Eine Warnung, bei der jeder lieber wieder zurückziehen sollte. Doch ich antworte höflich: „Das ist aber lieb, vielen Dank! Aber glauben Sie mir, ich sitze hier zu Hause. Und wenn Sie sagen, ich soll heute Nachmittag noch kommen, dann bin ich heute Nachmittag auch da. Also ich höre von Ihnen." „Ja schon gut, aber das kann dauern." Wir begrüßen beide nochmal ganz bayerisch den lieben Gott und legen auf. Unser Gespräch war wohl so beeindruckend oder die Warteliste so kurz, dass bereits am Freitag unser Telefon erneut klingelt und ich die Klinik am anderen Ende Leitung habe. „Hallo Herr Peter. Sie hatten doch um einen zügigen Beginn der REHA-Maßnahme gebeten. Bitte kommen Sie am Montag um 08.00 Uhr in unsere Einrichtung. Geht das auch wirklich?" „Und wie das geht. Ich bin heilfroh, dass das so schnell klappt. Sie können am Montag mit mir rechnen. Vielen Dank für Ihren Anruf." Als Wendy am Nachmittag von ihrer Arbeit nach Hause kommt, freut sie sich sehr für mich. „Dann geht es ja endlich vorwärts", resümiert sie mit einem Lächeln. Kurzentschlossen unternehmen wir am Samstag einen Ausflug an den Chiemsee und schauen uns die Einrichtung an. Es sind ja nur 45 Minuten von zu Hause aus zu fahren und schön ist es hier ebenfalls. Es ist ein im Stile der Rügener Badeanstalten errichtetes Haus mit hellgrünen Balkenkonstruktionen an der weißen Wand. Der Empfang ist groß und freundlich, Wasserspender sind installiert und die Sitz- und Leseecke im Foyer ist ansprechend.

Kapitel 17

Der Montag startet in der Einrichtung mit Pfand für PKW, Pfand für Telefon und Pfand für Fernseher. Etwa 80,- € Bargeld an Pfand sind zu Beginn fällig. Ich glaube, ich laufe gleich morgen den Bankautomaten nochmal an. Ansonsten läuft alles sehr professionell und ruhig ab. Mein vorletztes Kapitel in Sachen Krebserkrankung startet. Ich bin froh, dass es nun zum Ende kommt. Es kann losgehen. Anamnese, Therapieziel, Therapieplan, Selbsteinschätzung! Alle Informationen, die man im Vorfeld abgeben musste, werden nochmals durchgesprochen. Gegen mein starkes Schwitzen erhalte ich Sweatosan. Die Ärztin möchte prüfen, ob wir durch diese Unterstützung diese unangenehme Nebenwirkung eindämmen können. Die Anwendungen sind sehr abwechslungsreich. Es werden nicht nur sportliche Aktivitäten wie Nordic Walking oder Zirkeltraining angeboten, auch die kognitiven Fähigkeiten kommen nicht zu kurz. Die Mitarbeiter sind äußerst homogen und aufeinander abgestimmt, das ist deutlich zu erkennen. Es existiert ein alter Stamm an Personal, was meist ein gutes Zeichen für jede Einrichtung ist. Das Essen im großen Speisesaal ist gut und abwechslungsreich. Nur am Tisch ist es anfangs etwas schwierig. Die meisten der Patienten sind eine eingefahrene Gemeinschaft und reisen auch schon die nächsten Tage ab. Da kommt man als Neuer schwer rein und meine Frau fehlt mir so sehr. Seit dem letzten langen Krankenhausaufenthalt waren wir nicht mehr so lange getrennt. Jetzt weiß ich nicht, ob sie das kommende Wochenende in meinem Zimmer verbringen kann. Da mein Aufenthalt vorgezogen werden konnte, ist keine Zubuchung möglich gewesen. Noch am Dienstag stelle ich für die kommende Woche einen Antrag für meine Frau. Da könnte sie Urlaub machen, allerdings nur, wenn sie auf meinem Zimmer sein kann. Wegen der Kurzfristigkeit, so erfahre ich, geht das wohl auch nicht. Ich kann mir das überhaupt nicht vorstellen, dass alle Beistellbetten ausgebucht sein sollten. Ich führe mit der kaufmännischen Leitung ein Gespräch und finde offensichtlich mit der Vokabel „Wirtschaftlichkeit" das richtige Wort, plötzlich geht es doch. Darüber sind wir sehr froh.

Am nächsten Tag hält der Chefarzt der Onkologie einen Begrüßungsvortrag. Er macht zunächst einen sehr verstreuten und in seine Fachwelt hineinlebenden Eindruck. Doch er überrascht mich außerordentlich. Sein Vortrag ist so frei, witzig, zielführend und angenehm, dass es echt eine Freude ist, ihm zuzuhören. Im Anschluss an den Vortrag habe ich ein Gespräch mit der Abteilung für soziale Belange. Es geht um meine Wiedereingliederung. „Herr Peter, wie stellen Sie sich denn Ihre Wiedereingliederung vor? Haben Sie sich darüber schon einmal Gedanken gemacht? Ich sehe, Sie haben ja bereits alle Anträge mit dabei", stellt die nette, sachliche Mitarbeiterin fest. „Ja, das habe ich bis auf den Starttermin im Vorfeld erledigen können. Für mich ist es wichtig, dass ich bald wieder anfangen kann. Aber was muss ich wissen? Weil eigentlich wollte ich am liebsten einfach wieder anfangen."

„Ah, das habe ich mir schon gedacht", kommt als Reaktion. „Aber einfach anfangen geht natürlich nicht. Der Träger, in ihrem Fall ist das die Deutsche Rentenversicherung, möchte, dass Sie langsam beginnen und sich Zeit lassen."

„Ja und was schlägt man da vor? Oder gibt es ein festes Schema?", frage ich.

„Nein, ein festes Schema gibt es nicht. Aber wenn ich mir Ihre Krankheitsgeschichte ansehe, dann schlage ich vor, dass Sie sich erstmal weiter zu Hause erholen und vielleicht mit zunächst 2 Stunden am Tag Anfang August oder besser Anfang September beginnen."

„Nein, entschuldigen Sie bitte. Das geht nicht. Ich habe der Firma Ende Juni als letzte Planung gemeldet. Da dachte ich, das wäre sehr spät. Und für 2 Stunden, da brauche ich ja gar nicht erst in die Firma zu fahren. 2 Stunden benötige ich ja schon, um alle Mitarbeiter zu begrüßen", scherze ich noch. Aber mit

2 Stunden beginnen, das wollte ich definitiv nicht. Und schon gar nicht im August oder September. „Ja gut, wie haben Sie sich das denn vorgestellt?"
„Was sind denn die Mindestbedingungen?", möchte ich wissen. Sie blättert: „Ja. Hier steht, dass Sie mindestens 3 Wochen machen müssen und mit 6 Stunden aufhören müssen."
„Ja super", antworte ich mit einem Lächeln. „Dann haben wir es ja. Sie schreiben jetzt hin: 1. Woche: 4 Stunden, 2. Woche: 5 Stunden, 3. Woche 6 Stunden fertig. Geht das? Und Beginn würde ich sagen, machen wir Ende Juni."
„Gut, klar. Das kann ich machen. Sie wissen aber genau, was Sie wollen?"
„Ja, das weiß ich genau!"
Mein Aufenthalt in der Einrichtung gestaltet sich von Tag zu Tag besser. Das hat mehrere Gründe. Beinahe jeden Tag treffen neue Patienten ein und andere Patienten verlassen die Einrichtung. Und jeden Tag weiter werde ich zum routinierten, erfahrenen Ansprechpartner für die sogenannten Neulinge. Eine Rentnerin von über 80 Jahren kommt an unseren Tisch. Sie hört nicht alles und ist in der Umsetzung mancher Dinge etwas langsam. Sie ist eine tolle, lustige Persönlichkeit, die viel Leid hinter sich hat. Ihre Zurückhaltung und ihren Respekt gegenüber so vielen neuen Dingen verstehe ich zu gut. Ich kann mich noch sehr gut erinnern, wie es mir erst vor wenigen Tagen erging. Aus diesem Grund liegt es für mich auf der Hand sie am Tisch einzubinden, Hilfe anzubieten. Nicht nur in ihrem Alter ist es keinesfalls selbstverständlich das Essen elektronisch zu ordern. Ich erkläre ihr nochmal in aller Ruhe die Essensbestellung am Terminal, den Plan der Einrichtung mit seinen Räumlichkeiten und Anwendungsabläufen. Folglich freunden wir uns schnell an und lachen viel miteinander. Selbst meine Frau findet meine neue Bekanntschaft klasse. „Du und deine Weiber, zum Glück ist sie schon über 80", lacht sie mit mir um die Wette, als wir gemeinsam den Speisesaal verlassen. Wendy ist an diesem Wochenende zu Besuch. Sie schläft zwei Nächte in einem Hotel ein paar Kilometer weiter. Zum Glück schläft sie ab nächster Woche dann

in meinem Zimmer. Wir schauen uns am Abend das Pokalfinale Bayern–Frankfurt an, indem die Frankfurter den Bayern mit 3:1 den Rang ablaufen.

Die folgende Woche stelle ich immer mehr fest, dass mir etwas Auslastung fehlt. Bei vielen Übungen würde ich gern noch mehr Gas geben oder häufiger sportlich in Anspruch genommen werden. Allerdings muss ein Therapeut verständlicher Weise die ganze Truppe im Blick haben. Die fehlende Auslastung ist für mich der Antrieb für den Samstag eine Wanderung mit meiner Frau anzustoßen. Das Wetter ist schön, also starten wir auf die Hochplatte, gegenüber der Kampenwand in den Chiemgauer Alpen. In meinem Kopf setzte sich der Gedanke ab, dass eine Hochplatte eher eine Platte ist. Beim Aufstieg erfahren wir allerdings, dass es doch ein steiler Gipfel ist. Ich hätte mich ja im Vorfeld über das Internet erkundigen können, jetzt war es dazu zu spät. Ich bin halt kein Dinky! Wie früher auch, entschädigt der gigantische Ausblick ins Gebirge für alle Anstrengungen. Ich bin froh, dass wir das bis oben geschafft haben. Heute habe ich keinen Grund, mich über Mangel an Auslastung zu beschweren. Wir steigen entspannt und zufrieden vom Gipfel ab und steuern gezielt eine Almhütte an. Das ist so klasse im Gebirge. An so vielen Stellen gibt es Almen und Almhütten und in den meisten schmeckt es dann auch entsprechend: rustikal und gut! An der Ausgabe der Almhütte stehend entdecke ich unverhofft einen Arbeitskollegen. Er steht am unteren Ende der Treppe und hat noch ein paar Stufen Zeit, bis er oben an die Ausgabe kommt. Mich hat er noch nicht gesehen und just in diesem Moment springt mir der Schalk in den Nacken. Ich spreche ihn provozierend und laut vom oberen Ende der Treppe an. Als er noch nach der Quelle des vermeintlichen Affronts sucht, hat mich seine Partnerin schon aus der Menge identifiziert. Da sie mich nicht kennt, ist sie logischerweise erschrocken und weiß nicht, wie sie diese Provokation einordnen sollte. Mein Arbeitskollege benötigt einige Sekunden, bis sein Gehirn den noch im Krankenstand befindlichen Kollegen an diesem Ort zusammenbringt. Aber dann klärt er zügig seine Freundin auf und wir lachen gemeinsam. Als ich ihm dann von meinem Gipfelblick erzähle, schaut er nicht schlecht. „So weit wollte ich heute aber nicht mehr, es reicht schon bis hierher", sagt er noch.

Am Sonntag bekomme ich etwas Fieber. Meine Frau macht sich sofort Sorgen. Zu tief in ihr sitzt noch die Angst der Erkrankung. Aber ich beruhige sie schnell, da es sich für mich lediglich wie ein Erkältungseffekt anfühlt. Natürlich komme ich meinen Pflichten nach und melde meinen Zustand dem Pflegeteam. Knapp 39 Grad werden digital gemessen. Am Montag steht eine Untersuchung beim onkologischen Chefarzt auf meinem Plan. „Ich bin überrascht, dass Sie mich untersuchen. Wie komme ich zu der Ehre?", begrüße ich den Chefarzt, als er das Behandlungszimmer betritt. „Herr Peter, das erkläre ich Ihnen gerne", lächelt er mich an. „Sie haben einen solch aggressiven und bösartigen Krebs, der zu den schlimmsten seiner Art zählt, da muss ich selbst ran. Sie müssen wissen, dass Fieber mit ihrer Vorgeschichte kein gutes Signal ist. Wir sind allerdings erstaunt, in welch tollem Zustand Sie bereits nach so kurzer Zeit und den 99 Chemotherapien sind."

„Danke Herr Professor", sage ich. „Dann hat der Umstand meines Fiebers ja auch etwas Gutes, so lernen wir uns wenigstens kennen. Ich dachte schon, Sie müssen ran, weil jemand krank sei. Aber eines muss ich noch korrigieren. Ich habe diesen Krebs nicht, ich hatte! Der ist fort, glauben Sie mir." Die folgenden 35 Minuten werden eine angenehme Unterhaltung und zum Glück stellt der Professor nicht das Geringste fest. Aber sicher ist ja sicher. Ich teile meine Vermutung, dass es eine kleine Erkältungsinfektion sein wird. Am nächsten Tag kristallisieren sich exakt diese Anzeichen über die Blutwerte heraus. In Folge der Erkältung versäume ich etwas Programm und den Reinigungsdienst muss ich bitten meine nassgeschwitzten Bettbezüge zu tauschen.

Zwei Tage später ist mein Körper wieder im Normalbetrieb. Meine Frau nimmt nun auch in meinem Appartement ihren Platz ein. Ich bin sehr froh, dass ich ihr ab heute das Zustellbett buchen konnte. Zustellbett? Wir stellen fest, dass die Arme auf einem ausziehbaren Sessel schlafen muss. Tauschen möchte sie aber auch nicht. Hauptsache, wir sind zusammen. Und so genießen wir die nächsten Tage und Abende am Chiemsee. Während meiner Anwendungen und Seminare lerne ich, dass der Ausdauersport von wenigstens einer halben Stunde für das Immunsystem am günstigsten ist. Stressbewältigung ist ebenfalls ein Seminar, das ich besuchen darf. Das Meiste der Inhalte kennt man eigentlich, dass man eines nach dem anderen machen, sich gegebenenfalls anders organisieren könnte oder einfach mal Abstand nimmt und zur Ruhe kommen sollte. Mein Freund Udo aus Fulda besucht mich in der letzten Woche meines Aufenthalts. Es ist ja nicht so, dass er mich jetzt mal besucht. Er war bereits letztes Jahr mit seiner Frau in unserer Mietwohnung zu Besuch. Es ist angenehm zu erfahren, dass einem Freund die Freundschaft so am Herzen liegt. Mit ihm fahre ich auf die Fraueninsel, für mich eine schönere Blume im Chiemsee als die berühmte Herreninsel. Udo und ich haben wieder tolle Gespräche, das macht es zwischen uns aus, denke ich. Die letzten Tage in meiner Einrichtung bekommen Wendy und ich noch Besuch von Martha und Swen sowie von meinem Freund Jürgen mit seiner neuen Liebe. Die Fraueninsel ist dann immer wieder das Ziel. Die kleine gemütliche Runde um das aktive Frauenkloster mit den Einkehrmöglichkeiten auf der Insel hat etwas von Urlaubsgefühl und Ruhe. Und die kurze Schiffsfahrt über den Chiemsee ist auch nicht alltäglich, das macht wirklich Spaß.

In der REHA-Klinik avanciere ich mittlerweile zu dem Patienten, der am längsten vor Ort ist. Wenn es Neuankömmlinge mögen, binde ich sie in Gespräche ein. Ich versuche am Tisch eine familiäre Atmosphäre zu schaffen und helfe gern. In dem Umfeld der Rehabilitation lassen sich Gesprächsthemen und Erfahrungsaustausch über die verschiedenen Krebserkrankungen nicht vermeiden. Da gibt es wirklich viel Leid und jeder hat für sich seine eigenen Erfahrungen machen müssen. Jeder Mensch nimmt diese Krankheit anders wahr, bei jedem richtet die notwendige Therapie andere Nebenwirkungen an. Zuhören und Verständnis sind hier genauso gefragt wie Sensibilität und Psychologie. Nur wenn ich mitbekomme, dass jemand im eigentlichen

Mein Freund Udo besucht mich

Sinne richtig Glück hatte, dies aber nicht erkennen will, dann mische ich mich deutlicher, penetranter ein. Es gibt ja auch Krebs, der fest verkapselt ist. Einen Krebs, der nach erfolgreicher Operation nicht einmal eine Bestrahlung des Restgewebes erfordert oder gar eine Chemotherapie nach sich zieht. Mir gegenüber sitzt eine solche Person mit diesen positiven Umständen und scheint dennoch mit ihrem Leben abgeschlossen zu haben. Das ist so ein Moment, indem ich diese Person wachrütteln will, nein muss. Und mit meinen 99 Therapien im Rücken und meinem positiven Denken versuche ich aufzuzeigen, welches Glück sie hatte und dass sie ausschließlich nach vorne schauen muss. Allein dafür lohnte sich schon diese Diskussion. Viele Gespräche dieser Art fanden im Laufe des Aufenthalts statt. Sie waren nicht ohne Wirkung, denn als ich den letzten Tag am Frühstückstisch sitze, kommen zahlreiche Patienten an meinen Tisch und verabschieden sich bei mir. Von solch einer großen Wertschätzung bin ich überrascht. Meine Motivationsgespräche waren anscheinend teils auf fruchtbaren Boden gestoßen.

Direkt im Anschluss an das Frühstück habe ich mein Entlassungsgespräch. Da meine mir zugeteilte Ärztin nicht im Haus ist, führt ein Arzt mit einem Pferdeschwanz das Gespräch. Um Missverständnisse zu vermeiden: Er hat seine Haare mit einem Gummi am hinteren Kopf zusammengebunden. Er macht zunächst einen sehr unkontrollierten Eindruck auf mich. Ständig schaut er nebenbei nach etwas, sucht etwas und läuft in seinem Arztzimmer mal hierhin, mal dorthin. Er weiß ganz genau, was er sagt, ist in seinen Antworten präzise und konzentriert. Aber er benötigt offensichtlich diese bildliche Unruhe, diese chaotische Art, seine Art. Seine Argumente, speziell auf mein Schwitzen angesprochen, überzeugen mich sehr. „Es ist nach so einer schweren Behandlung wie ein Ventil. Die einen bekommen Kopfschmerzen, haben Magenschmerzen, sind müde und abgeschlagen, bei Ihnen ist es das Schwitzen. Akzeptieren Sie es und es wird besser."

Heute ist der 08. Juni 2018 und endlich bin ich ausgecheckt. Nun belade ich abschließend unseren A3 und setze mich bereits zur Heimfahrt hinein. Geschafft. Ich freue mich wie verrückt auf meine Frau, die bereits am Sonntag wieder zurückreisen musste. Und so fiebere ich auf unseren ersten Abend zu Hause hin. Gerade biege ich auf die Autobahn bei Frasdorf Richtung München, da blinkt ein Hinweis am Armaturenbrett auf. Das Symbol kenne ich bereits aus früheren Zeiten, es ist das Motorsymbol. Wenn es schlimm kommt, fährt das Fahrzeug auf 30 % Leistung zurück. Aber warum sollte es das tun? Jetzt, so auf dem Heimweg schaue ich mir das Lämpchen immer wieder an und denke: *Freundchen, nicht jetzt auf dem Heimweg. In 45 Minuten sind wir da, dann können wir ja in die Werkstatt unseres Vertrauens. Okay?* Es stellt sich jedoch heraus, unser Fahrzeug hat einen eigenen Willen. Kurz vor dem Irschenberg ist es so weit. Gas brauche ich kaum noch zu geben, es reguliert eigenwillig seine Leistung in aller Ruhe runter. Na toll. Ich werde bergauf immer langsamer, kaum eine Chance etwas zu tun. Im Rückspiegel sehe ich die LKW immer näherkommen. Mittlerweile fahre ich noch 40 km/h, der erste LKW hupt mich schon an. Was kann ich dafür? Abfahren geht auch nicht mehr. Kaum habe ich unter Schweißperlen und Hupkonzerten den Berg erklommen, spüre ich, wie der A3 so ganz gemütlich auf knapp 100 km/h beschleunigt. Da ich nun eine Grundhöhe bis München erreicht habe und ab hier keinerlei Steigungen mehr kommen, schaffe ich die kurze Heimfahrt wenigstens in knapp anderthalb Stunden. Der erste Weg von der Autobahnabfahrt führt mich zu unserem Automechaniker. Er stellt schnell fest, dass ein Marder die Zündkabel als Nahrung verspeisen wollte. Mein Freund Phan würde jetzt sagen: „Immer positiv, immer positiv Max." Und endlich wieder zu Hause habe ich das erste Mal so richtig das Gefühl angekommen zu sein. Es steht keine Anwendung, REHA oder was auch immer mehr an.

Kapitel 18

In dem Moment, als ich in der Tür stehe und mir unseren Flur, unsere Küche und das Wohnzimmer ansehe, kann ich sagen, dass ich ziemlich glücklich bin. Das große Loch in der Decke des Esszimmers vom Deckeneinsturz, daran habe ich mich schon gewöhnt. Meine Frau und ich machen am Nachmittag Einkaufspläne für das Wochenende und überlegen uns, ob wir etwas unternehmen wollen. Auf unser gemeinsames Wochenende freue ich mich am meisten. Und so kommt es, dass wir glücklich einfach nur zu Hause bleiben. Am Samstag gehen wir nach dem Abendessen noch etwas spazieren und setzen uns anschließend mit einem Glas Wein und einem alkoholfreien Weißbier vor den Fernseher. Es ist gemütlich heute Abend.

Es ist gerade 23.30 Uhr, da hört Wendy ein kurzes lautes Knacken. Es ist so ein Knacken, als bricht eine kleine Scholle Eis. „Schatz, hast du das auch gehört?", fragt sie. „Nein, gehört habe ich nichts. Was genau hast du denn gehört?"

„Das kann ich auch nicht sagen. Es war irgendein komisches Geräusch, wie ein Knacken."

„Also ich habe nichts gehört. Vielleicht kam es auch von draußen? Manchmal knackt es auch durch Wärme und Abkühlung in der Wohnung." Wir schauen noch ein paar Minuten weiter fern, die Sendung geht bis kurz nach Mitternacht, danach wollen wir eh ins Bett. Es knackt erneut, diesmal auch für mich deutlich zu hören. „Jetzt habe ich es auch gehört, stimmt. Aber es hört sich an, als käme es von der Wand hinter uns? Möglicherweise kommt es auch vom Flur", sage ich und stehe noch im Satz auf, um nachzusehen. Ich mache das Licht an und mache im Flur- und Treppenbereich einen kontrollierenden Rundblick, so als scanne ich die Wände einmal ab. „Hier ist auch nichts zu sehen", sage ich noch und gehe zurück zur Couch. „Mach bitte hier das Licht auch einmal an Wendy, obwohl es eigentlich keinen Sinn macht", kommentiere ich mich noch selbst und schaue nun die Wand von der Wohnzimmerseite aus an. Und während ich so schaue, knackt es wieder, zum dritten Mal. „Schatz? Was war das?" Doch ich schreie nur: „Komm sofort hierher!" Ich bin ziemlich laut und energisch. Sie schaut mich verdutzt an und steht wie auf Kommando auf. Ich werde drängender: „Los schnell, komm sofort zu mir! Hier schau", sage ich noch und zeige dabei an die Decke. „Jetzt passiert es gleich." Und an der Decke bildet sich ein fast unsichtbarer Riss von der Wand zum Flur ausgehend über die Wohncouch und den Fernseher entlang Richtung Deckenmitte. „Da müssen wir doch was machen", sagt sie noch zu mir. Und im gleichen Moment kommt der Riss 5 m weiter kurz vor dem großen Fenster an und die Decke stürzt mit einem großen Knall runter, 9 m² am Stück. Meine Frau bekommt einen Schreikrampf, so tief sitzt der Schock. Anschließend ist für einen kurzen Moment Stille. Die Deckenlampe baumelt noch etwas hin und her, eine Staubwolke breitet sich in alle Richtungen aus. Innerhalb weniger Sekunden sieht unser Wohnzimmer aus wie nach dem Krieg, als hätte eine Bombe eingeschlagen In diesem Moment ist der Kopf leer, es gibt keinerlei Gedanken, nur Fassungslosigkeit. Ich tröste Wendy und versuche sie runterzuholen, denn sie saß bis zu meinem Schrei direkt unter dem Teil, der abstürzte. Der Fernseher hat sich geschmeidig wie von Geisterhand um 90 Grad gedreht und dudelt weiter vor sich hin. Er konnte das Unglück mit groben Kratzern überleben. Die Deckenlampe, die Stehlampe waren zerbrochen. Die Couch war durch die defekten Glasschirme der Deckenleuchte aufgeschnitten. Der Glastisch hat zwar Kratzspuren nicht verhindern können, aber er blieb dennoch ganz. Sein Panzerglas war wohl jeden Euro wert. Natürlich sind noch viele Kleinigkeiten mehr vom Unglück betroffen. Aber am emotionalsten treffen Wendy die Schäden an der alten Nähmaschine aus Urgroßmutters Zeiten und an einem Zylinder vom Urgroßvater. Diese beiden Utensilien sind Wendys ganzer Stolz. Der Schrecken sitzt tief und Wendy würde am liebsten anfangen aufzuräumen. Aber ich nehme Wendy in mei-

ne Arme und sage: „Was soll sich bis morgen noch ändern? Jetzt ist es dunkel und wir möchten doch nicht alles zweimal anfassen. Wir machen das morgen ja? Dann kommt das Zeug gleich dahin, wo es auch hinmuss! Glaube mir Schatz, es liegt morgen auch noch hier."
Am Morgen sieht das ganze Ausmaß bei Tageslicht schlimmer als in der Nacht aus. „Keine Sorgen Schatz. Jetzt passiert nichts mehr. Wenn jetzt wirklich noch etwas runterkommen sollte, dann wäre unser Bett, eine Etage drüber, auch mit bei." Na, da habe ich aber etwas gesagt, den Spaß hätte ich mir sparen können. „Damit wird es auch nicht besser, wenn du solche Scherze machst. Und komme mir nicht auf die Idee, mich in diesem Chaos allein zu lassen. Obwohl du noch nicht arbeitest, musstest du dich mit deinen Kollegen in Kitzbühel verabreden." Ja, da stimmt. Angst machen will ich nicht. Aber: „Du. Als ich für Kitzbühel zusagte, wussten wir doch nicht, dass die Decke abstürzen würde. Jetzt warten wir mal ab. Ich rufe Alex an und erkläre, was gerade passiert ist. Und wenn wir am Montag kein Ende absehen, dann bleibe ich da. Gut?" Zunächst rufen wir unseren Vermieter an. Bilder von der Nacht und nochmal neu mit Tageslicht sind gemacht. Ich bitte ihn, seine Versicherung zu informieren und zu fragen, ob er sich das nicht lieber heute noch anschauen möchte. Nicht dass die Versicherung auf die Idee käme, sich irgendwann zu melden … Die Folge wäre ja, wir müssten während dieser Zeit in ein Hotel. Und weil unser Vermieter wegen der Kostenfrage auch nicht möchte, dass wir in ein Hotel gehen, erkläre ich ihm, dass wir selbstverständlich heute noch aufräumen werden. Er war nach dieser Nachricht völlig durch den Wind. Das Haus kostet ihn mehr, als er sich leisten kann. Erst die Decke im Esszimmerbereich, nun auf der anderen Seite im Wohnzimmer. „Und erinnerst du dich noch?", sage ich ihm abschließend. „Ich habe dir letztes Jahr schon gesagt, dass du bitte nicht die Decke flicken sollst. Dass du, wenn überhaupt, die komplette Decke machen lassen müsstest?" Ja, das ist ihm spätestens jetzt klargeworden. Er bietet mir für die Aufräumarbeiten seine Hilfe an und sichert mir eine unkomplizierte

Schadensabwicklung zu. Da wir aber stets durch die Terrassentür müssen und uns womöglich ständig im Weg stehen, entbinde ich ihn von seinem Angebot der Hilfe. Wenn wir den Schaden unkompliziert regeln können und seine Versicherung alles abwickelt, ist uns am meisten geholfen. Wendy und ich haben den Sonntag mit Zusammenräumen, Heraustragen und schließlich Putzen, Putzen und Putzen verbracht. Bis auf die Schäden ist am Abend die Ordnung wiederhergestellt.

Die Versicherung kommt am darauffolgenden Montag nicht, auch nicht den nächsten oder übernächsten Tag. Es stellt sich heraus, dass Joseph gar nicht versichert ist. Es existiert lediglich eine Pflichtversicherung für das Gebäude für Sturm, Wasser, Hagel und eine Brandschutzversicherung. Das ist ein Schock, und zwar nicht nur für uns. Nun müsste er alles aus seiner eigenen Tasche zahlen. Ab da beginnt er zu forschen. Ob denn unsere fachmännisch angebrachte Lampe als Ursache ein Auslöser für den Deckeneinsturz war? Ein Gutachter schickt ihn beim Anblick der Bilder wieder weg. Der Schaden war ihm zu fragwürdig, als dass er hier ein Problem beim Mieter ahnen könnte. Nach vielen Wochen der Eigenrecherchen sollte er schließlich im Herbst, ja Sie lesen richtig, im Herbst, auf sein „eigenes" Ergebnis kommen. Die vom Fachmann angebrachte Deckenlampe sei schuldig. „Gut", sage ich völlig entspannt im Wohnzimmer stehend und zeige anschließend auf den betroffenen Bereich. „Die Lampe hing zwar hier auf einer ganz anderen Ecke. Und siehst du hier, der Riss ist von dieser Wand ausgehend entstanden. Wie kommst du darauf, dass die Lampe der Auslöser war?"

„Ja, des iss so", folgt etwas aufgeregt die Erklärung auf seine Recherche bairisch, mit versuchter hochdeutscher Aussprache. „Bei eurer Lamp'n ist der Dübel net so weit in die Deckn gdruckt. Siggst. Mei Dübel hob i weiter nei gdruckt, dess is die Lösung. Also muss des eier Fehler gwehn sei!" Meine Frau dreht ihre Kreise, sie kann sich das Gerede, als es plötzlich an seinen Geldbeutel gehen soll, nicht mit anhören. Noch immer sitzt bei ihr der Schock tief. Aber ich sage nur: „Joseph, der Dübel ist

30 mm lang. Er hält in einer Betondecke 45 kg, und zwar pro Dübel, das habe ich bereits beim Hersteller abgeklärt. Diese Lampe hat 8 kg Gewicht und ist mit 3 Dübeln befestigt. Das wären im günstigsten Fall 3 x 45 kg! Meinst du, dass es sinnvoll ist, nun zu überlegen, ob unser Dübel ein Problem ausgelöst hat, auch wenn deiner noch einen Millimeter tiefer in der Decke steckte? Da du dir so sicher bist, dann ziehe bitte einen Fachmann hinzu. Auf diese Veranstaltung bin ich echt gespannt. Und jetzt tue mir den Gefallen und lass uns allein." So entwickelt sich eine bisher respektvolle Freundschaft zu einer unangenehmen Bekanntschaft. Für Wendy und mich war diese Entwicklung einfach nur traurig. Wir entschließen uns, dass wir in Zukunft unser Geld lieber in etwas Eigenes als in diese Mietwohnung zu investieren.

Am Dienstag, den 12. Juni, fahre ich schließlich zu dem beruflichen Treffen nach Kitzbühel. Zu Hause waren nun keinerlei Arbeiten mehr offen und wir beide konnten beruhigt in den Alltag übergleiten. Kitzbühel hat etwas, auch im Sommer. Ich war schon öfters in dieser Gegend, aber eher um auf das Kitzbühler Horn zu steigen und die Aussicht zu genießen. Der Ort sieht so aus, wie man sich einen urig, modernen Touristenort in den Alpen vorstellt, einfach nur schön. Ich bin nach so langer Zeit richtig aufgeregt, das erste Mal beruflich unterwegs zu sein. Bereits beim Einchecken sieht man die Wertigkeit des Hotels. Die Zimmer sind gigantisch, der Ausblick nach draußen ist phänomenal. Zügig suche ich wieder den Weg zum Treffpunkt mit den Kollegen. Wir starten mit einem Mittagessen. Es ist ein herzliches, unglaublich tolles Hallo für mich. Die meisten der Kollegen habe ich zwischendurch sehen können, aber einige auch nicht. Speziell bei diesen Kollegen ist die Freude unübersehbar. Das erleichtert mir bei allen Schwitzattacken den Einstieg enorm. Und zu guter Letzt erfahren wir sehr viel über die vier verschiedenen Grundtypen des Menschen. Wir sprechen über die Farbenlehre, geleitet von einem hochinteressanten Seminarleiter. Der Uwe-Günter versteht sein Handwerk par excellence. Ich bin froh, dass ich diesen Termin in Absprache mit Alex wahrnehmen durfte.

Kapitel 19

Am 25. Juni ist es dann endlich so weit, meine Eingliederung startet. Zuvor darf ich mit meiner Frau, Maximilian, Martha und Swen noch das Johannisfeuer in Hohenbrunn bewundern. „Und", wollte Swen wissen. „Freust du dich schon auf deine Arbeit? Wie fühlst du dich?" Er wusste natürlich, wie wichtig es für mich war, wieder beginnen zu dürfen. Aber er wollte vielleicht auch nur mal abklären, wie es sich so kurz vor Beginn, nach so unendlich langer Zeit, wirklich anfühlt anzufangen. Dabei schaute ich ihm in seine hübschen rehbraunen Augen und sage voller Stolz: „Endlich. Ich bin so glücklich, es ist schwer zu beschreiben." Und das ist meine volle Überzeugung. Wieder arbeiten zu dürfen, noch besser, wieder zu können, das ist für mich Luxus pur.

Und jetzt fahre ich also in die Tiefgarage. Aha, meine Zugangskarte funktioniert noch, das Tor öffnet sich. Ich gehe durch ein paar Türen, wie in einem kleinen Labyrinth, stempele ein und komme schließlich vor unserem Büro im zweiten Stock an. Schon beim Türöffnen überkommt mich ein unbeschreibliches Gefühl. Ich bin wieder da! Meine Kollegen spüren, hier passiert etwas nicht Alltägliches. Es ist wie ein Wunder, jetzt ist der Max wirklich da, gesund und voller Lust auf Arbeit. Ich kann die Freude kaum beschreiben, die sich in vielen Augen spiegelt. Alex führt mich zur Begrüßung erstmal wie einen „Neuen" in jedes Büro. Mir kommt es so vor, als wäre auch er extrem stolz auf das Erreichte, so, als wäre es auch sein Triumph. Er hat meine Krankheit ebenso durchgestanden, wie ich es tat, das ist unverkennbar. Auch zum Geschäftsführer gehen wir und ich nutze die Gelegenheit mich nochmals für die Fürsorge zu bedanken: „Wirklich, jeder Glückwunsch, jeder ausgerichtete Gruß half mir. Ich bin jetzt überglücklich starten zu können."

„Das war doch selbstverständlich", sagt er mit seinem jungenhaften, freundlichen Lächeln. „Aber denke daran, du arbeitest erstmal nur 4 Stunden und nicht gleich übertreiben." Alex hat natürlich auch noch etwas zu meinen 4 Stunden beizutragen: „Ja, in der Zeit hat der Max gerade seinen PC hochgefahren und seine Begrüßung abgehalten. Dann muss er ja beinahe wieder einpacken?" Dabei lachen wir gemeinsam. Und dann höre ich ständig vom Weißwurstfrühstück um 10.00 Uhr, das es heute noch gibt. Klar, grenze ich mich da nicht aus, obwohl ich grundsätzlich morgens gut frühstücke. Auf dem Gang in die Kantine frage ich Alex nochmal: „Alex, nur mal für mich zur Info, was ist denn heute der Grund für ein Weißwurstfrühstück? Nicht dass ich dumm dastehe? Gibt es etwas Besonderes zu wissen?"

„Ja, wegen dir findet das natürlich statt, ansonsten gibt es doch keinen Grund", sagt er floskelhaft im Laufen und freut sich dabei. Gut, er will mir nicht sagen, wegen was das Frühstück ausgegeben wird. Dann lass ich es halt auf mich zukommen. Wir kommen gerade in die Kantine, da sitzen nahezu alle Mitarbeiter unseres Vertriebskanals. Marketing, Key Account Büro, Geschäftsführer und noch ein paar Mitarbeiter mehr. Wir beginnen mit dem Frühstück, das vom Service sehr professionell aufgebaut ist. Sogar Weißbier steht bereit, alkoholfrei natürlich. Es muss definitiv etwas Besonderes passiert sein, das wird mir nun klar. Vielleicht haben wir auch ein exorbitantes Ergebnis eingefahren, das gefeiert werden muss? Endlich ergreifen Alex und der Geschäftsführer abwechselnd das Wort. „Schön, dass ihr heute so zahlreich der Einladung gefolgt seid. Heute wollen wir etwas feiern." Aha, denke ich für mich, jetzt erfahre ich es ja. „Es war eine schwere Zeit, die hinter uns liegt. Aber für unseren Max war es eine noch viel schwierigere Zeit. Er hat etwas geschafft, das nicht selbstverständlich ist. Und wenn ich zurückdenke, mit welchem Elan und Willen er an dieser Krankheit gearbeitet hat, dann kann ich nur sagen: Respekt. Herzlichen willkommen, wir sind alle froh, dass du wieder da bist Max!" Das Frühstück wird wirklich mir zu Ehren durchgeführt. Ich bin total gerührt und mal wieder den Tränen nahe. Aber ich kann den Dank und das

Lob nur zurückgeben. Entgegen meinen eher ausgiebigen Sätzen geht es jetzt doch eher knapp zu: „Danke liebes Bosch Team!!!" Nach all den Emotionen geht es langsam in den Alltag über. Das ist es, was ich auch möchte. Meiner Frau erzähle ich von meinem Einstieg am Abend, auch sie kann es kaum fassen. „Dieser Alex, der ist echt der Hammer", sagt sie noch. Meine erste Woche geht gut um, die zweite Woche mit 5 Stunden am Tag stellt sich als sehr anstrengend für mich dar. Und seltsamerweise nach dem kleinen Hänger in der 2. Woche geht die dritte und letzte Woche mit 6 Stunden wieder ganz leicht von der Hand. Meine Personalreferentin geht mit mir in dieser Woche gemeinsam zum Mittagessen. Sie meint es gut, und ihre Fürsorge ist berechtigt. „Bitte nicht gleich Vollgas geben Herr Peter", impft sie mir ein. Dabei schaut sie mich mit ihrem flotten Kurzhaarschnitt und ihren schönen blauen Augen an. Sie weiß genau, was sie sagt und warum. Und sie merkt mir meinen Tatendrang an und mahnt zu Recht. „Wenn Sie irgendetwas spüren sollten während Ihrer kurzen Eingliederungsphase, dann bitte gleich melden. Sind Sie erstmal durch und wieder voll an Ihrem Arbeitsplatz, verlangt die Firma automatisch auch 100% Leistung. Deshalb macht man diese Eingliederung, in Ihrem Fall auch eher über einen längeren Zeitraum. Ich hoffe, Sie nehmen sich das zu Herzen? Sie hatten keine Grippe oder einen Bruch Herr Peter."

„Das weiß ich. Aber glauben Sie mir, ich habe ein sehr gutes Körpergefühl. Das hat mir vielleicht mein Leben gerettet und auf das werde ich auch in Zukunft hören. Versprochen", schließe ich noch. Sie schaut mich kurz an und ich erkenne ein paar kleine, aber nicht so bedeutende Zweifel. Sie weiß vermutlich genau, dass so ein Vertriebler wie ich nie auf Halbmast fährt. Manche Arbeitskollegen schauen mich auf dem Flur begegnend einfach nur an und grüßen, einige aber sprechen mich an und erkundigen sich über die Zeit der Krankheit. Und ich spüre noch bei jedem Gespräch, bei jedem Telefon, dass durch die nötige Konzentration mein Adrenalin den Schweiß aus dem Körper holt. Es ist die unangenehme Seite der Chemotherapie. Ebenso unangenehm ist die Brüchigkeit meiner Finger- und Fußnägel. Diese Dinge benötigen mindestens genauso viel Zeit. Es dauert, bis auch der letzte Rest an Altlasten aus dem Körper ist.

Noch während meiner Eingliederungsphase findet eine große Vorstellung unserer Produkte zur diesjährigen IFA in Berlin statt. Da möchte ich unbedingt dabei sein. Unsere Firma ist sehr bedacht auf die Fürsorge der Mitarbeiter und speziell in meinem Fall mit klarer Linie unterwegs. Deshalb dürfte ich aufgrund der notwendigen Zeit, die eine Tagung dieser Art in Anspruch nimmt, nicht teilnehmen. Doch ich kann meinen Vorgesetzten überzeugen, dass ich dabei sein möchte und auf mich achten werde. Ich klinke mich einfach nach meinen Stunden aus, das sollte ich doch dürfen? Der Kompromiss ist gefunden und ich darf teilnehmen. Natürlich ziehen sich diese Vertriebsveranstaltungen und am Abend spüre ich einen leeren Akku. Es ist zwar überwältigend, wie mich beinahe alle Vertriebsmitarbeiter willkommen heißen. Das ist äußerst positiv, dennoch zehrt es stark an mir. Da ich noch sehr viel Urlaub habe und bis zur Messe in Berlin wieder vollends fit sein möchte, entscheide ich mich für einen anschließenden Urlaub. Ich denke, es ist die richtige Entscheidung, schließlich muss der Alturlaub ja auch mal weg.

Für den 12. Juli bin ich zu meinem 2. Nachsorgetermin ins Klinikum bestellt. Es grenzt an Wahnsinn, wie schnell die Zeit vergeht. Ist denn mein erster Nachsorgetermin vom April so lange her? Als ich im Warteraum eintreffe, trinke ich noch etwas Wasser, nicht, dass die Nierenwerte wieder zu hoch sind. Und dann sitze ich bei Frau Dr. Stiegel. Sie freut sich mich wiederzusehen. „Na Her Peter, wie gefällt Ihnen Ihre Arbeit?" Diese Frage musste kommen. Natürlich bemerkt sie, dass ich stolz bin und mich riesig freue. Aber als ich von meinen zu starken und häufigen Schweißattacken erzähle, hakt sie schon ein: „Herr Peter, das G-Mall Protokoll war unglaublich anstrengend für Ihren Körper. Trotz präsenter Fitness müssen Sie weiterhin gut auf Ihren Körper hören und darauf achten, sich nicht zu überlasten."

Irgendwie hat sie Recht und ich weiß es. Das heißt nicht, dass ich mich gerne damit abfinde. Auch mit dem Thema Entgiften des Körpers nach einer Chemotherapie beschäftige ich mich nun.

Von Frau Dr. Stiegel weiß ich, dass das der Körper in etwa ein oder zwei Jahren von allein regelt. Da ich aber ein paar zusätzliche Wochen Urlaub habe, fange ich aktiv an mich zu entgiften. Ich besorge mir Bentonit. Das ist ein Magnet im übersetzten Sinne, das der Leber und den Organen hilft, vorhandenes Gift gezielt abzubauen. Und Gerstengraspulver, welches die Entgiftung zusätzlich unterstützt und der Darmflora hilft sich wiederaufzubauen. Ins Müsli noch ab und zu ein paar Aroniabeeren, diese schaden ebenfalls nicht. Das Bentonit nenne ich nach ein paar Tagen nur noch Beton. Es ist grau wie Beton, es riecht wie Beton und ich glaube zu wissen, es schmeckt auch so. Obwohl ich meine Werte oder meine Dosis nie mit einem Fachmann abgesprochen habe oder untersuchen ließ, ich habe ein gutes Gefühl und das ist es mir wert.

Ein paar Tage später sitzen wir für gute 8 Stunden im Auto. Wir sind auf die Hochzeit unserer Nichte eingeladen. Die Fahrt von München nach Essen zieht sich, doch die anschließende Feier ist schön. Eine Hochzeit ist nach wie vor das Schönste im Leben. Und dass wir einen Großteil meiner Familie wieder einmal sehen, hat einen zusätzlichen Nebeneffekt. Meine Nichte und ihr Ehemann besuchten uns noch im letzten Jahr während meiner Krankheit und erzählten wieder zurück zu Hause von diesem Besuch. Dass so eine Geschichte neugierig macht, ist verständlich. So kommt es, dass mich eine mir bis dato unbekannte Freundin des Hauses auf meine Krankheit anspricht. Ohne in die Tiefe zu gehen, gebe ich der Freundin Auskunft. Nachdem ich in meinem Vokabular mehrmals das Wort Glück benutzte, genauso empfinde ich es auch, schaut sie mich völlig perplex an: „Du bist aber echt makaber. Wie kannst du bei dieser schweren Krankheit noch von Glück sprechen?"

„Aber ja, genau das Alles ist doch Glück, sonst säße ich jetzt nicht hier oder?"

Für den 27. Juli ist meine Portexplantation terminiert. Ich bin mittlerweile wirklich froh, wenn dieses Relikt aus meinem Unterarm entfernt wird. Je normaler mir die Handgriffe im Alltag von der Hand gehen, desto mehr ist der Port im Weg. Bereits

Mitte Juni war ich zum Aufklärungsgespräch im Klinikum. Meine erste Anlaufstelle war die Radiologie. Das war die Abteilung, die den Port implementierte. Die behandelnden Ärzte wüssten genau, wie sie ihr eigenes Handwerk behandeln müssten. Aber ich täuschte mich. Nur in der ambulanten Chirurgie in der anhängenden Poliklinik werden Portexplantationen vorgenommen, wurde ich aufgeklärt. Hier fanden dann auch das Aufklärungsgespräch, die Blutentnahme und Terminabsprache für heute statt. Eine Bedingung für eine Explantation, so erfuhr ich noch, sind wenigstens zwei unbedenkliche Nachsorgetermine, die hatte ich ja nun hinter mir. An der Patientenaufnahme herrscht heute reger Betrieb. Ein anderer Patient kommt gleichzeitig mit mir an. Er scheint etwas nervös zu sein und ich lasse ihm gerne beim Anmelden den Vortritt. Wir warten etwa 15 Minuten und schon ist er an der Reihe. Innerhalb eines Wimpernschlags schießt ihm das Adrenalin durch den Körper. Ich glaube, es wird mal wieder ein abwechslungsreicher Vormittag. Er regt sich auf und macht einen riesen Aufstand, weil er beinahe eine Stunde hier wartet. Eine absolute Frechheit sei dies, stellt er noch unüberhörbar fest. Ich schaue in aller Ruhe auf meine Uhr, komme aber selbst beim gröbsten Aufrunden nicht auf seine These. Vor allem denke ich bei mir, warum er sich aufregt, wenn er doch genau in diesem Moment aufgerufen wird? Nun bin ich an der Reihe. Für 09.00 Uhr war ich bestellt, es ist jetzt kurz nach, passt. Eine nette, unbekümmerte Dame steht mir am Tresen gegenüber. „Guten Morgen, Max Peter, ich habe hier um 09.00 Uhr einen Termin zur Portexplantation." Die Dame antwortet etwas naiv: „Warum kommen Sie denn nicht gleich vor und sagen, dass Sie einen Termin haben?" Ich schmunzele etwas in mich hinein und entgegne: „Nun stellen Sie sich mal vor, ich hätte mich bei diesem Andrang noch vorgedrängelt. Was glauben Sie, wie wohl der Patient vor mir reagiert hätte?" Ich glaube, sie hat den Hinweis nicht gänzlich verstanden und antwortet nur mit einen „Na ja" und sucht und blättert. „Ich finde Sie aber nicht, was wollen Sie?" Nochmal erkläre ich ihr alles in Ruhe, zeige ihr den Notizzettel mit dem Datum aus ihrer Abteilung. „Schauen

Sie mal nach dem Tumorzentrum, möglicherweise gibt es da einen Hinweis? Meine Blutwerte wurden mir hier doch auch vor ein paar Wochen abgenommen, vielleicht finden Sie diese?" Sie findet nichts, solange sie auch sucht, weder im Blätterstapel noch im System. Jetzt wird sie nervös. Während sie weitersucht, fällt ihr ein: „Ja, jetzt weiß ich es. Portentnahmen machen wir doch überhaupt nicht. Wissen Sie was, das machen **immer** die in der gegenüberliegenden Notaufnahme. Sehen Sie das, das da drüben? Da müssen Sie hin." Nun von ihrem eigenen Wissen beeindruckt, zeigt sie in Richtung Ausgang ein paar Meter weiter. „Liebe Frau, glauben Sie mir, da muss ich bestimmt nicht hin. Ich war hier, hatte hier mein Aufklärungsgespräch und habe einen Termin. Wir sehen uns gleich wieder, glauben Sie mir." Ich schüttele nur meinen Kopf, bleibe aber entspannt. In der Notaufnahme wissen die Mitarbeiter von keiner Portentnahme etwas oder haben je von mir als Patient gehört. Das war mir schon vorher klar. Da muss wohl die Dame der chirurgischen Ambulanz etwas missverstanden haben. Ich trotte wieder zurück, es ist etwa 10.00 Uhr. „Da sind Sie ja schon wieder, was wollen Sie denn noch?", kommt etwas beängstigend rüber. Eigentlich war ich für sie bereits abgehakt. „Wissen Sie was", sage ich. „Sie rufen jetzt im TTZ bei Frau Dr. Stiegel an, und der Fall wird sich klären. Und anschließend rufen Sie mir bitte einen Arzt. Vielen Dank." Ich diskutiere nicht weiter mit ihr, sondern setze mich auf einen Stuhl im Wartebereich. Es dauert nicht lange, da kommt ein Arzt auf mich zu. „Sind Sie der Herr Peter?"

„Ja", bestätige ich kurz. „Hm ja, kommen Sie doch bitte mal mit." Er geht vor, ich hinterher in einen kleinen Besprechungsraum. „Ja, das ist so. Da muss wohl ein Fehler gemacht worden sein. Wir müssen zuerst einen Besprechungsbogen ausfüllen."

„Entschuldigung, aber ich glaube, das benötigen wir nicht. Der wurde schon ausgefüllt."

„Ja, aber wann waren Sie denn hier?"

„Ich war so am 17. 06. rum hier. Den genauen Tag müsste ich aber nochmal nachsehen, wenn das Ihnen hilft." Ich will gerade mein Handy zur Hand nehmen, da antwortet er: „Nein, das

brauchen Sie nicht. Diese Bögen dürfen zwingend nur 2 Wochen aufgehoben werden. Ansonsten verlieren sie ihre Gültigkeit."
„Wie?", frage ich. „Aber warum macht man dann einen Termin für heute, über 5 Wochen später? Das passt doch nicht zusammen?" Er ist nun noch unsicherer als zuvor. „Also man hat Ihnen im Juni für heute einen Termin gemacht? Für heute?"
„Ja, ich habe sogar noch Ihren Terminnotizzettel dabei. Warum?"
„Das ist seltsam. Weil wir die Portexplantationen ausschließlich mittwochs machen."
„Mittwochs? Und ich werde für Freitag bestellt? Nun wird's lustig", sage ich noch. „Und Ihre Dame von der Aufnahme meint zu wissen, dass Sie generell keine Portexplantationen durchführen würden." Ich kann nur noch lächeln, es entsteht gerade ein Theaterstück. Doch die Vorstellung ist noch nicht aus. „Das heißt, Sie wollen mich heute gar nicht operieren? Ich bin heute völlig umsonst hier?"
„Ja das tut mir aber leid. Ich kann mich nur bei Ihnen entschuldigen. Aber heute kommen wir nicht in den OP-Bereich hinein. Aber ich schaue mal und werde mir Ihre Akte holen." Er geht aus dem Zimmer. Hauptsache, das Ding kommt irgendwie heraus, denke ich mir. Die Tür geht wieder auf und der Arzt ist zurück auf seinem Stuhl. Sein Gesicht verrät, dass er einen Schritt weiter ist. „Also Herr Peter, wenn ich mir Ihre Aktenlage ansehe, dann gehören Sie in die Radiologie. Alles andere macht bei Ihnen überhaupt keinen Sinn."
„Ach ja", sage ich beinahe triumphierend. „Diese Abteilung war mein ursprüngliches Ziel. Aber Sie tun mir nun bitte einen Gefallen. Ich werde auf keinen Fall einfach dort hinlaufen und meine Geschichte versuchen irgendjemandem zu erklären. Sie rufen bitte für mich dort an und versuchen das zu regeln, ja? In der Zwischenzeit gehe ich gemütlich durch Ihr Labyrinth, ich kenne den Weg. Vielen Dank Herr Doktor", sage ich noch zum Abschluss und gebe ihm die Hand. Und ich kann es kaum glauben, in der Radiologie wartet man bereits auf mich und empfängt mich vorinformiert. Das hat schon einmal geklappt, ich

freue mich. Der Kollege klärt mich auf, wir machen für den 01. 08. einen Termin. Mit einem Eingriff noch am heutigen Tag habe ich auch nicht mehr gerechnet. Während ich das Krankenhaus verlasse, schwirrt der Choleriker in meinem Kopf herum. *Was wäre wohl passiert, hätte er meinen Tag erwischt? Ich glaube, das Klinikum wäre gesprengt worden!*

Die Zeit rennt wie die letzten Wochen dahin, der 01. August lässt nicht mehr lange auf sich warten. Ich stehe mit meiner Frau auf, wir frühstücken gemütlich und anschließend fahre ich zum Max-Weber-Platz ins Klinikum. Mein kleiner OP-Termin ist für 09.00 Uhr angesetzt, bereits um 09.15 Uhr liege ich mit rasiertem und mehrfach desinfiziertem Arm auf dem OP Tisch. Die Stiche in den Unterarm mit der Betäubungsspritze spüre ich kaum, so toll setzt der Arzt die Nadel. Zwar ist der Port minimal angewachsen, aber letztendlich liegt er doch auf dem Ablagetisch und ich kann mir das Teil nochmal genau ansehen. Der Arzt fragt mich, ob ich das Teil als Andenken mitnehmen möchte. Ich nehme es mit, allerdings ausschließlich in meinem Kopf. Dort kann ich es auch nicht verlieren. Die Portexplantation war für mich der allerletzte Schritt in ein normales Leben zurück, ohne Anschlussmöglichkeit an die „Matrix".

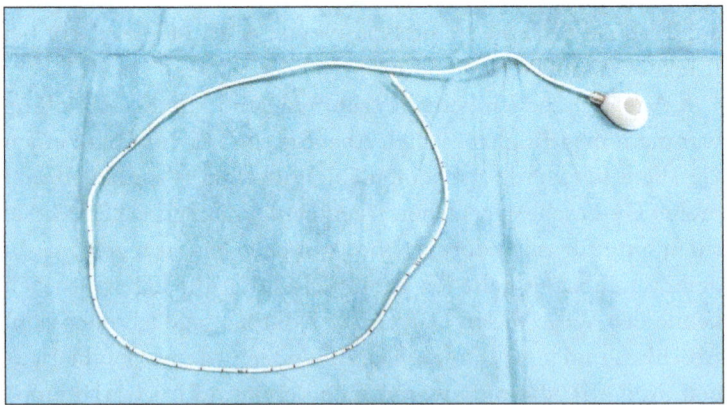

Portsystem mit Schlauch

Heute fahre ich gerührt und emotional angespannt nach Hause. Die Anspannung hält, bis meine Frau nach Hause kommt und ihren Schlüssel in das Türschloss steckt. Erleichtert falle ich in ihre Arme und heule ungehemmt vor Glück. Niemand kann es so nachempfinden wie meine Wendy, niemand hat nahezu das Gleiche durchgemacht. Ohne auch nur ein einziges Wort zu sagen, stehen wir über 5 Minuten so da und halten aneinander fest.

Nachdem ich einmal *Zurück auf Null* war, darf ich wieder arbeiten.

Kapitel 20

Mit meinem Dienst auf der IFA 2018 in Berlin, schließt sich letztendlich der Kreis des Burkitt Lymphoms. Hier hatte ich meinen letzten Arbeitstag!

Endlich wieder arbeiten … und dann auch noch mit Sally,
Berlin September 2018

Nachwort

„Schatz, du warst teilweise gar nicht mehr du selbst. Verstehe mich bitte nicht falsch, aber es war nicht mein Max. Deine Haut war so fremd, es war, als wärst du während deiner Krankheit in einem anderen Körper gewesen. Das war das Schlimmste für mich. Ich habe so viel Angst gehabt, ich würde dich nicht mehr zurückbekommen."

Ich habe durch meine sensiblen Antennen gespürt, dass irgendetwas anders ist. Es war ein Jahr nach der Krankheit Anfang 2019. Wir drückten uns nicht mehr so innig wie früher. Küssten uns nicht wie früher. Schmusten nicht wie früher. „Schatz, wir müssen reden!", war schließlich meine Ansprache. Und erst nach langen, tiefen Minuten Schwerstarbeit, da kam es heraus. Meine Frau hatte solche Angst, dass dieser aggressive Typ von Krebs wiederkommen könnte, dass er wieder unser Leben beherrschen könnte, vielleicht sogar zerstören könnte. Sie wollte sich in ihrer eigenen Welt abschotten. Ein heimlicher, tückischer Hintergedanke hatte sich tief im Kopf breitgemacht: Möglicherweise tut es nicht so weh, falls der Krebs zurückkehren würde? Das ist natürlich ein Trugschluss und würde mindestens genauso wehtun. Wir arbeiteten diese Gedanken auf, so gut man das als Laie tun konnte. Das war gut und sehr wichtig. An solchen Verhaltensweisen könnten glückliche Ehen scheitern. Ich sagte zu ihr: „Nun stelle dir vor, es wäre wirklich so und dieser Krebs kehrt zurück. Vielleicht in 3 Jahren oder in 5 Jahren? Oder womöglich in 20 Jahren? Wollen wir uns jetzt deshalb das Leben, unsere Ehe, für diese Eventualität für Jahre vermiesen? Wäre das nicht albern? Und wenn er gar nicht mehr kommt? Haben wir dann uns nur wegen unserer Angst unser Leben kaputt gemacht?" Unter vielen Tränen verstand sie, was ich meinte, und ich bin froh, dass ich das Gespräch so penetrant gesucht hatte.

Es sind viele Dinge heute noch in meinem Leben präsent. Die Nachsorgeuntersuchungen, geregelt in einem 5 Jahresplan, begleiten mich permanent. Namen, Vokabeln suche ich immer wieder, das Gehirn hat ebenfalls unter der Behandlung gelitten. Meine vermehrten Schweißattacken habe ich bis heute. Manchmal reicht es zum Schwitzen, wenn ich meinen Namen höre. Diese Chemotherapie verursacht bei vielen Patienten eine Fatique. Fatique ist eine präsente Müdigkeitserscheinung. Ich komme mir selbst nach einem Wochenende nicht so erholt vor, wie das früher der Fall gewesen ist. Von Beginn an hatte ich ein sehr sicheres Gefühl im Umgang mit der Krankheit. Ich war mir immer sicher, dass ich das schaffen werde. Und dennoch, wenn heute mein Stimmband kratzt oder ich schlecht Luft bekomme, gehe ich auch kurz in mich und höre meinem Körper zu.

Als Leser wird man sich vielleicht die Frage stellen, ob wir nicht zu viel Besuch hatten. Ich glaube, es wäre manchmal besser mit weniger Besuch gewesen, alles etwas dosierter. Aber irgendwie fand ich es auch Abwechslungsreich, Motivierend echte Freunde zu haben. Folglich war es gut, dass sie da waren. Es war für mich ein Gläschen Lebenselixier.

Ich bin seit über einem Jahr wieder voll am Arbeiten. Oft höre ich, dass ich doch weniger oder langsamer machen sollte. Aber ich begegne diesen Aussagen mit einer Frage: „Da habt ihr vollkommen Recht. Es wäre schön, es wäre nachvollziehbar, würde ich weniger oder langsamer arbeiten. Vermutlich würde sogar meine Firma das verbal unterstützen. Aber wie bloß dosiere ich Anrufe, Mails und Telefonate?" Ein Job außerhalb der Bürokratie lässt sich schwer steuern. Entweder du bist da oder nicht. Aber ein „bisschen" da, das gibt es nicht. In diesem ersten Jahr habe ich wieder so viel Freude und Wertschätzung erfahren, so viele Menschen kennenlernen dürfen, dass ich nur jedem empfehlen kann nicht zu Hause zu jammern. Versucht zu arbeiten und nehmt am Leben teil. Dabei achtet auf eure Ernährung und macht noch etwas Sport, dann ist das schon eine gute Vorsorge für jeden, für Krebspatienten sowieso.

Meine Familie war und ist bis heute mein großer Halt. Arbeit und Sport sind anstrengend, machen mich in Summe aber echt glücklich. Für das Rückenfreihalten meiner Kollegen während meiner Abwesenheit im Betrieb und für die Liebe und Zuneigung meiner Familie kann ich nur Danke sagen. Meine Familie ist und bleibt das Größte im Leben!

Wer mag, einige Gedichte als Abschluss, ich hatte ja auch etwas Zeit.

Den absoluten Wahn-Sinn ...

... erlebte ich vor zwei Jahren.
Ich war sportlich und schlank,
für meine Familie eine Bank,
doch plötzlich war ich krank.
Nun hieß es „Ruhe bewahren".

Auf einmal war sie recht groß die Not.
Alles musste wirklich schnell gehen,
ein Tumor war deutlich zu sehen,
meine Frau begann heimlich zu flehen.
Man munkelte sogar mit dem Tod!

Mein Optimismus täuschte mich nicht.
Und nach einer Woche fand man heraus,
vielleicht geht es doch noch gut aus?
Ein halbes Jahr im Krankenhaus.
Ich strahlte übers ganze Gesicht!

So begab ich mich in der Ärzte Gewalt.
Brauchte keinen Tisch mehr decken,
benötigte keine Uhr zum Wecken,
99 Chemos waren kein Zuckerschlecken.
Die Liebe meiner Familie gab mir den Halt!

Die Zeit war wirklich nicht wunderbar.
Nebenwirkungen blieben nicht aus,
kam teilweise kaum die Haustür raus,
doch es ging ohne Saus und Braus.
… und heute, endlich, bin ich wieder da!

P. S.: Dieses Gedicht fand sogar Aufnahme in der Frankfurter Bibliothek.

Einfach mal Danke sagen

Einfach mal Danke sagen
An alle, die gemeinsame Lasten tragen
An Dich, der Du meist unsichtbar bist
Einfach Danke, weil es so ist!
Im Winter war ich im Wald spazieren
auf den Wegen sah ich den Regen gefrieren
Welch' eine Glätte und Gefahr obendrein
doch auf den Hauptstraßen war alles rein.
Die Pflege der Straßen fällt **nur** ins Gewicht
fände sie nicht statt und der Verkehr ist so dicht.
Die Räumdienste sind lange nicht mehr zu sehen.
Auf der Fahrbahn ist alles trocken und schön.
Mit dieser Selbstverständlichkeit gilt „euch" der erste Dank
Ihr seid echte Klasse, eine Wirtschaftsbank!
Und der zweite Dank kommt gleich hinterher
denn die Pakete sind teils richtig schwer.
Der Anbieter verspricht eine Lieferung noch „Gestern".
Wären sie nicht so langsam, die Paketbrüder und -schwestern.
Der Kunde verfolgt und klickt, auf die EDV kann er vertrauen.
Nur auf das digitale System tut er noch bauen.
Dabei läuft das Erwünschte durch viele Hände
und nur ein analoges Lächeln spricht wirklich Bände.
Deshalb an alle Post- und Paketzusteller:
Ihr macht die Weihnachtszeit definitiv heller!

Und die Kinderaugen wunderschön
kann man überall nun sehen.
Sie glauben einfach und sind glücklich
lassen sich begeistern augenblicklich.
Formen mit ihren Händchen Plätzchen und Kuchen
helfen beim Weihnachtsgeschenke suchen
in welcher Box ist was wohl drin?
Weihnachten macht für Kinder Sinn.
Kinder kennen meist wenig Schranken
dass es euch gibt, dafür möchte ich danken.
Doch der größte Dank gilt meiner Frau
sie ist die Hüterin in unserem Bau.
Sorgt, dass wir gemeinsam essen
und auch keine Geschenke vergessen.
Sie ist immer für mich da
sorgt sich um mich ganz wunderbar.
Achtet auf den richtigen Brei
denn meine Krankheit ist ihr nicht einerlei.
Schaut mich ganz verliebt an
schließlich bin ich ja ihr Mann.
Streichelt meinen Nacken bei großen Schmerzen
Ihre Liebe kommt tief aus dem Herzen.
Hat einen Adventskalender für mich gemacht
und dabei an so viele schöne Dinge gedacht.
Sie hat für so vieles das richtige Gefühl
deshalb ich besonders ihr „Danke" sagen will.

Du bist einfach da

Wie soll man nur einem Menschen danken, weil Du einfach, selbstverständlich, für mich da bist?
Klar, das ist die Liebe, dafür dankt man nicht, denn die Liebe ist, wie sie ist.
Komme ich von der Arbeit nach Hause, meckere, beschwere mich, Du hörst mir zu.

So kann ich unbemerkt Dampf ablassen, runterkommen und es geht besser im Nu.
Dann merke ich, wie toll Du bist und verständnisvoll, einfach wunderbar.
Ich nehme Dich in meinen Arm, drücke Dich ganz lange ... Du bist einfach da!

Als ich schwer erkrankte, wir nicht weiterwussten und ich mit dem Leben gerungen, hast Du gekämpft, Dich gesorgt, mir alles abgenommen. Deine Ängste zum Schweigen gezwungen.
Jeder machte sich Sorgen, viel gab es zu organisieren und alle wollten alles wissen.
Du warst da, hast abgearbeitet, Dich gekümmert und weintest nachts in Dein Kissen.
All das weiß ich, konnte Dir nicht viel helfen, aber eines ist mir völlig klar:
Egal was geschieht, egal was kommt, wir lieben uns ... Du bist einfach da!

Es ist schon ziemlich lange her und die Monate machen mich wieder gesund.
Neben Optimismus, einem starken Willen und auch Glück, bist vor allem Du der Grund.
Ein echtes, materielles Dankeschön ist bei unserer Liebe nicht angebracht.
Das habe ich auch nicht vor, ich kann auch nur für Dich da sein und schon ist wieder mal Nacht.
Und wir beide liegen unter unserer Decke, machen die Augen zu und gesteuert wie unsichtbar:
Strecken wir unbemerkt unsere Hände aus und berühren uns ... Du bist einfach da!

Der Autor

Ralle Tik, geboren 1968 in Raboldshausen, wuchs in einem kleinen Dorf auf – davon handelt auch sein Buch „Dorfwäsche mit 800 Umdrehungen". Als Vollblutverkäufer ist er in den Branchen Küchenfachhandel und Elektrogroßhandel zuhause. Nach überstandener Krebserkrankung lebt der Autor mit seiner Frau in Glonn, Raum München. Diese ist auch Anlass und Vorlage für sein Buch „Zurück auf Null", worin er eindrucksvoll beschreibt, wie er mit Optimismus und Kampfgeist jene schlimme Krankheit besiegen konnte.
Privat ist Ralle Tik ein absoluter Familienmensch und begeisterter Sportler. Gerade in der Natur findet er Inspiration für sein Leben, aber auch für seine Bücher.

Der Verlag

> *Wer aufhört
> besser zu werden,
> hat aufgehört
> gut zu sein!*

Basierend auf diesem Motto ist es dem novum Verlag ein Anliegen neue Manuskripte aufzuspüren, zu veröffentlichen und deren Autoren langfristig zu fördern. Mittlerweile gilt der 1997 gegründete und mehrfach prämierte Verlag als Spezialist für Neuautoren in Deutschland, Österreich und der Schweiz.

Für jedes neue Manuskript wird innerhalb weniger Wochen eine kostenfreie, unverbindliche Lektorats-Prüfung erstellt.

Weitere Informationen zum Verlag und seinen Büchern finden Sie im Internet unter:

www.novumverlag.com

Ralle Tik

Dorfwäsche mit 800 Umdrehungen

ISBN 978-3-95840-363-5
78 Seiten

Eine Dorfwäsche mit 800 Umdrehungen zeigt: Alles wurde gewaschen, wenn auch nicht immer sauber. Ob Parkplatzsuche, Meisterbrief oder die Zeitung, die auf zwei Beinen lief. Wahre Geschichten und Gedichte mitten aus dem Dorfleben, erzählt vom kleinen Tik.

Ralle Tik
Freigestellt
ISBN 978-3-95840-801-2
404 Seiten

Max Peter, ein erfolgsverwöhnter Vollblut-Vertriebler, überlegt nach seiner Freistellung, wie es zu dieser hat kommen können. Dabei nimmt er seine Leser mit auf eine Reise in seine Vergangenheit.